W0394279

Francis Bebey · Das Alphabet der Sonne während des Regens

FRANCIS BEBEY

DAS ALPHABET DER SONNE WÄHREND DES REGENS

Roman

Aus dem Französischen
von Jutta Lossos

Peter Hammer Verlag

Francis Bebey, 1929 in Duala/Kamerun geboren, lebt heute als Schriftsteller und Sänger in Paris. Mit seinen Romanen gewann er internationale Auszeichnungen, u.a. den »Grand Prix Littéraire de l'Afrique Noire«.

Außerdem auf deutsch erhältlich: *Eine Liebe in Duala*. Roman. *Alle Menschen sind schwarz*. Geschichten und Gedichte.

Originaltitel: *La poupée ashanti*
Editions CLE, Yaoundé, Cameroun, 1973

Die Deutsche Bibliothek – CIP-Einheitsaufnahme

Bebey, Francis:
Das Alphabet der Sonne während des Regens : Roman / Francis Bebey. Aus dem Franz. von Jutta Lossos. – 2. Aufl. – Wuppertal : Hammer, 1995
Einheitssacht.: La poupée ashanti <dt.>
ISBN 3-87294-500-9

2. Auflage 1995
© Francis Bebey
© Peter Hammer Verlag GmbH, Wuppertal 1993
Alle Rechte ausdrücklich vorbehalten
Lektorat: Max Christian Graeff
Umschlaggestaltung: Wolf Erlbruch
Satz: Greiner & Reichel, Köln
Druck und Bindung: Ebner Ulm

DAS ALPHABET DER SONNE WÄHREND DES REGENS

Kapitel 1

So um Weihnachten begann Accra zu tanzen. Alle Sonnen dieser Erde hatten sich am Strand ein Stelldichein gegeben, und im Lauf der Zeit übertrafen sie sich gegenseitig mit ihrem Strahlen und ihrer Wärme. Jeder Tag hatte seine eigene Sonne, die sich von der des Vortages unterschied. Und unaufhaltsam ging die Zeit dem nun greifbar nahen Jahresende entgegen. Manchmal erhob sich während der verschlafenen Nachmittagsstunden ein scharfer Wind, der von den heftigen Wellen auf dem Meer herangetrieben wurde. Dann war die Stadt von Blüten übersät und wirkte ganz festlich, mit Girlanden und Wimpeln, in der Nacht von Tausenden farbiger Lichter erhellt.

An solch einem glitzernden Nachmittag wurde Edna von einem Lachen geschüttelt, das so hell war wie ein Sommertag. Ursache dafür war ihr letzter Kunde.

»Glaubst du, Ma, er hat seinen Irrtum bemerkt?«

»Das ist seine Sache Tochter; wenn dein Kunde sich unbedingt zu deinem Vorteil täuschen lassen will, dann mußt nicht du ihn daran hindern.«

»Und wenn er diesen Kamm zurückbringt und sagt, er sei seinen Preis nicht wert?«

»Dann trommelst du den ganzen Markt zusammen als Zeugen dafür, daß du diesen Tölpel noch nie gesehen hast ... Du wirst mir doch nicht weismachen, Edna, daß du zum ersten Mal eine solche Szene erlebst!«

»Nein, Ma, nein es ist nicht das erste Mal und ...«

»Ich bin gar nicht sicher, daß er wiederkommt. Er hatte den dummen Gesichtsausdruck von Leuten, die achtlos irgend etwas einkaufen.«

»Achtlos, Ma? Ganz im Gegenteil, er hat aufgepaßt und trotzdem nichts bemerkt. Schau Ma, dieser Kamm hier, das ist doch ein Elfenbeinkamm, oder?«

»Echtes Elfenbein, oder ich verstehe überhaupt nichts davon, Tochter meines Herzens.«

Bei diesen Worten ihrer Großmutter brach Edna in so lautes Lachen aus, daß sich ihre Standnachbarinnen fragten, welche Nachricht wohl eine derartige Heiterkeit ausgelöst hatte. Ganz verdutzt begann Ma in einer alten Handtasche rumzuwühlen, die sie gewöhnlich in einer großen Holzkiste versteckt hielt, und zog eine nicht mehr ganz neue Brille daraus hervor. Ohne die Gläser zu putzen, setzte sie sie sich eilig auf. Trotz der staubigen Brillengläser konnte sie dennoch die Feinheiten sehen, an denen man erkennen konnte, daß der Kamm nur eine Elfenbeinimitation war, eines dieser unverschämt gelungenen Erzeugnisse der Plastikindustrie.

»Ach Tochter«, sagte Ma, »weißt du, mir geht es wie deinem Kunden, auch ich wäre darauf hereingefallen.«

Edna lachte immer noch und stellte dann abschließend fest:

»Ma, das ist jedenfalls der Beweis dafür, daß mein Kunde zurückkommen wird.«

»Du hast recht. Aber selbst wenn er wiederkäme, würde das auch nichts ändern: einen Kamm, den man gekauft hat, behält man auch. Wo kämen wir denn dahin, wir Händler, wenn jeder Kunde nach Belieben die Ware zurückbringen könnte?«

Die Sonne fiel ganz von Westen her auf ihren Stand. Hunderte von Gegenständen funkelten und glänzten in Farben, die sie dem Regenbogen abgeschaut hatten. Silberne und goldene Halsketten und Armbänder, funkelnder Ersatz für den reichen Schmuck der Länder des Westens, große Perlmuttknöpfe, Perlen, die wunderbar unecht glänzten, Ohrringe in allen Größen und Formen, spiegelblanke Wassertöpfe aus Aluminium, Emailtöpfe mit Kupferboden, zisilierte Gläser (der Kristallersatz für die Armen), Manschettenknöpfe, deren Metallstift schon leicht rostete, Messer und Klappmesser, Suppenlöffel, Gabeln mit weit auseinanderstehenden Zinken für starke Esser, schottische Bleisoldaten, deren Farbe schon verblaßt war, und in einer Ecke des Ladentisches, ordentlich aufgereiht, glanzlose Elfenbein- und Plastikkämme. All diese Dinge lagen in der Nachmittagssonne ausgebreitet.

Mas Marktstand sah so aus wie die meisten anderen auch. Drei breite, nebeneinanderliegende Bretter bildeten einen langen Tisch, der von vier festen, knorrigen Beinen getragen wurde. Er war Auslage und Verkaufstheke zugleich. Das ganze befand sich in einem Stand mit Wellblechdach, das im Lauf der Jahre gerostet war, aber standhaft den Wind abwehrte, der vom Meer her kam. Die Wände waren je nachdem aus Plastik oder aus alten Mehlsäcken und hielten, so gut sie konnten, Wind und Wetter stand. Man konnte sich fragen, welchem physikalischen Grundsatz es zu verdanken war, daß die Winterregen den Waren nichts anhaben konnten, die doch nur so notdürftig geschützt waren. Aber weder Ma noch Edna noch ihre Nachbarinnen, deren Stände auch nicht solider waren, hatten jemals Anlaß, sich über das Wetter zu beklagen, außer es war wirklich besonders schlecht. In diesen Tagen gegen Jahresende konnte man das jedoch nicht behaupten, und so kam in den warmen Nachmittagsstunden leicht Freude und Lachen auf. Zu der guten Laune gesellte sich noch der angenehme Duft der schönen Jahreszeit.

Der Tag ging allmählich zu Ende. Mit Lachen und Späßen verging die Zeit wie im Flug. Einige Marktfrauen hatten zwar noch nicht mit der Abrechnung, doch bereits mit dem Aufräumen begonnen. Andere dagegen schickten sich an, länger als sechs Uhr zu bleiben, noch die ersten Abendstunden in der Dunkelheit auszuharren, wenn der Markt dieses geheimnisvolle Aussehen annimmt und gleichzeitig entschlossen wirkt, noch ein paar Stunden das Tagesende zu überdauern.

»Wir sollten allmählich ans Heimgehen denken, Ma«, sagte Edna.

»Schon müde? Schau, es ist noch ganz hell, und du denkst schon ans Aufbrechen?«

»Das sagst du immer, Ma, aber du vergißt, daß wir weit weg wohnen. Hast du daran gedacht, daß es auch noch eine Weile dauert, einen Autobus zu finden?«

»Ach ja, diese jungen Leute, wer hat die nur so gemacht? Zu meiner Zeit gingen wir zu Fuß und was ist jetzt ...«

»Seid ihr überallhin zu Fuß gegangen?«

»Egal wie weit … Was glaubst denn du? Daß wir mit Autos an den Füßen geboren wurden?«

»Na ja Ma, ich wäre nicht gerne zu einer Zeit geboren, als es noch keine Autos gab.«

»Bist du ja auch nicht, und das merkt man. Du willst nicht mal zu Fuß nach Hause gehen … Nicht mal heim gehen können …«

»Zu Fuß? Würdest du jetzt noch zu Fuß gehen, nach einem so anstrengenden Tag?«

»Und ob, Tochter meines Herzens, und ob! Das habe ich immer getan. Da warst du noch nicht auf der Welt …«

»Da bist du schon auf den Markt gegangen?«

»Da bin ich schon … Hei Edna, schau, wer da auf uns zukommt? Das darf doch nicht wahr sein!«

Doch es gab keinen Zweifel.

Der Kunde war zurückgekommen, und sein Lächeln schien schon alles zu sagen.

Edna wußte nicht, wie sie ihn empfangen sollte. Sie fuhr sich zweimal mit dem Handrücken über die Stirn und entschloß sich dann, mit dem Aufräumen zu beginnen. Der Mann lächelte immer noch, und die Verlegenheit der alten Frau und ihrer Enkelin schien ihn offensichtlich zu amüsieren. Wenn man sich etwas vorzuwerfen hat, wird man immer von dem Lächeln derer verunsichert, von denen man sich plötzlich verurteilt fühlt. Im Grunde genommen ist das Lächeln, mit dem man einem gut erzogenen Kind oder einem liebenswürdigen Erwachsenen dankt, das übelste Geschenk, das man einem Feind machen kann. In diesem Fall wird es zum Zeichen einer arroganten Gleichgültigkeit gegenüber der Gemeinheit, selbst wenn es nichts anderes als eine naiv gutmütige Sorglosigkeit ausdrücken will. Es kann schmerzhafter sein als die schallendste Ohrfeige. In zwei Sekunden drückt es eine Verachtung aus, für die man sechs Seiten Brief bräuchte. Es tut so, als wäre man nicht böse, als sei das Leben einfach schön, und es meint, daß der üble Streich, den der andere einem gespielt hat, eigentlich unnötig gewesen wäre. Es ist keineswegs unschuldig, dieses Lächeln. Niemals. Es bedeutet immer etwas, auch wenn man eigentlich gar nichts sagen möchte. Es kommt ebenso ungelegen wie die strahlende Sonne während des Regens, und manchmal verursacht es soviel Schmerzen wie die Niederkunft eines Elefanten im Urwald. Es ist so strahlend wie die Sonne und so vergänglich wie das Glück. Und aus all dem soll man nun klug werden!

Edna beugte sich nach unten, um mit einer Hand einen Korb hochzuheben, den sie kurz zuvor aus dem hinteren Teil des Ladens, wenn man ihn so nennen will, hervorgeholt hatte. Der Mann lächelte immer noch, so als verstünde er, daß das Mädchen nicht mit ihm sprechen wollte. Und so war es schließlich Ma, die etwas zu sagen wagte. Für sie als erfahrene Marktfrau blieb ein Kunde immer noch ein Kunde, selbst wenn er zurückkam, um sich zu beschweren.

»Was willst du kaufen?« fragte Ma.

»Hm ... einen Kamm«, sagte der Mann mit einem verschmitzten Ausdruck in Gesicht und Stimme.

»Einen Kamm?« fragten die beiden Frauen gleichzeitig.

Wenn der Kunde wiedergekommen wäre, um ihnen – übrigens gerechtfertigte – Vorhaltungen zu machen, das hätten sie, wenn auch ungern, verstanden und eingesteckt. Daß er aber zurückkam, um sich ein zweites Mal übers Ohr hauen zu lassen, erschien ihnen seltsam.

»Einen Kamm?« wiederholte Edna nochmals, die sich bei den Worten des Mannes plötzlich aufgerichtet hatte. »Was hast du mit dem gemacht, den ich dir vorhin verkauft habe?«

»Ich weiß es nicht, ich weiß nicht, wo er hingekommen ist ... Ich glaube, ich habe ihn verloren.«

Er erklärte dies mit unglücklicher Miene, es war geadezu lustig.

Edna und Ma sahen sich, ohne ein Wort zu wechseln, an und seufzten dann beinahe gleichzeitig erleichtert auf, was ihrem Kunden nicht entging.

»Was«, fragte er, »habt ihr denn keine Kämme mehr zu verkaufen?«

»Doch, doch. Ich werde dir alle zeigen, die wir haben. Edna, wo hast du denn die Kämme hingetan?«

»Laß nur, Ma, ich werde den Herrn bedienen. Komm hierher.«

Der Kunde stand wieder an derselben Stelle des Ladentisches, die er etwas früher an diesem Nachmittag mit seinem ersten Kamm verlassen hatte.

Ma blieb am anderen Ende des langen Tisches und beobachtete die Szene, die womöglich zu einem erneuten Betrug führen würde. Einen Moment lang fragte sie sich, ob sie nicht träume; um sicher zu sein, nahm sie ihr Kinn dreimal zwischen Daumen und Zeigefinger der rechten Hand, und ohne ein Wort zu sagen, stellte sie fest, daß sich ihr Unterkiefer immer noch am selben Platz befand. Dann nahm sie aus ihrer Handtasche die Brille, um letztendlich alle Zweifel an den Geschehnissen auszuräumen, setzte sich das Gestell auf die Nase und öffnete hinter den Brillengläsern die Augen. Der Kunde war nicht nur wirklich da, er wurde soeben von Edna bedient. Ma bemerkte, daß Edna keine Angst mehr hatte, denn die Hände ihrer Enkelin zitterten nicht. Es schien sogar, als würde ein leichtes Lächeln, wie gute Verkäuferinnen es eben aufzusetzen pflegen, diese Szene aufheitern.

Der Mann ließ sich Zeit, einen Kamm auszuwählen. Er tat so, als würde Edna ihm zum ersten Mal ihr Angebot zeigen. Er war mittelgroß, und sein weißes Popelinhemd ließ auf den ersten Blick seine beachtliche Leibesfülle erkennen. Seine Hose aus khakifarbenem Gabardine wirkte in dieser schlichten Umgebung etwas pompös, paßte jedoch wunderbar zu seinen ziemlich gut geputzten braunen Schuhen. Edna dachte, daß ein gepflegter Mann wie dieser einen Fehler beging, wenn es ihm an Intelligenz mangelte. Was die Leute nicht alles für Überlegungen anstellen. Im Grunde ist der Kunde ein Fremder, den wir nicht kennen. Wahrscheinlich weil er ein Fremder ist, können wir ihm unsere Ware verkaufen. Versuchen Sie mal, mit Freunden einen Handel abzuschließen. Mit vielen guten Worten, Lächeln und allen Arten von Freundschaftsbeweisen würden Sie es vielleicht schaffen, eine Krawatte zu verkaufen, die ihnen selbst zu grell erscheint. Aber denken Sie nur an all die Energie, die es bräuchte, um die Waren eines ganzen Marktstandes loszuwerden, wenn Sie lauter Ihnen bekannte Kunden überreden müßten. Der Fremde ist deshalb gut für uns, weil er nicht erwartet, daß wir ihm unsere Skrupel als Überzeugung getarnt servieren. Schon allein deshalb sollten wir ihm verzeihen, daß er ist, wie er ist: wenn wir auch davon ausgehen, daß er nicht intelligent ist, so kann er uns manchmal überraschen und uns den Beweis liefern, daß unsere Vorurteile falsch waren. Wie Sie in diesem Fall sehen können:

»Dieser hier scheint mir aus echtem Elfenbein zu sein«, sagte der Kunde.

»Was soll das heißen: ›er scheint dir‹? Alle Kämme, die ich dir hier zeige, sind aus echtem Elfenbein«, antwortete Edna in einem beleidigten Ton und versuchte, dabei überzeugend zu klingen.

»Weißt du, wo das Elfenbein herkommt?«

»In meinem Viertel gibt es einen Elfenbeinschnitzer.«

»Dann bin ich mir sicher, er hat dich beim Verkauf dieser Kämme betrogen, wenn er dir gesagt hat, sie seien aus Elfenbein.«

»Ich habe sie nicht bei ihm gekauft.«

»Wer dann hat sie dir verkauft?«

»Wer … wer … meinst du, ich erinnere mich daran? Wir kaufen alles in Läden, und wir müssen nicht sagen, wer uns die Ware verkauft. Das stimmt doch, oder, Ma? Hast du gehört, was dieser Herr sagt?«

»Was ist denn«, mischte sich Ma ein.

»Dieser Herr will sagen, daß unsere Kämme nicht aus Elfenbein sind.«

»Was, unsere Kämme sind nicht …«

»So ist es, Ma«, unterbrach sie der Kunde. »Und du weißt selbst, daß es stimmt. Deine Tochter ist vielleicht noch zu jung, um zu erkennen, was wirkliches Elfenbein ist, aber du wirst mir doch nicht erzählen, daß man einen echten Elfenbeinkamm so biegen kann, ohne daß er auf der Stelle bricht. Schau!«

Zur großen Verwunderung der beiden Frauen bog er den Kamm vorübergehend zu einem Halbkreis und sagte:

»Siehst du, Fräulein, wenn dieser Kamm aus Elfenbein wäre, wäre er zerbrochen. Schau, probieren wir es mit dem dort, der ist aus

Elfenbein. Verzeiht, wenn ich ihn kaputtmache, ich will es euch nur zeigen.«

»Nein!« stöhnten Edna und ihre Großmutter gleichzeitig auf.

»Nein?« fragte der Mann. »Das heißt, daß ihr mich sehr wohl verstanden habt, nicht wahr? Und daß wir einer Meinung sind!«

»Wenn du ihn zerbrichst, zahlst du ihn auch.«

»Das weiß ich, und deshalb werde ich ihn auch nicht entzweibrechen. Wenn ich jetzt schon mal den Kamm gefunden habe, den ich suche, dann lasse ich mir diese Gelegenheit nicht entgehen. Man hat nicht das Recht, sich zweimal an einem Nachmittag reinlegen zu lassen.«

Mit diesen Worten, die Edna und ihre Großmutter hörten, ohne ihren Ohren zu trauen, zog der Kunde seinen Geldbeutel heraus, um zu zahlen. Dabei wurde sich Ma wieder dessen bewußt, daß sie in ihrem ganzen Marktfrauendasein noch niemals eine Beleidigung geduldet hatte, und sie begann all ihren Nachbarinnen zuzurufen, daß ein unbekannter Mann es ihr gegenüber an Respekt habe fehlen lassen.

»Er behauptet, ich habe ihm etwas anderes verkauft als echtes Elfenbein, aber er zeigt mir den Gegenstand nicht, den ich ihm verkauft haben soll. Kommt her und schaut ihn euch an, den Mann, der mich vor den Augen meiner Tochter beleidigt hat.«

Im Handumdrehen sah sich der Kunde umringt von den Marktfrauen, von denen eine aggressiver als die andere war. Und jederzeit bereit, diesem respektlosen Menschen die Regeln der Höflichkeit beizubringen; und zwar auf eine Art, wie es Worte allein oft nicht zu vermitteln vermögen.

»Ich habe dich gar nicht beleidigt, Ma!« versuchte er sich zu verteidigen. »Ich habe nicht gesagt, daß du unechtes Elfenbein verkaufst, niemals habe ich das gesagt!«

Mit den Marktfrauen muß man aufpassen. Sie reden und schreien, singen und verkaufen. All das ist harmlos. Aber wenn sie sich gegen jemanden verbünden, kann es schnell zu einer Katastrophe kommen. Der Mann wußte das genau. Er versuchte, da herauszukommen, bevor es zu spät war. Aber das war nicht leicht. Denn während von allen Seiten die Frauen in ihren Wickelröcken und Blusen herbeiströmten, in solchen Fällen schon aus Prinzip feindselig eingestellt, machte der Kunde seinen Fall nur noch schlimmer, indem er einen Fluchtweg aus der Menge suchte, obwohl er den Elfenbeinkamm in seiner Hand noch gar nicht bezahlt hatte. Da hatte Ma leichtes Spiel, überschüttete den Kunden mit Schimpfwörtern und bezichtigte ihn des Diebstahls. Nun gab es tatsächlich einen Grund, ihn festzuhalten, denn er hatte an den elementarsten Geschäftsregeln Hochverrat geübt.

»Da seht ihr es, da seht ihr es«, kreischte Ma, »er beleidigt mich, eine alte Frau, und er stiehlt meinen Kamm! Seht selbst, er hat meinen Kamm, er hat ihn in der Hand. Aber wo soll das Geld sein, das er mir für diesen Kamm gegeben hat? Sagt mir, Tochter meines Herzens und ihr alle, hat eine von euch gesehen, daß dieser Mann mir Geld gegeben hat?«

»Nein, nein«, antworteten die anderen.

»Was also haltet ihr von so einem Mann? Ist er nicht ein Dieb?«

»Ein Dieb, er ist ein Dieb, da gibt es keine Frage.«

»Aber ...«, rief der Mann. »Ihr hört nur auf das, was die Alte sagt, ihr ...«

»Habt ihr gehört, wie er mich nennt?«

»Die Alte ... die Alte, ist sie überhaupt so alt wie deine eigene Mutter, könnte sie überhaupt deine Mutter sein?« erhoben sich einige Stimmen aus der Menge.

»Ihr haltet zu mir, meine Freundinnen, ihr seid wirklich meine Schwestern ... ihr würdet mich niemals solch einem Dieb ausgeliefert lassen.«

»Aber Ma, jetzt wird es unerträglich!«

Das war Ednas Stimme. Edna stand hinter ihrer Großmutter und hatte bisher die Szene beobachtet, ohne etwas zu sagen. Bei ihrem plötzlichen Ausruf richteten sich alle Blicke auf sie. Einen Moment lang herrschte Schweigen. Verdutzt wandte sich Ma ihrer Enkelin zu.

»Edna, Edna, Tochter meines Herzens, was hast du da gesagt?«

»Ma, ich sage, daß es genug ist. Wir sind nicht gerecht.«

»Buuuuhhhh …«, dröhnte die Menge.

»Wir sind nicht gerecht«, fuhr Edna nach einer kurzen Pause fort, »weil wir diesem Mann nicht einmal die Möglichkeit lassen, sich zu rechtfertigen.«

»Na, was habe ich gesagt?« wandte sich der Mann an die Marktfrauen. »Was habe ich …«

»Was habe ich, was habe ich …«, fiel ihm Ma ins Wort. »Du wirst nicht sagen wollen, daß du mich nicht beleidigt hast, und daß du nicht versucht hast, meinen Kamm zu stehlen, oder?«

»Aber gute Frau, schau mich an: meinst du vielleicht, ich habe nicht die Mittel, einen Kamm zu kaufen und ihn ehrlich zu bezahlen?«

»Du magst wohl reich sein wie Atafior persönlich, aber ich sage dir, mich wirst du diesmal nicht bestehlen. Was dich angeht, Edna, so kann ich nur sagen: wenn du mit diesem Verhalten Marktfrau werden willst, so bin ich des Erfolges jetzt gewiß. Habt ihr gehört, wie respektlos mich meine eigene Enkelin vor allen Leuten behandelt …«

Es ist unmöglich, all die Gesten und Handbewegungen zu beschreiben, von denen diese Worte begleitet wurden. Das tadelnde Murmeln der Menge zeugte davon, wie sehr Ma im Recht war. Es konnte wohl passieren, daß Edna zu anderen Gelegenheiten respektlos war. Davon gibt es im Leben viele. Aber der gegenwärtige Fall konnte nicht geduldet werden: vor allen Leuten …

»Und noch dazu für einen Unbekannten«, betonte jemand.

Besagter Unbekannter jedenfalls war Edna dankbar für ihr unpassendes Einschreiten. Im Interesse der Wahrung guten Benehmens war es zwar zu tadeln, hatte aber zumindest mit Erfolg die Aufmerksamkeit von dem angeblichen Fehltritt des Fremden abgelenkt. Nichts ist so unberechenbar wie die Reaktionen der Menge. Der Tadel führte mittels eines undefinierbaren Vorgangs zu der kollektiven Schlußfolgerung, daß es keinen Grund für die anderen gab, diesen von Anfang an umstrittenen Kampf fortzusetzen, wenn nicht einmal Edna, die Herzenstochter für Mas Verteidigung eintrat. Da zudem die Sonne nur noch einige schwache Strahlen schickte, leerte sich Mas Stand nach und nach, wobei sich jeder der Nachbarinnen entschuldigte, sie müsse jetzt heimgehen, das Abendessen zuzubereiten. Und während Edna sich allmählich wieder beruhigte, sich überschwenglich bei ihrer Großmutter entschuldigte und versuchte, auch diese zu beruhigen, blieb plötzlich nur noch unser Kunde übrig, der nun seinerseits wieder befreit aufatmen konnte. Ma sagte viele Dinge zu Edna und darunter auch einige nicht sehr angenehme, aber schließlich hatte Edna dies verdient: ein gut erzogenes junges Mädchen sagt nicht vor allen Leuten zu seiner Großmutter: »jetzt reicht es aber«, selbst wenn dies stimmt.

»Und noch dazu für einen Unbekannten!«

Doch der Unbekannte war es schließlich, der bei den beiden Frauen für unverhülltes Erstaunen sorgte, als er eine Banknote hervorzog, um zu bezahlen.

»Eine Fünfzigpfundnote!« rief Edna.

»Was«, fiel Ma ein, »eine Fünfzigpfundnote?«

Der Kunde stand immer noch ganz ruhig da und hielt Edna den schönen neuen Schein entgegen. Die Augen des jungen Mädchens leuchteten vor Freude. War es nur der Anblick der Banknote? Oder war es, weil der Kunde dadurch bewies, daß er ohne jeden Zweifel ein ehrlicher Mann war? Denn es war offensichtlich, daß solch ein Mann, gutgekleidet und im Besitz mindestens einer Fünfzigpfundnote, sich wohl nicht erniedrigt hätte, auf dem Markt einen Kamm, und mochte es auch ein Elfenbeinkamm sein, zu stehlen. Denn die Scheine sind nicht nur Geldsummen, sondern sie symbolisieren auch die Menge an Vertrauen, die man ihren Besitzern entgegenbringt.

Kapitel 2

»Wie alt bist du?«

»So alt, wie du mich schätzt.«

»Wirklich?«

»Wirklich. Also?«

»Fünfundzwanzig.«

»In Ordnung. Ich wäre gekränkt gewesen, wenn du mich jünger geschätzt hättest.«

»Warum?«

»Weil ich es nicht gern hätte, daß man mich für ein kleines Mädchen hält.«

»Natürlich bist du kein kleines Mädchen. Natürlich nicht, denn was täte ich sonst hier?«

»Vorläufig tust du ja auch nicht viel. Du stellst mir Fragen, und ich wüßte gern, warum.«

»Um dich kennenzulernen, natürlich.«

»Und weiter? Wenn du zum X-ten Male erfahren hast, daß ich Mas Enkelin bin, was hat dir das dann genützt?«

»Dann weiß ich, daß du Mas Enkelin bist, und daß es deine Großmutter ist, die ich neulich Alte genannt habe.«

»Und da du jetzt weißt, daß ich ihre Enkelin bin, macht sie das weniger alt?«

»Das ist jetzt was anderes.«

»Was meinst du damit?«

»Ich will sagen, daß ich sie jetzt mit anderen Augen sehe. Es ist jetzt ein wenig so, als wäre sie auch meine Großmutter.«

»Wen hältst du denn jetzt zum besten?«

»Mich selbst, weil ich den alten Leuten gegenüber respektlos bin.«

»Ich finde, zuerst war sie dir gegenüber respektlos, weil sie dich wie einen Dieb behandelt hat, ohne sicherzugehen, daß du wirklich kein Geld hattest.«

»Man kann überall mit Taschen voll Geld rumgehen und dennoch ein Dieb sein; weißt du das denn nicht?«

»Und auf dem Markt Kämme stehlen?«

»Elfenbeinkämme, warum nicht?«

»Hör auf damit, ich habe das Gefühl, du machst dich wirklich über mich lustig.«

»Das verstehe ich nicht.«

»Du weißt doch genau, daß unsere angeblichen Elfenbeinkämme nichts mit Elefanten zu tun haben. Manchmal sind welche aus Tierknochen hergestellt und so täuschend ähnlich, daß wir all unseren Kunden sagen, es handle sich um Elfenbein.«

»Ich weiß schon, ich weiß.«

»Also gibst du zu, daß du mich zum besten hältst, stimmt's?«

»Keineswegs. Weißt du, der Markt, das ist nichts anderes als ein Handelsabkommen.«

»Aha. Und was bedeutet das?«

»Ich will es dir erklären: ich komme zu dir, ich möchte einen Kamm, und zwar aus Elfenbein. Du gibst mir einen und sagst, er sei aus Elfenbein. Das akzeptiere ich, und ich zahle dir Geld dafür. Aber wie könnte dieses Geld den genauen Wert deines Kammes darstellen?«

»Wenn du zahlst, dann heißt das, daß wir uns einig sind!«

»Das ist genau, was ich sage: es handelt sich um eine Übereinkunft zwischen uns, das nenne ich ein Abkommen. Es stimmt, ich hätte mich weigern können, deinen Kamm zu nehmen, und ...«

»Wenn du auf den Markt kommst, um dich zu weigern, unsere Waren zu kaufen ... – kannst du mir sagen, wovon wir dann leben sollen?«

»Soviel ich weiß, gibt es ja nicht nur einen Kunden auf dem Markt?«

»Nein, natürlich nicht, aber es gibt ja auch so viele andere Marktfrauen.«

»Das stimmt. Ich habe mich immer schon gefragt, wie ihr auf eure Kosten kommt, ihr Marktfrauen.«

»Manchmal recht gut ...«

»Wenn ihr es mit solchen Tölpeln zu tun habt wie mir.«

»Du bist dumm. Manchmal gut, manchmal weniger gut.«

»Aber niemals schlecht, ich weiß schon.«

»Was willst du davon wissen?«

»Daß einige von euch sehr reich sind.«

»Sehr reich, das meinen alle Männer. Aber wenn du ganz Accra nimmst, kannst du mir dann mehrere Marktfrauen nennen, die man wirklich reich nennen könnte?«

»Adima, ist Adima nicht reich?«

»Reich, weil sie Taxis besitzt?«

»Was würdest du denn sagen?«

»Was ist das schon, zwei oder drei Taxis? Du könntest auch welche haben, wenn du wolltest.«

»Du glaubst also, daß ich reich bin? Das ist ein Fehler, das Geld in der Tasche des Nachbarn zu zählen, ohne zu wissen, was sie wirklich enthält.«

»Aber genau das machst du ja selbst, wenn du behauptest, daß Adima reich ist. Weißt du vielleicht, wie es wirklich um sie bestellt ist?«

»Nein, aber du brauchst doch nur zu zählen. Du sagst, sie habe nur zwei oder drei Taxis, aber in der Stadt heißt es, daß sie so um die dreißig besitzt. Schau, seit wir hier stehen, sind mehr als drei von Adimas Taxis vorbeigefahren. Das ist doch schließlich keine Lüge!«

»Zugegeben. Aber du kannst wohl nicht sagen, daß es allen Marktfrauen so geht wie Adima. Nimm das Beispiel von Ma. Seit über zwanzig Jahren geht sie täglich auf den Markt. Vor einigen Jahren noch kam sie sogar auch am Sonntag; damit hat sie erst seit ihrem letzten Rheumaanfall aufgehört. Ma arbeitet, ich kann dir versichern, daß sie arbeitet. Und trotzdem hat sie nichts. Ich meine, sie ist nicht reich.«

»Reich ... reich, wann kann man sagen, daß einer reich ist? Das ist nicht wie mit der Armut. Wenn du arm bist, sieht das jeder. Aber ...«

»... Wenn du reich bist, sieht es auch jeder und du brauchst nicht deine Zeit damit verlieren, auf dem Markt Kleinigkeiten zu verkaufen. Der Reichtum ... glaub mir, wenn ich reich wäre oder Ma, dann würde ich jetzt nicht hier stehen und mit dir reden.«

»Denn du würdest dann finden, daß ich es nicht wert bin. Achtung, jetzt kränkst du mich aber!«

»Nein, so darfst du es nicht nehmen. Ich meine, wenn ich reich wäre, käme ich überhaupt nicht auf den Markt. Aber dann hätte ich dich vielleicht woanders getroffen.«

»Woanders? Wer weiß. Schließlich ist es immer ein Zufall, wenn sich zwei Menschen begegnen.«

»Also meinst du, daß es ein Zufall ist, der dich heute hierhergeführt hat?«

»Heute natürlich nicht, warum sollte ich lügen. Heute bin ich natürlich absichtlich hier vorbeigekommen. Um dich zu sehen, wär es auch nur von weitem. Und dann habe ich das Glück gehabt, dich aus der Nähe zu sehen und mit dir reden zu können. Neulich dagegen, als ich dich noch nicht kannte, war es wohl der Zufall, der mich hierhergeführt hat.«

»Nun behaupte nicht genau das Gegenteil von dem, was ich sage. Auch heute hast du nur zufällig das Glück gehabt, mich zu sehen, das heißt, an einem Tag zu kommen, an dem Ma nicht auf dem Markt ist. Denn du kannst sicher sein, daß du mich nicht gesehen hättest, wenn sie heute nicht abwesend, wenn sie nicht krank wäre.«

»Es tut mir leid, daß sie krank ist, aber ich hätte gern gewußt, warum ich in ihrer Anwesenheit nicht mit dir geredet hätte.«

»Warum, warum ... wenn du nicht begreifst, daß Ma dich nicht besonders mag, um nicht zu sagen: überhaupt nicht, muß ich daraus schließen, daß du dumm bist, obwohl du intelligent wirkst.«

»Du findest, daß ich intelligent wirke? Also gefalle ich dir, stimmt's?«

»Idiot, wer redet denn davon? Du hast aber idiotische Fragen ...«

»So werde ich nie verstehen, warum deine Großmutter mich überhaupt nicht leiden kann, wie du sagst.«

»Wenn du es verstehen willst, dann hör, was sie zu mir gesagt hat ...«

»Wann?«

»Laß mich weiterreden. Folgendes hat sie zu mir gesagt am Tag, nachdem du sie ›Alte‹ oder wie auch immer genannt hattest.«

»›Alte‹, sonst habe ich nichts gesagt, und das hat genügt, um sie so wütend zu machen; ich frage mich immer noch, warum.«

»Laß mich jetzt reden. Am nächsten Tag also, als sie mir nochmals einen Vortrag über die gefährlichen Bekanntschaften, denen ein junges Mädchen in meinem Alter aus dem Weg gehen muß, gehalten hatte, schloß sie zufrieden: ›Für eines jedenfalls bin ich dankbar: daß dieser Typ den selbstgefälligen Gesichtsausdruck des perfekten kleinen Beamten hatte. So kann ich sicher sein, daß er sich niemals erniedrigen würde, um die Hand einer Marktfrau anzuhalten. Aber falls er mit seiner Unverfrorenheit, die ihm ins Gesicht geschrieben steht, jemals in dieser Angelegenheit das Wort an mich richten würde, dann würde ich ihm den ganzen Abscheu, den ich für sein Reicher-Herr-Gehabe empfinde, ins Gesicht spucken.‹ Das hat Ma über dich gesagt. Weißt du nun Bescheid?«

»Das ist nicht sehr freundlich von ihr, und wenn du mich erst besser kennen wirst, wirst du sehen, daß ich keineswegs so eine Person bin wie in ihrer Vorstellung.«

»Als ob ich entschlossen wäre, dich besser kennenzulernen. Sei so freundlich und hör mit diesen Annäherungsversuchen auf, denn dazu bin ich nicht hier.«

»Und ich, meinst du, ich bin hergekommen, um mir so dummes, ungerechtes Zeug sagen zu lassen?«

»Was machst du dann hier? Dann geh doch!«

»Du vertreibst mich? Du schickst mich weg, obwohl du überhaupt nicht weißt, wer ich bin?«

»Genau deshalb sage ich ja, daß du gehen sollst, weil ich keine Lust habe, dich näher kennenzulernen.«

»Und wenn ich mich entschließen würde, nicht zu gehen? Wenn ich beschließen würde, als Kunde zu bleiben, bis ich alles gekauft habe, was du anzubieten hast?«

»Damit würdest du mir einen großen Gefallen tun, denn dann könnte ich endlich nach Hause gehen, darauf kannst du dich verlassen.«

»Gut, dann bleibe ich.«

»Wenn du bleibst, dann kaufe auch etwas.«

»Was denn? Einen Kamm aus Elfenbein zum Beispiel?«

»Wenn du mich zum besten hältst, dann werde ich auf dem ganzen Markt Alarm schlagen, und diesmal kommst du nicht ungeschoren davon.«

»Du machst Spaß. Wenn du daran schuld wärst, daß mir hier, was auch immer, passiert, dann müßtest du als erste die Konsequenzen tragen.«

»Und was wären die Konsequenzen?«

»Hast du noch nie gehört, daß es so etwas wie ein Gefängnis gibt?«

»Ach, der Herr würde mich ins Gefängnis stecken?«

»Ich nicht. Aber jemand anderer würde das sicherlich übernehmen.«

»Anders ausgedrückt, du bist unfähig, dich allein gegen ein junges Mädchen wie mich zu verteidigen? Daß ich nicht lache!«

»Du kannst lachen, soviel du willst, aber komm bloß nicht auf die Idee, die anderen Frauen zu rufen!«

»Hör mal, alles, was du mir da sagst, ist doch in den Wind gesprochen!«

»Aber du weißt scheinbar nicht, woher der Wind weht.«

»Sicher aus der Hölle, Ma hat es neulich gesagt.«

»Ich werde alles rausbekommen. Was hat sie noch gesagt, deine Großmutter?«

»›Deine Großmutter, deine Großmutter‹, da siehst du, wie du bist: gerade noch hast du getan, als wärst du ein kleines Waisenkind auf der Suche nach einer Großmutter und wolltest meine mit mir teilen. Und jetzt behandelst du sie, als würde sie schlecht riechen.«

»Sie hat nur unangenehme Dinge über mich gesagt.«

»Was wolltest du denn von ihr? Du hast wohl erwartet, daß sie dir verspricht, dir bei eurer nächsten Begegnung die Füße zu waschen?«

»Wer hat denn gesagt, daß ich schmutzige Füße habe?«

»Ach so, stimmt, der Herr trägt ja schöne Schuhe. Sie sind neu, nagelneu, mein Herr, seien Sie versichert, daß man das sieht!«

»Du verdienst es nicht, daß ich meine Zeit damit vergeude, mich mit dir zu unterhalten.«

»Und worüber hast du dich mit mir unterhalten, mein Herr?«

»Du hast mich ja nicht zu Wort kommen lassen.«

»Lügner, Lügner und Heuchler, das bist du.«

»Siehst du, du tust nichts, um die Steine aus dem Weg zu räumen.«

»Aus welchem Weg?«

»Aus dem Weg zu einer Unterhaltung, natürlich! Wenn ich mit dir reden will …«

»Ja, ja, wenn du irgendwelches belangloses Zeug reden willst, dann brauch' ich mich nur hinzusetzen, Ohren, Mund und Nase aufzureißen und deinen Unsinn zu schlucken. Weißt du, wenn man dich so sieht, gut gekleidet, dann hat man tatsächlich Lust, mit dir zu reden. Aber wenn du dann deinen Mund aufmachst …«

»Jetzt trittst du in die Fußstapfen deiner Großmutter: jetzt bist du an der Reihe mit deinen Beleidigungen, scheinbar inspiriere ich euch beide …«

»Stimmt, darüber muß ich lachen, stimmt, du inspirierst uns beide, Ma und mich … Mir fallen ganz einfach die richtigen Worte ein, um dich wütend zu machen.«

»Nur, daß alles, was du sagst, an mir abprallt wie der Regen an einem Regenmantel.«

»Darauf brauchst du dir nichts einzubilden, das heißt nur, daß du eine zu dicke Haut hast, um zu merken, daß ich gar nicht mit dir reden will.«

»Du hast es mir schon gesagt, ich weiß, daß du nicht mit mir reden willst, aber ich will dir beweisen, daß ich mich gegen dich durchsetzen kann.«

»Und bis zum Ende des Marktes hierbleiben?«

»Sogar noch mehr.«

»Was soll das heißen?«

»Wenn ich dir in Accra nachstellen will, dann kannst du hingehen, wo immer du willst, ich bleibe dir auf den Fersen.«

»Wie ein Verfolger schaust du auch aus. Aber laß dir gesagt sein, daß du es dann nicht nur mit mir zu tun bekommst, wenn es dir einfallen sollte, mir nachzustellen. Du würdest mindestens einem Mann auf deinem Weg begegnen.«

»Mindestens einem ... Wieviele Männer hast du denn?«

»Das geht dich nichts an.«

»Stimmt, aber weißt du, jetzt bin ich wirklich enttäuscht.«

»Wieso denn? Hast du gedacht, ich stehe ganz allein im Leben, ohne irgend jemand an meiner Seite?«

»Es ist ein Unterschied zwischen irgend jemandem und mehreren Männern.«

»Das geht nur mich etwas an.«

»Und ... liebst du sie alle?«

»Das ist mein Problem.«

»Also bleibt mir nichts anderes übrig, als zu gehen?«

»Endlich hast du verstanden. Und vor allem beeile dich jetzt, denn ich sehe Ma da drüben kommen.«

»Hast du mir nicht gesagt, sie sei krank?«

»Kann man dich nicht ab und zu mal anschwindeln? Geh jetzt, du hast gerade noch Zeit. Auf Wiedersehen, hoher Herr, auf Wiedersehen ...«

»Edna, Tochter meines Herzens, wenn du weiterhin so unfolgsam bist, wird das Leben noch einige unangenehme Überraschungen für dich bereithalten. Ich habe dir doch gesagt, du sollst diese Person jedesmal, wenn sie hier auftaucht, vertreiben. Aber wie ich sehe, hältst du dich nicht daran. Der Beweis: er ist erst verschwunden, als er mich hat kommen sehen.«

»Du übertreibst, Ma. Seit über einer Stunde versuche ich ihn loszuwerden, und dann sagst du, ich höre nicht auf deine Ratschläge.«

»Du willst mir weismachen, daß du wirklich versucht hast, ihn loszuwerden?«

»Ich habe ihm die schlimmsten Beleidigungen an den Kopf geworfen, unter anderem auch die, die du mir vorgeschlagen hast.«

»Und das alles hat ihn nicht vertrieben?«

»Es war nichts zu machen, Ma, er ist hartnäckig und dickköpfig, er …«

»Weshalb hast du dann niemand zu Hilfe gerufen?«

»Und wenn der ganze Markt gekommen wäre, so hätte das die Situation nicht gerettet. Dieser Mann ist sich seiner so sicher, ich frage mich, ob er nicht einen Verwandten oder einen einflußreichen Freund in der Regierung hat. Er hat mir versichert, daß er mich ins Gefängnis bringt, wenn ich die anderen rufe, um ihn zu vertreiben.«

»Ins Gefängnis? Er hat davon gesprochen, dich ins Gefängnis zu bringen?«

»Ja, Ma, wie sollte ich unter diesen Umständen …«

»Es ist sicher so, wie du sagst, er muß einflußreiche Beziehungen an offizieller Stelle haben. In diesem Fall, Tochter meines Herzens, hast du recht daran getan, mir nicht zu gehorchen …«

»Aber ich war gar nicht ungehorsam, Ma!«

»Das hat nun keinerlei Bedeutung mehr, Tochter meines Herzens. Mir fällt da etwas ein, ja, etwas Interessantes.«

»Und was, Ma?«

»Das Sprichwort hat immer recht, Tochter meines Herzens. Das Sprichwort sagt Folgendes: ›Wenn dir das Glück vom Himmel in den Schoß fällt, sollst du es nicht zurückweisen‹. Man muß an Sprichwörter glauben, sie sind wie das Licht. Wahr und echt. Die jungen Leute kennen heutzutage die Sprichwörter und ihre Bedeutung nicht mehr. Früher stellten sie die einzigen Lebensregeln dar, die von allen befolgt wurden. Edna, weißt du, warum der Mensch immer träumt beim Schlafen?«

»Nein, Ma.«

»Nun, ein Sprichwort hat ihm das Träumen befohlen.«

»Und wie?«

»Das war so: Eines Tages wachte der Mensch aus einem tiefen Schlaf auf, ging zu seinem Ahnherrn und sagte: ›Ahnherr, ich habe den Kopf voller Träume und jede Nacht, während ich schlafe, quält mich einer von ihnen. Mach, daß ich nachts nicht mehr träume.‹«

»Und dann?«

»Dann hat der Ahnherr den Menschen gefragt: ›Würdest du lieber tagsüber träumen?‹ Aber der Mensch antwortete nur: ›Was ich will, ist, überhaupt nicht mehr träumen.‹ Da antwortete der Ahnherr ohne jegliches Anzeichen von Ungeduld: ›Wenn das so ist, dann laß dir den Kopf abhacken, und du wirst sehen, du träumst nicht mehr.‹«

»Natürlich hat der Mensch diesen Rat nicht befolgt.«

»Und deshalb habe ich dir vorher gesagt, das Sprichwort hat dem Menschen befohlen, zu träumen. Indem der Ahnherr zu ihm sagte ›Laß dir den Kopf abhacken‹, meinte er eigentlich, ›du sollst weiterhin träumen‹.«

»Und das ist die Weisheit der Sprichwörter? Diese Art, das Gegenteil von dem zu sagen, was man eigentlich tun soll?«

»Genau das.«

»Aber in diesem Fall, Ma, kann das doch nicht ernst gemeint sein: wenn du mir also befohlen hast, diesen Mann zu vertreiben, sobald er hier auftaucht, dann habe ich recht gehabt, dies nicht zu tun; wolltest du mir das sagen?«

»Tochter meines Herzens, ich glaube, es ist eine gute Sache, daß du nicht länger zur Schule gegangen bist. Denn wenn zu all deiner Intelligenz noch das Wissen der Weißen käme, was sollte dann aus mir werden?«

»Das sagst du immer, aber du vergißt, daß heutzutage auch eine Marktfrau lesen und schreiben können sollte und noch viele andere Dinge mehr.«

»Ich kann es dir nur wiederholen: Schreiben ist etwas für Frauen, die wie die Männer in den Büros arbeiten wollen. Du aber brauchst so etwas nicht. Und du weißt genau, daß auch der Himmel dies gar nicht von dir erwartet. Denk dran, Edna …«

»Ja, ich weiß schon, aber wenn ich eines Tages jemandem schreiben möchte?«

»Wem schon? Oder hast du vielleicht Pläne, die du mir verheimlichst?«

»Aber nein, Ma, darum geht es doch gar nicht. Ich meine nur, daß man nie wissen kann, was passiert. Du weißt genau, daß ich nichts vor dir verheimliche, Ma. Ich frage mich nur, ob es wirklich richtig war, mich daheim zu lassen und nicht wieder in die Schule zu schicken, nachdem diese Geschichte rausgekommen war. Warum wolltest du, daß ich bei dir bleibe?«

»Eines Tages mußt du meinen Platz einnehmen, Tochter meines Herzens, das ist die Hauptsache. Ich dachte, du hättest es seit langem verstanden. Du weißt, eine Marktfrau ist wichtig. Sie spielt eine bedeutende Rolle im Leben unseres Landes. Sie formt unser Land, Tochter meines Herzens.«

»Ja, sie ist das Land, und sie läßt sich von Dummköpfen regieren, die geschickter sind als sie selbst. Warum nimmt niemals eine Marktfrau einen wichtigen Posten ein in unserem Land?«

»Aber Edna, man kann doch nicht gleichzeitig auf dem Markt arbeiten und in einem Büro!«

»Vor allem, wenn man weder schreiben noch lesen kann, noch alles andere, was man in einem Büro tut.«

»Kann schon sein, daß das der Grund ist. Aber nichtsdestotrotz sind die Marktfrauen in allen Bereichen unseres Landes präsent, und ihre Gewerkschaft ist die einflußreichste. Sieh doch die Dinge so, wie sie sind, Tochter: Hätte zum Beispiel der Doktor die Regierung übernehmen können, ohne die aktive Unterstützung der Marktfrauen?«

»Das stimmt, Ma. Aber du mußt auch zugeben, daß der Doktor, seit er an der Macht ist, nicht viel getan hat, um den Marktfrauen ins Gedächtnis zu rufen, wie dankbar er ist für ihre Unterstützung. Ich möchte sogar meinen – wenn ich an deine eigenen Klagen denke – daß sich im Gegenteil wenig im Leben der Marktfrauen verbessert hat, seit der Doktor an der Regierung sitzt.«

»Weil er nicht daran gedacht hat, andere Leute in die Regierung aufzunehmen als seine Familienmitglieder oder Parteigenossen. Das ist Politik, Tochter meines Herzens, was willst du da machen?«

»Und du glaubst, Ma, daß die Mitglieder seiner Familie und seiner Partei auch die Regierung gebildet hätten, wenn sie Analphabeten gewesen wären?«

»Wobei du wieder bei deiner Geschichte vom Lesen und Schreiben wärst.«

»Es ist eben wichtig, Ma! Wie sollten die Marktfrauen eines Tages wirklich eine Rolle spielen und womöglich das Land regieren, wenn sie nicht lesen und schreiben können?«

»Niemand verlangt von ihnen, daß sie das Land regieren, Tochter meines Herzens. Jeder braucht nur an seinem Platz zu bleiben, und es geht allen gut.«

»Ja ja, und ab und zu gibt es Platz für eine Adima unter den Marktfrauen. Adima und ihr Pulk von Taxis. Und ansonsten gibt es all die Frauen, die von winzigen Einkünften leben und sich den Gürtel so eng schnallen müssen, daß sie keine Luft mehr kriegen, wenn sie sich ein Kleid oder Schuhe kaufen wollen.«

»Sie brauchen sich ja nur nicht europäisch anzuziehen.«

»Es sind Frauen, Ma, und die schönen Dinge verlocken sie, gleichgültig, woher sie kommen!«

»Mach dir deshalb keine Sorgen, Tochter meines Herzens! Alle Marktfrauen können sich soviel Kleider kaufen, wie sie wollen. Ihnen fehlt es nicht an Geld.«

»Weshalb beklagen sie sich dann, wenn sie doch reich sind?«

»Reich sind sie nicht, Edna! Du siehst mich jeden Tag hier auf dem Markt. Glaubst du, daß ich reich bin?«

»Nein, Ma. Und doch bestehst du darauf, daß ich deinen Platz einnehme, wenn du selbst einmal nicht mehr auf den Markt kommen kannst. Das verstehe ich nicht. Willst du mir denn nur Armut vermachen?«

»Du denkst wirklich zuviel! Hör zu, ich werde dir ganz leise etwas ins Ohr flüstern, komm her zu mir ... Mit dem Leben, das ist so: Wenn du nicht genügend Geld hast, dann beklage dich ganz laut, damit die anderen dich hören und wissen, daß du arm bist. Wenn du aber genug verdienst zum Leben und um etwas zu sparen, Tochter meines Herzens, dann jammere noch lauter. Wenn die anderen dich hören, werden sie dir nicht glauben, aber sie werden wissen, daß du nicht viel verdienst. So ist das mit den Marktfrauen. Bald ist Weihnachten, und du weißt ja, wie sie Weihnachten feiern, sie, die angeblich kein Geld haben.«

»Ich weiß, Ma, ich weiß … – Warte, ich werde diese Dame bedienen …«

»Heute ist nicht unser Tag, Tochter. Sie ist nur vorbeigegangen.«

»Es ist ein schlechter Tag, heute ist fast niemand bei uns stehengeblieben.«

»Solche Tage gibt es.«

»Nur dieser Dummkopf war da, der so schlau getan hat und mit mir reden wollte.«

»Du hast mir nicht gesagt, was er von dir wollte?«

»Mit mir reden Ma, das ist alles.«

»Das ist alles? Und dazu hat er eine Stunde gebraucht, um mit dir reden zu wollen?«

»Er hat eine Menge Sachen zu mir gesagt, von denen ich nichts verstanden habe und …«

»Halt, halt, Tochter meines Herzens, mir wirst du doch keine Märchen erzählen. Du bist erst zweiundzwanzig, aber ich weiß, wie aufmerksam du den Männern zuhörst, die mit dir reden.«

»Ma …«

»Ja, ich weiß, und im Grunde gefällt mir das. Denn ich sage mir, daß du wenigstens nicht auf irgendwelche Geschichten hereinfallen wirst, ohne zu begreifen, was mit dir passiert und warum. Also, wiederhole mir jedes seiner Worte.«

»Nichts besonderes, Ma, nur Unsinn. Er hat behauptet, ich räume ihm nicht die Steine aus dem Weg …«

»Aus dem Weg wozu?«

»Zu einer Unterhaltung natürlich.«

»Na, das ist mir ein seltsamer Vogel, dein Mann!«

»Aber es ist doch nicht mein Mann, das weißt du genau, Ma!«

»Und warum wollte er, daß du ihm die Steine aus dem Weg räumst für eine Unterhaltung? Das mußt du mir schon erklären, ich verstehe gar nichts.«

»Ich auch nicht. Er hat gemeint, er habe mir etwas zu sagen, was er auf dem Herzen habe, und ich komme ihm dabei nicht entgegen.«

»Auf dem Herzen, hast du zu ihm etwas von seinem Herzen gesagt?«

»Natürlich nicht, Ma. Ich weiß nicht mal, wo er sein Herz hat.«

»Na gut, weißt du was, Tochter meines Herzens, diesen Typen da, den hat Gott geschickt, das sage ich dir.«

»Was willst du damit sagen?«

»Das wirst du verstehen, wenn ich dir erzähle, was eigentlich los ist. Aber ich glaube, jetzt sollten wir erstmal zusammenräumen, die anderen gehen schon.«

»Was für ein Tag. Die Einnahmen haben wir schnell gezählt.«

»Da kann man nichts machen.«

Kapitel 3

Edna war schön mit ihrer Brust, bei der man ins Träumen kam.

Die schwarze Frau des Poeten.

Sie bewegte sich ziemlich sorglos im Leben, wie das bei einer jungen Marktfrau so ist. Ma hatte ihr des öfteren zu verstehen gegeben, das einzige, was sie von ihr erwarte, sei, daß sie eines Tages ihren Platz einnehmen könne. Dann, wenn sie selbst ihren Beruf nicht mehr ausüben könne, entweder weil das Alter sie zur Arbeitslosigkeit verurteile oder weil der Tod sich da eingemischt hätte. Edna lachte ihr immer gleiches Lachen, wenn sie an eine dieser Möglichkeiten dachte. Sie stand dem Tod ihrer Großmutter keineswegs gleichgültig gegenüber, doch hatte Ma eine Art, über diese ernsten Dinge des Lebens zu sprechen, die sie für immer davon überzeugt hatte, daß auch der Tod zur Existenz gehört. Daß Leute sterben, dies ist das Leben. Die Trauer ist eine Täuschung, die dem Lebensstrom nicht widerstehen kann. Denn jeder Neubeginn ist unweigerlich vom Zeichen des Todes geprägt.

Wir sind von lauter Sonnen umgeben, und jeden Tag fängt das Leben von neuem an.

Der Regen betreibt ein doppeltes Spiel; ob es in Strömen gießt oder nur leicht tröpfelt, immer läßt er einen daran denken, daß bald die Sonne wiederkommt. Die Wolke will den Tod der Sonne, aber sie segnet die Dächer der Häuser mit dem kristallklaren Wasser des Himmels wie mit einem schönen Trug.

Die Sonne stirbt nicht, sie ist der unsterbliche Mensch, sie ist Gott.

Bei diesen Gedanken kam ein Leuchten in die Augen der jungen Frau. Sie war nicht älter als fünf Jahre alt gewesen, als sie Ma zum ersten Mal sagen hörte, daß die Sonne Gott sei. Und jedesmal, wenn sie wieder daran dachte, fühlte sie sich erfüllt von diesem

Leuchten, von dieser unerklärlichen Freude, und ihre strahlenden Augen und ihr Gesicht legten dafür Zeugnis ab.

Edna war bei Ma aufgewachsen und kannte sie besser als alle anderen Mitglieder ihrer Familie. Soweit sie zurückdenken konnte, sah sie Ma an ihrer Seite, sei es während der – wie man zugeben muß – zu kurzen Zeit, als ihre Mutter noch lebte, sei es danach, als ihre Tante, die von der ganzen Familie Prinzessin genannt wurde, beschlossen hatte, die Erziehung des kleinen Mädchens Edna in die Hand zu nehmen.

Ednas Vater hatte die eheliche Wohnung kurz vor ihrer Geburt verlassen, da er behauptete, nichts zur Schwangerschaft seiner Frau beigetragen zu haben. Für die bösen Zungen war dies natürlich ein gefundenes Fressen. Man kennt sie ja. Bei jeder Kleinigkeit blüht der Klatsch und umsomehr, wenn es sich wie in diesem Fall um eine schwerwiegende Angelegenheit handelt. In ihren unzähligen Kommentaren versäumten es die bösen Zungen nie, besonders hervorzuheben, daß »Brother Danka« fast acht Monate gewartet hatte, bevor er feststellte, daß er niemals der Vater dieses Kindes sein würde. Falls Sie jemals die Geburt eines Kindes erwarten, so kann ich Ihnen nur raten, sich von Anfang an zu versichern, daß es auch das Ihre ist.

So war Edna schon vaterlos, bevor sie zur Welt kam. Vier glückliche Jahre zarten Alters verstrichen, dann traf das kleine Mädchen erneut ein Schicksalsschlag: kurz nach ihrem vierten Geburtstag starb ihre Mutter.

Tante Prinzessin hatte einen offiziellen Ehemann und ging jeden Sonntag zweimal zur Kirche. Sie lebte nicht unter demselben Dach wie ihr Mann und auch nicht in einem der zahlreichen Gebäude rund um das Haupthaus, die die »Konzession« von Herrn Teteya, ihrem Gatten, bildeten. Alle anderen Nebengebäude wurden von den anderen Frauen des Herrn Teteya bewohnt. Diese stammten ebenso wie ihr Herr aus Dahomey und hatten ihr Mißfallen kundgetan, als Herr Teteya eines Tages eine weitere Frau nahm, und noch dazu eine mit dem besonderen Merkmal, nicht wie alle anderen eine Fon zu sein. Tante Prinzessin war Ashanti und lebte wie die meisten ihrer Familienmitglieder »immer schon« in Accra – um dieselben Ausdrücke zu gebrauchen, die auch sie nicht ohne Stolz verwendete, wenn sie der einen oder anderen ihrer Mitfrauen bedeuten wollte, daß sie in Ghana keine Fremde war.

Tante Prinzessin lebte sozusagen »außerhalb des Hofes« und zog vollen Nutzen aus dieser Situation, zwar verheiratet und damit geschützt zu sein, aber gleichzeitig in gewisser Weise eine unabhängige Frau. Auf Grund dieser Tatsache wurden von den bösen Zungen häufig gewisse Einzelheiten aus dem Leben von Tante Prinzessin öffentlich verbreitet. Doch hatten wir nie die Gelegenheit, zu überprüfen, ob auch alles richtig war, was man über sie sagte. Tatsache ist jedenfalls, daß manch einer in Accra Tante Prinzessin dem Namen nach kennt, ohne sie jemals gesehen zu haben. Man sagte, daß sie kinderlos geblieben war, weil sie es so wollte. Als ob eine Frau nicht das Recht hätte, keine Kinder zu wollen. Man sagte auch, sie habe mehr als einen Mann, und wenn sie so oft zur Kirche gehe, dann deshalb, weil sie soviel auf dem Gewissen habe, vor allem, was ein ganz bestimmtes der zehn Gebote betraf. Speziell in diesem Punkt konnten sich die bösen wie die guten Zungen niemals einig werden. Denn manche Leute wagten auch zu behaupten, daß es nicht die Schuldgefühle waren, die Tante Prinzessin so oft auf den Weg zur Kirche führten: »Sie geht nicht in die Kirche, um zu beten oder das Wort Gottes zu hören, sie geht hin, um sich ihre Männer auszusuchen«, sagten die Leute. Aber was wird nicht alles geredet.

Trotz alledem hatte es Tante Prinzessin geschafft, ihre offizielle Stellung an der Seite von Herrn Teteya zu festigen. Mit einer Kochkunst, die über jeden Zweifel erhaben war, verstand sie es, sich seiner Gunst zu versichern. Dagegen konnten ihre Mitehefrauen, oder genauer gesagt, Rivalinnen, nicht ankommen. So nahm sie, die als letzte das Herz des gemeinsamen Ehemannes erobert hatte, dort nun den allerersten Platz ein. Als Folge davon hatten sich Neid und Eifersucht im »Hof« von Herrn Teteya breitgemacht. Dieser war Geschäftsführer eines ziemlich großen Handelsunternehmens, eher wohlhabend und in der Lage, jeder seiner Frauen das zu geben, was sie benötigte. Die Streitigkeiten, die sie untereineander austrugen, bereiteten ihm daher keine Sorgen. Welcher polygame Mann würde sich im übrigen nicht glücklich schätzen, wenn ihn die Natur zum Herren über einen Harem machte, in dem es Zwistigkeiten gab? Aber selbst in dieser Situation relativen Wohlstands warf man noch Tante Prinzessin vor, diesen »armen Fremden« zum Mann genommen zu haben, um ihn auszunützen. Zu diesem Thema gab es viele Lieder, aber Tante Prinzessin hatte sich immer taub gestellt und gesagt, eines Tages werde ihr der Himmel die Gelegenheit bieten, ihre Güte zu beweisen.

Und so gab ihr eines Tages der Himmel die Chance zu beweisen, daß sie gut war. Diese Chance, das war der Tod von Ednas Mutter. Der Himmel hat schon eine seltsame Art, den Menschen hier unten eine Chance zu geben …

Auf der Stelle nahm Tante Prinzessin Edna zu sich. Schon nach kurzer Zeit hatte sie das Gefühl, daß bisher ein Kind ihrem Haus gefehlt habe, und sie war glücklich, sich Edna widmen zu können. Man muß zugeben, daß ihre eifrigen Bemühungen durch all die finanziellen Mittel erleichtert wurden, die ihr Herr Teteya zur Verfügung stellte. Auch ihm gefiel der Gedanke, daß seine Frau Edna zu sich nahm, um sie aufzuziehen.

Ma, die ihre Enkelin über alles liebte, fragte Tante Prinzessin, ob sie von nun an bei ihr wohnen könne, um Edna so gut sie konnte zu beschützen. Mas Vorschlag war keineswegs aus der Luft gegriffen, da Prinzessin, wie man ja weiß, ebenso wie Ednas Mutter ihre Tochter war. Doch hört nur:

»Worum willst du dich denn kümmern? Die Erziehung des Kindes? Ma, du weißt doch, daß du dafür keine Zeit hast, wenn du …«

»… wenn ich auf den Markt gehen muß, ich weiß. Prinzessin, meine Tochter, es geht doch nicht darum, daß ich dir dein Mündel wegnehmen will, niemals käme ich auf diese Idee. Das könnte ich ja auch gar nicht, weil ich eben auf den Markt gehen muß.«

»Aber was dann, das verstehe ich nicht?«

»Nimm einmal an, Prinzessin, daß auch du nicht immer zu Hause bist, zum Beispiel am Abend. Würdest du es nicht begrüßen, wenn ich dann hier bei der kleinen Edna wäre?«

»Wenn ich ausgehe, werde ich schon eine Lösung finden; Edna wird nicht allein sein, das verspreche ich dir.«

»Aber Prinzessin, meine Tochter, warum willst du denn um alles in der Welt nicht, daß ich bei dir und der Tochter meines Herzens lebe?«

»Warum, warum, wie soll ich das wissen? Ich will, daß das erst gar nicht anfängt. Teteya hat mich geheiratet und nicht meine ganze Familie dazu. Wenn es mit dir anfängt, dann kommt morgen jemand anderer von uns und will bei mir wohnen. Mein Mann hätte niemals die Mittel, um neben seiner Familie, die auch schon groß ist, noch dazu meine Familie zu ernähren. Laß mich allein mit Edna zurechtkommen. Du wirst sehen, daß alles gutgeht.«

»Das ist es also, was dir Angst macht?«

»Das ist es, Mutter.«

»Also willst du ...«

»Du kannst hierher kommen, wann immer du möchtest und Zeit hast, aber nicht, um hier zu leben.«

»Aber weißt du ...«

»Ich weiß, daß es dir weh tut, dies zu hören, aber so ist es eben.«

Bei diesen Worten brach Ma in Tränen aus und sagte:

»Mein Gott, mein Gott, warum hast du mich so bestraft? Das ist keine Tochter, die du mir da gegeben hast, das ist ein Monster ...«

»Ich erinnere mich, daß ich das schon gehört habe, Mutter; allzuoft schon für meinen Geschmack. Ich bin von zu Hause weggegangen, weil ich es nicht mehr hören konnte, daß ich keine Tochter war, sondern ein Monster, das Gott dir gegeben hatte, um dich für was weiß ich welche Sünde zu bestrafen. Ich will das nicht von neuem hören, vor allem nicht jetzt. Dann hat dir eben Gott in meiner Person ein Monster gegeben, aber ...«

»Aber meine Tochter, du kannst ja nichts dafür, ich tadle dich ja gar nicht, du hast dich ja nicht selbst erschaffen!« beschwichtigte Ma.

»... daß du deshalb auf den Schöpfer böse bist, das ist dein Problem, Mutter. Jedenfalls gibt mir dieser selbe Schöpfer, der aus mir ein Monster gemacht hat – wie du sagst –, jetzt die Gelegenheit zu beweisen, daß ich zu etwas nutze sein kann. Diese Chance werde ich bestimmt nicht verschenken.«

»Du lieber Himmel, wie redet meine eigene Tochter mit mir!«

»Ich bin nicht respektlos zu dir gewesen, Mutter. Ich sage, daß du zu mir kommen kannst, wann immer du dies wünschst und Zeit hast, aber um Edna werde ich mich kümmern. Sie wird auch meine Tochter sein.«

Ma hatte noch die Kraft, eine Zeitlang zu weinen und sich selbst zu bedauern, aber nichts konnte die Entscheidung von Tante Prinzessin ins Wanken bringen. Zuguterletzt weinte auch sie, denn sie mußte sich eingestehen, daß sie mit ihrer eigenen Mutter nicht gerade sanft umging. Dann trennten sich die beiden Frauen mit der Vereinbarung, die Prinzessin diktiert hatte und die Ma in den darauffolgenden Monaten und Jahren gierig in die Tat umsetzte. Dank dieser Regelung genoß Edna ein paar Jahre lang sowohl den materiellen Komfort und die wohlwollende Aufmerksamkeit ihrer Tante wie auch die unvergleichlich zärtliche Zuwendung ihrer Großmutter.

Diese Regelung, die zu Beginn in Mas Augen nur ein geringeres Übel darstellte, erwies sich schon nach einigen Monaten als erstaunlich realistisch. Der Lauf der Zeit hält für uns nicht nur Regen und Sonnenschein bereit, sondern auch den Niederschlag lehrreicher Erfahrungen. Mögen die Menschen auch nicht immer geneigt sein, diese in die Tat umzusetzen, so drängen sich ihnen aber auf Dauer die Erfahrungen mit unbestreitbarer Logik auf. Prinzessin war für Ma auch lange, nachdem sie ihr Elternhaus verlassen und sich mit Herrn Teteya verheiratet hatte, also im wahrsten Sinne des Wortes eine Frau geworden war, noch das kleine Mädchen von früher, das sie gestillt und aufgezogen hatte. Und wenn Ma sie »meine Tochter« nannte, dann klang in diesen Worten die Erinnerung einer Kindheit mit, die Ma vom ersten Tag an gekannt hatte. Tante Prinzessin spürte natürlich, daß ihre Mutter – auch wenn sie keineswegs tyrannisch sein wollte – zu diesen alten Leuten gehörte, für die ihre Kinder, ob groß oder klein, in erster Linie Kinder bleiben. Außer all den bereits erwähnten Gründen war dies vielleicht der wirkliche Grund dafür, warum sie nicht wollte, daß Ma ständig bei ihnen lebte. So gaben die Tage, Wochen, Monate und Jahre schließlich der Auffassung von Tante Prinzessin recht.

Mit sieben Jahren war Edna, umgeben von ihrer Tante, ihrem angeheirateten Onkel und ihrer Großmutter, ein glückliches Kind, dem seine richtigen Eltern bisher nicht gefehlt hatten. Man beschloß, sie solle mit der Schule beginnen und schrieb sie in einer Grundschule in dem Stadtviertel von Abraka ein. Jeden Morgen wurde sie von Tante Prinzessin dorthin gebracht und jeden Mittag wieder abgeholt. Denn die Schulen waren für die Anzahl der eingeschriebenen Schüler zu klein, und Edna hatte nachmittags keinen Unterricht.

Da sie also Edna täglich zur Schule brachte, hatte Tante Prinzessin Bunefo, den Direktor der Grundschule, kennengelernt. Bunefo war jung, und es hieß allgemein, er sei intelligent. Da er außerdem auch noch groß und gutaussehend war, hatte er alle Qualitäten, um allgemein Gefallen zu finden. Und er hatte das Glück, Tante Prinzessins Aufmerksamkeit zu erregen. Bald fand sie, es sei sehr gut für sie, ihre Nichte zur Schule zu begleiten. Wie Sie wissen, war Tante Prinzessin eine schöne Frau, wenn auch die Lieder, die über sie gedichtet wurden, dies nicht genügend hervorheben. Als sie den weitaus jüngeren Bunefo kennenlernte, glaubte dieser, er habe es mit einer ganz jungen Frau zu tun, so gut sah Tante Prinzessin noch aus. Die beiden taten alles, um einen Skandal an der Schule zu vermeiden, beschlossen aber, sich trotzdem so oft wie möglich zu treffen. Unnötig zu sagen, was sich unter ihnen abspielte. Aber der Skandal wartete Tag für Tag auf den geeigneten Augenblick, um auszubrechen. Denn so macht er es gewöhnlich, und er geht vorher sicher, daß sein Ausbruch auch wirklich einen Skandal hervorrufen wird.

Ma sah Bunefo mehrere Male bei Tante Prinzessin, bevor sie schließlich etwas zu ihrer Tochter sagte.

»Wer ist dieser Mann eigentlich, kommt er oft?«

»Der Direktor von Ednas Schule.«

»Und, und ... ich nehme an, er kommt, um Edna im Lesen und im Schreiben zu unterrichten?«

»Ja, so ist es, genau. Er kommt, weil nachmittags die Schule zu ist, und er will, daß Edna schnell lernt.«

»Also mag er sie sehr gerne, wie ich sehe?«

»Mutter, ich mag dir nichts mehr vorspielen. Es kann doch jemand von Zeit zu Zeit hierher kommen, auch wenn er nicht Edna das Lesen und Schreiben beibringt. Ich sehe nicht ein, was da Schlimmes daran sein soll.«

Ma zog deutlich hörbar die Spucke ein. Dies bedeutete, daß auch sie Tante Prinzessin nichts mehr vormachen wollte, aber es hieß auch, daß sie nicht eine Sekunde glaubte, ein großer, junger Mann, hübsch und Schuldirektor, besuche ihre Tochter nur, um nachmittags mit ihr zu plaudern.

»Weißt du, Prinzessin, du mußt aufpassen, die Leute reden viel und kümmern sich immer …«

»… um das, was sie nichts angeht. Ich weiß schon, Mutter. Was willst du da machen? Ihnen die Zunge herausschneiden oder den Mund verbieten?«

»Nein, Tochter, aber wenn es Herrn Teteya zu Ohren kommen würde …«

»… wenn was zu Ohren kommen würde?«

»Eben daß dich jemand soundsooft am Abend besuchen kommt. Ich nehme an, er …«

»… er würde mich höflich bitten, nicht mehr seine Frau zu sein. Laß es gut sein, Mutter, kümmere dich nicht um diese Angelegenheit, ich werde versuchen, alleine da rauszukommen.«

»Da rauszukommen? Bist du denn in Schwierigkeiten?«

»Nicht direkt, Mutter, aber die Leute reden, wie du selbst so richtig bemerkst, und reden vor allem über Dinge, die sie nichts angehen. Daran bin ich inzwischen gewöhnt und Herr Teteya auch. Wenn er etwas erfahren würde, wäre er sicher wütend, auch daran bin ich gewöhnt. Dann würde er beschließen, daß er mich nicht mehr sehen will, woran ich ebenfalls gewöhnt bin. Und zuletzt würde er herkommen und mich unter vier Augen bitten, seine schlechte Laune nicht ernstzunehmen. Auch daran bin ich gewöhnt.«

»Aha? ...«

»Wie ich dir gesagt habe: Ich weiß auswendig, wie sich alles abspielen wird, so, als hätte ich es schon öfter erlebt.«

»Da kann ich nur sagen, meine Tochter ist erwachsen geworden!«

»Was hast du denn gedacht?«

»Was weiß ich? Ich dachte ... ich dachte zuerst, daß die Leute nicht unbedingt Unrecht haben, wenn sie reden.«

»Anders ausgedrückt hieße das, es ist tatsächlich etwas gewesen zwischen dem jungen Lehrer und mir?«

»Hast du mir nicht gesagt, daß er Direktor ist?«

»Ja natürlich, aber um Direktor zu sein, muß er zugleich auch Lehrer sein ... lassen wir das, das ist ein bißchen kompliziert. Du meinst also, wenn die Leute reden, dann stimmt es auch, was sie sagen, nicht wahr?«

»Und du, willst du behaupten, daß es nicht stimmt?«

»Mutter, das ist ja ein richtiges Verhör, das du da anstellst, ich weiß nicht, warum du von diesen Dingen redest, die aus der Luft gegriffen sind.«

»Warum, meine Tochter? Es ist doch nur zu deinem Besten, wenn ich so mit dir rede.«

»Also wenn es nur darum geht, dann kann ich dich beruhigen und dir sagen, daß es meinem Besten sehr gut geht, und daß ihm ein bißchen zusätzlicher Klatsch nichts anhaben kann. Bist du mit dieser Antwort zufrieden?«

»Ja, abgesehen davon, daß ich immer noch nicht weiß, was ich glauben soll, wenn mir die Leute eines Tages etwas über meine Tochter erzählen.«

»Dann schick sie zum Teufel, sie verdienen nichts Besseres.«

»Schon gut, meine Tochter, schon gut.«

Ma zog nochmals ganz demonstrativ die Spucke ein, aber diesmal, um anzudeuten, daß sie den weiteren Verlauf der Ereignisse abwarten wolle, denn sie war sicher, es werde weitere Ereignisse geben. Sie hatte so etwas wie eine Vorahnung, daß diese Geschichte, die so klein und bescheiden mit einfachen freundschaftlichen Besuchen begann, einen ganz unerwarteten Ausgang nehmen würde. Die Vorahnung ist ein häßlicher Käfig rund um den Optimismus, transparent genug, um vage Vorhersagen zu treffen und undurchsichtig genug, um die Vernunft an der Vorahnung zweifeln zu lassen. In diesem Fall jedoch spürte Ma, daß es an der Vorahnung nichts zu zweifeln gab. Deshalb zog sie zum dritten Mal die Spukke ein und gestand sich insgeheim ein, daß sie den kommenden Ereignissen mit Furcht entgegensah.

Edna wuchs schnell heran, so schnell wie der Mais. Als sie acht war, hätte man sie für doppelt so alt halten können. In ihrer Schulklasse wirkte sie wie ein Fremdkörper, den man einfach aus Versehen da hingestellt hatte. Was dagegen das Gehirn betraf, so gab es keine Anzeichen einer besonderen Intelligenz von sich. Um die Wahrheit zu sagen, Edna lernte sehr langsam, wie jeder bei ihr zu Hause und in der Schule feststellen konnte. Dafür war sie so hübsch, daß bereits einige der jungen Lehrer an ihrer Schule Erkundigungen einzogen, wie alt sie wirklich sei, was ihr Vater mache und eine Menge anderer mehr oder weniger indiskreter und uninteressierter Fragen. Nach kurzer Zeit fand Tante Prinzessin, es sei nicht mehr nötig, Edna in die Schule zu begleiten, sie könne den Weg alleine machen.

»Und außerdem kann dich auch Herr Bunefo nach Hause bringen«, sagte Tante Prinzessin eines Tages.

Herr Bunefo ließ sich nicht zweimal bitten, Edna, oder vielmehr ihrer Tante, diesen Dienst zu erweisen. Oft begleitete er das Mädchen am hellichten Tag nach Hause, denn Tante Prinzessin und ihm war es bisher – ihre Bekanntschaft dauerte nun schon ein Jahr – gelungen, jeglichen Klatsch zu vermeiden. Daher nahm auch niemand daran Anstoß, daß der junge Mann zu Ednas Tante kam wie zu einer alten Freundin. Die Leute fanden es höchstens nicht ganz gerecht, daß der Direktor Edna Einzelunterricht gab, während doch auch andere Kinder darunter zu leiden hatten, daß es nicht genügend Schulräume und Lehrer gab und deshalb der Unterricht nur einmal am Tag stattfinden konnte. Herrn Bunefo gelang es sogar, Herrn Teteya vorgestellt zu werden, der ebenfalls schmeichelhafte Bemerkungen über die Intelligenz des jungen Lehrers machte. So geht es im Leben. Nur Ma verhielt sich sehr reserviert, was Tante Prinzessin völlig absurd fand, da doch jeder Mensch hatte feststellen können, wie harmlos Herr Bunefo war. Wenn sie manchmal schon am Nachmittag früher als üblich vom Markt zurückkam, dann verbrachte sie Stunden und Stunden mit ihrer Enkelin, sprach mit ihr über dies und jenes, erzählte ihr Fabeln und Geschichten von früher, die sie selbst in ihrer Kindheit gehört hatte.

»Wer hat dir all diese Geschichten erzählt, Ma?«

»Wer? Aber vergißt du denn, daß auch ich eine Mutter hatte, Tochter meines Herzens?«

»Also hast auch du sie deinen Töchtern erzählt?«

»Allen meinen Kindern.«

»Auch Tante Prinzessin?«

»Auch Tante Prinzessin.«

»Warum hat sie mir dann niemals davon erzählt?«

»Ach, Tochter meines Herzens, das Leben ist heute anders als früher. Vielleicht erinnert sie sich nicht mehr an all die Geschichten, die ihr meine Mutter – ihre Großmutter – und ich selbst erzählt haben, als sie klein war.«

»Aber ich werde mich daran erinnern, Ma! Sie sind wunderbar, man kann sie nicht vergessen!«

»Diese Geschichten darf man nicht vergessen, denn sie kommen von weit her. Unsere Vorfahren haben sie uns erzählt. Man darf sich nicht darüber lustig machen, auch wenn die Leute heutzutage, mit der Schule der Weißen, leicht dazu neigen, die Wahrheit und Weisheit zu mißachten, die in den Fabeln und Märchen enthalten sind. Was macht übrigens diese Schule, Edna?«

»Ach Ma, wir hatten es gerade so angenehm … und da mußt du …«

»Pst, ich frage dich, wie es dir in der Schule geht?«

»Ich bin immer noch die Größte in der Klasse, und das stört mich sehr. Vor allem weil ich nicht die Beste bin. Findest du das nicht peinlich, Ma?«

»Tochter meines Herzens, du magst vielleicht die Größte in deiner Klasse sein, aber da kannst du doch nichts dafür …«

»Wer kann denn etwas dafür, Ma?«

»Wer?«

»Ja, wer? War mein Vater sehr groß?«

»Dein Vater, dein Vater, wie soll ich mich da noch erinnern! Du weißt ja, daß wir uns immer noch fragen, was wohl aus ihm geworden ist.«

»Das könnt ihr doch gar nicht, Tante Prinzessin hat mir gesagt, daß er tot ist.«

»Ja ... ja, wir ... wir glauben, daß er tot ist. Aber ich bitte dich, Tochter meines Herzens, versuche, auf die Fragen zu antworten, die ich dir bezüglich der Schule gestellt habe und bringe uns nicht vom Thema ab.«

»Schon gut, Ma, ärgere dich nicht. Hier ist mein Heft. Schau es dir an und urteile selbst, ob ich Fortschritte mache!«

»Wie soll ich denn das beurteilen können? Du weißt doch, daß ich nicht lesen kann.«

»Dann sind wir wenigstens zu zweit, denn ich kann auch nicht lesen.«

»Aber Edna, das ist doch nicht dasselbe. Du bist doch gerade dabei, lesen und schreiben zu lernen. Du wirst doch nicht sagen, daß du es nicht kannst ...«

»Aber genau das sagt mein Lehrer im Unterricht ständig zu mir: ›Du kannst nicht lesen, du kannst nicht lesen, du kannst nicht lesen‹, wie eine Schallplatte, und die ganze Klasse lacht darüber, ich habe genug davon. Ich schäme mich.«

»Aber vielleicht kannst du jetzt wenigstens schreiben?«

»Das meinst du wohl nicht ernst, Ma, schau dir mein Heft an.«

»Die erste Seite, da ist ja nichts drauf. Aber Tochter meines Herzens, was ist denn mit den anderen Seiten passiert? Hast du das Tintenfaß ausgeschüttet? Man sieht ja nicht einmal mehr, was du geschrieben hast.«

»Wenn du meinst, das habe ich absichtlich gemacht, dann täuschst du dich. Jedenfalls habe ich vom Lehrer ganz schöne Schläge dafür bekommen, und dabei hat er vor der ganzen Klasse geschrien, daß ich niemals das Schreiben lernen werde.«

»Weil du dein Tintenfaß nicht festhalten kannst?«

»Genau.«

»Und der Direktor, was hat der dazu gesagt?«

»Nichts.«

»Was heißt nichts? Weiß er nicht, daß dich dein Lehrer mißhandelt hat?«

»Ich glaube, er weiß es schon, aber was soll er denn machen? So ist eben die Schule, verstehst du, Ma?«

»Schlägt man euch?«

»Manchmal.«

»Fest?«

»Manchmal sehr fest.«

»Und man schafft es nicht einmal, euch lesen und schreiben beizubringen?«

»Man lehrt uns alles, was wir wissen müssen, aber manchmal verstehen wir nichts, und dann schlägt man uns zur Strafe.«

»Na gut, Tochter meines Herzens, wenn ich deinen Direktor sehe, dann werde ich ihm sagen, was ich von seinen Lehrern und ihm halte.«

»Tu das nicht, Ma, sag nichts, er ist so freundlich!«

»Was, was sagst du da?«

»Er ist sehr nett, ich glaube, er mag mich sehr.«

»Das wäre es also, da haben wir's. Edna, mein Mädchen, du gehst in die Schule, um lesen und schreiben zu lernen, und ich will nicht mehr hören, daß du nichts lernst, weil dich der Direktor so gerne hat. Du bist ein kleines Kind, ist er sich dessen bewußt, dieser Idiot von Lehrer?«

Gerade in diesem Moment kam Tante Prinzessin zur Türe rein. Ma stürzte sich buchstäblich auf sie, sie war kaum jemals so erzürnt gewesen.

»Hörst du das? Hast du gehört, was Edna soeben gesagt hat?«

»Ich habe es gehört, aber ich muß zugeben, daß ich ebenso überrascht bin wie du. Edna, wie kommst du auf die Idee, daß Herr Bunefo dich sehr gerne mag, wie du sagst.«

»Er selber hat es mir gesagt, Tante Prinzessin.«

»Wie?« sagten die beiden Frauen im Chor und sahen sich erstaunt an.

»Ja, er hat es mir mehrmals gesagt.«

»Diese Lügner«, schrie Tante Prinzessin in plötzlicher Wut, was weder Edna noch Ma verstanden. »Der Lügner, wenn er noch einmal kommt und so etwas sagt, dann wird mir die Hand ausrutschen.«

»Aber Prinzessin, es handelt sich doch nicht um dich!«

»Laß mich, Mutter, geh jetzt, ich will ihn nicht mehr sehen.«

»Edna, wie hat dieser Mann mit dir gesprochen, kannst du wiederholen, was er gesagt hat und wo es war?«

»Er hat zu mir gesagt: ›Du bist hübsch, Edna, ich mag dich sehr gern. Komm mit mir nach Hause.‹«

»Und du bist mitgegangen, Dummerchen, nicht wahr, du bist hingegangen?«

»Ja, Tante Prinzessin, ich bin mitgegangen, er war sehr nett, und beim ersten Mal hat er mir Bonbons gegeben.«

»Edna, Edna, das hast du mir noch nie erzählt!«

»Du hast mich noch nie danach gefragt, Tante Prinzessin.«

»Oh Gott! Prinzessin, meine Tochter, ich glaube, meine Vorahnungen bestätigen sich. Dieser Mann hat mir noch nie gefallen, seit du ihn mit hierher gebracht hast. Aber Edna ist ja noch ein ganz kleines Mädchen!«

Bei diesen Worten hob sie die Arme gen Himmel. Tante Prinzessin dagegen wußte nicht mehr, ob sie ihren plötzlichen Tränen der Wut weiter freien Lauf lassen oder sich lieber heldenhaft zeigen sollte.

»Wenn ich recht verstanden habe, dann bist du mehr als einmal zu Bunefo gegangen?«

»Ja, mehrmals, Tante Prinzessin, vor allem, wenn du nachmittags nicht da warst.«

»Siehst du nun, Prinzessin, warum ich dich gebeten hatte, mich hier wohnen zu lassen? Das wäre alles nicht passiert, wenn du auf mich gehört hättest.«

»Ach Mutter, du liebst es, immer in der Vergangenheit zu sprechen: ›Das alles wäre nicht geschehen, wenn ...‹ Hättest du nachmittags den Markt verlassen, um dich um deine Enkelin zu kümmern, damit ihr nichts passiert? Und überhaupt, was ist denn passiert? Bunefo hat sie mit zu sich genommen, na und? Sie ist nicht daran gestorben! Was hat er denn mit dir gemacht, Edna, was hat er getan, dieser Schuft?«

»Ach, Tante Prinzessin, ich weiß es nicht mehr …«

»Tochter meines Herzens, sag es uns, sag es, wenn er dir etwas getan hat.«

»Nein, ich weiß es nicht mehr, Ma, ich kann es euch nicht …«

Edna konnte ihren Satz nicht vollenden, aber das darauffolgende Schweigen der beiden Frauen machte deutlich, daß sie ohne Erklärung verstanden hatten. Etwas war vorgefallen. Vielleicht sogar etwas Schlimmes. Aber weder Tante Prinzessin noch Ma wagten daran zu denken. Also schwiegen sie. Glücklicherweise klopfte es plötzlich an der Türe.

»Du lieber Himmel«, seufzte Ma, während Tante Prinzessin ihr Gesicht wieder in Ordnung brachte und öffnen ging.

Sie blieb eine Weile weg und redete auf der Türschwelle mit einer Person mit hoher Stimme, sicherlich einer Frau.

»Edna«, sagte Ma schließlich, »ich bin hier, um dir zu helfen, sag mir, was er dir angetan hat, dieser … dieser … ich weiß nicht einmal mehr wie er heißt …«

»Bunefo.«

»Ja, Bunefo … hat er dir weh getan?«

»Du stellst mir vielleicht Fragen, Ma … Er hat zu mir gesagt … daß es … am Anfang immer weh tut. Aber daß es nachher besser geht.«

»Also kennst du das alles schon, Edna, und ich behandle dich immer noch wie ein Kind, das gerade gestern auf die Welt gekommen ist. Oh Gott, in was für einer Zeit leben wir? Warum hast du die Menschen unserer Tage so böse gemacht? Wie kann man nur so das Vertrauen der Leute mißbrauchen? Was haben wir dir getan? Dieses Mädchen ist erst acht Jahre alt, aber was für ein Herz hast du ihr gegeben? Wieso hast du es dir erlaubt, ihr einen so schweren Weg aufzuerlegen, der selbst für einen älteren Menschen zu schwierig wäre? Sieh nur, alles was du mir gegeben hattest, nimmst du mir auf einmal wieder, als hätte ich dich beleidigt. Wofür bestrafst du mich, Herr?«

Ma sackte in einem Sessel zusammen und begann laut zu schluchzen. Edna stand daneben, sah und hörte das alles, ohne recht zu verstehen. Stimmt, sie hatte es nicht gewagt zu sagen, was Herr Bunefo mit ihr gemacht hatte, aber eigentlich nur deshalb, weil man ihr zu verstehen gegeben hatte, daß man über diese Dinge nicht spricht. Sie selbst hatte nicht das Bewußtsein, etwas Schlimmes getan zu haben. Das sagte Edna zu ihrer Großmutter in dem Bemühen, diese zu trösten.

Später am Abend wurde sie von ihrer Tante untersucht. Als diese feststellte, daß Edna frühzeitig entwickelt war, war es Tante Prinzessin selbst, die Ma bat, nicht bei ihnen zu wohnen, sondern Edna zu sich zu nehmen.

»Der Himmel hat es mir nicht gestattet zu zeigen, daß ich zu etwas gut sein kann«, sagte Tante Prinzessin weinend, während sie den Koffer ihrer Nichte packte.

Von da an wurde Edna Marktfrau an der Seite ihrer Großmutter, die sich nicht mehr von der »Tochter ihres Herzens« trennen wollte. Von nun an war sie dazu bestimmt, einmal Großmutters Platz einzunehmen.

Kurz darauf wurde bekannt, daß Herr Bunefo nach Europa reisen sollte. Ein Stipendium irgendeiner wohltätigen Organisation sollte es ihm erlauben, sein Studium wiederaufzunehmen und zu Ende zu führen.

»Bei jedem anständigen Jungen, den ihr nach Europa zum Studium schickt, wäre ich einverstanden«, sagte Tante Prinzessin, »aber daß ihr diesem Schuft ein Stipendium gebt!«

Kapitel 4

»Die Neuigkeit?«

»Ja, die Neuigkeit. Kennst du sie nicht?«

»Nein.«

»Dann hör zu: Suzanne hat ein Kind auf die Welt gebracht.«

»Ach? Ich wette, ein weißes?«

»Nein, eine Jungfrau.«

»Eine Jungfrau?«

»Ja, eine Jungfrau. Wundert dich das?«

»Nein.«

Das war zwar nicht völlig überzeugend, aber erstaunlicherweise schien Edna von der Neuigkeit nicht besonders überrascht zu sein. Manche Leute können einen wirklich enttäuschen. Man erzählt ihnen, daß etwas Besonderes, etwas Außerordentliches geschehen ist, und das berührt sie kaum. Doch Gin ließ nicht locker:

»Du, du bist nicht wie die anderen. Seit heute nachmittag verbreite ich die Neuigkeit im ganzen Viertel, und überall wundern sich die Leute, wenn sie erfahren, daß eine junge Frau bei uns hier weder einen Jungen noch ein Mädchen, sondern eine Jungfrau auf die Welt gebracht hat. Und dir erzähle ich dieselbe Geschichte, aber du reagierst gar nicht. Wo hast du nur deinen Kopf, Mädchen?«

»Gin, ich verstehe nicht, was bei deiner Nachricht so außerordentlich sein soll. Wenn sich die Leute aus dem Viertel vorstellen, daß die Jungfrau, die Suzanne zur Welt gebracht hat, ein Wesen ohne Kopf, ohne Gliedmaßen und ohne Geschlecht ist, dann sind sie selber schuld. Ich finde, daß es dumm ist, seine Zeit mit dem Herumtratschen belangloser Geschichten zu vertrödeln.«

»Schon gut, du hättest mir einfach gleich sagen sollen, daß du heute schlecht gelaunt bist. Aber wieso kommst du dann zum Ball?«

»Siehst du, Gin, du enttäuschst mich schon wieder. Meine schlechte Laune ist doch gerade ein besonders triftiger Grund: ich komme hierher, um mich zu amüsieren. Verstehst du das nicht?«

»Doch, das verstehe ich. Besonnders, daß du das ›Tip Toe‹ gewählt hast, um deine schlechte Laune zu vertreiben.«

»Was meinst du jetzt damit schon wieder?«

»Du verstehst mich sehr gut, daran zweifle ich keine Sekunde. Es gibt in Accra was weiß ich wieviele Tanzbars. Es gibt sogar sehr elegante, wo deine Schönheit sicher besser aufgehoben wäre. Aber nein, du mußt ins ›Tip Toe‹ kommen, nur um zu strahlen wie ein Leuchtturm zwischen lauter Laternen.«

»Gin, ich will dir etwas sagen: du suchst Streit.«

»Keineswegs, ich sage nur die Wahrheit. Du versuchst mit allen Mitteln, uns auszustechen, dabei weiß jeder, daß du das wirklich nicht nötig hast. Du bist hübsch, deine Großmutter hat Geld, du bist reich ...«

»Wenn du mich fragst, Gin, dann wirst du mich jetzt in Ruhe lassen und mit diesem Herren tanzen, der dich sicher auffordern will.«

Ein gutaussehender Mann stellte sich vor den beiden jungen Frauen auf, die da hinter ihren noch fast vollen Biergläsern saßen und sich unterhielten. Er verbeugte sich, um ... Edna zum Tanzen aufzufordern. Diese aber behauptete, sie selbst warte auf jemanden, ihre Freundin Gin jedoch sei frei. Gin nahm die Einladung zum Tanz an, stand auf und warf dabei Edna einen vielsagenden Blick zu. Das Orchester hatte gerade angefangen, einen dieser »Highlifes« zu spielen, für den nur die Musiker aus Ghana das Geheimnis kennen. Auf dem kleinen Podium sah man einen Trompeter stehen, der sich nach allen Seiten bog und wendete, um seinem Instrument Töne zu entlocken, und der beim Singen, so gut er konnte, den großen, sehr großen Louis Armstrong imitierte. Hinter dem Trompeter saß ein Posaunist und versuchte, sich ernstzunehmen, wenn man auch nicht recht verstand, warum, denn von allen Instrumenten spielte sicherlich er am falschesten. Die hölzerne Baßgeige verlieh der Band einen vornehmen Anstrich, ein ziemlicher Kontrast zur Musik, die sie hervorbrachte. Eine elektrische Gitarre und eine beachtliche Reihe von Trommeln vervollständigten das Orchester. Die Musik war so mitreißend, daß Edna plötzlich aufstand und anfing, ganz alleine zu tanzen. Das tat sie mit sehr viel Grazie. In einer Hand hielt sie ein stark parfümiertes Taschentuch und ließ es – wie ein Kind seine Raute – in der Luft kreisen, genau zum Rhythmus der Musik. Ein Paar tanzte an ihr vorbei.

»Schau dieses Mädchen an, das da alleine tanzt! Wie hübsch sie ist«, sagte der Mann.

»Welches Mädchen?«

»Schau nur.«

»Ach, die da, also gehörst du jetzt auch zu ihren Verehrern?«

»Was soll das heißen?«

»Du willst doch nicht behaupten, daß du sie nicht kennst?«

»Wer ist sie? Ich habe sie schon mal gesehen, aber ich weiß nicht, wie sie heißt.«

»Edna ... sie ist eine Marktfrau. Sie kann weder lesen noch schreiben, aber sie kann rechnen, das kannst du mir glauben, und sie ist reich.«

»Für jemanden, der schon reich ist, schaut sie nicht sehr alt aus.«

»Nicht sie selbst hat das Geld, sondern ihre Großmutter. Aber eine Persönlichkeit ist sie auch ... warte, ich werde sie auffordern, mit dir zu tanzen. Edna, hei Edna! Warte, wir müssen näher hin, denn mit der Musik hört sie uns nicht ... Edna!«

»Ach, guten Abend, Angela!«

»Guten Abend, Edna, ich möchte dir meinen Freund Spio vorstellen, er würde so gerne mit dir tanzen.«

»Tanzt nur weiter, ihr beiden, ihr scheint euch gut zu verstehen, ich möchte keinen Ärger, du kennst mich doch, Angela.«

»Siehst du, Spio, was hab ich dir gesagt! Keine andere Frau außer mir will etwas von dir wissen. Ha, ha ha, Spio, du meinst, daß ich mich täusche, wenn ich so etwas sage. Aber jetzt will dich selbst Edna nicht.«

»Paß auf, was du sagst, Angela«, fiel nun Edna ein. »Was soll das heißen, ›selbst Edna‹?«

»Nimm's doch nicht so wörtlich, Schätzchen, du weißt doch, ich sage das, um Spio ein bißchen aufzustacheln und dich auch. Du wirkst ein wenig trübselig, wie du da so alleine tanzt …«

»Ich habe dir gesagt, Angela, daß ich keinen Ärger will, aber wenn du darauf bestehst, dann lasse ich mich eben zwingen.«

»Aber ich will doch auch keinen Ärger, Freundin! Niemals käme ich auf die Idee, eine Marktfrau zu provozieren, selbst wenn sie sich auf fremdem Gebiet befindet!«

»Weißt du überhaupt, was eine Marktfrau ist?«

»Allerdings, es steht in allen Schulbüchern geschrieben, ich vergesse nur immer wieder, daß du und die Bücher …«

»Was für ein Abend! Ich treffe nur Schwachsinnige! Die eine will mir verbieten, ins ›Tip Toe‹ zum Tanzen zu gehen, und die andere beleidigt mich mit ihrer gebildeten Überheblichkeit. Soll ich dir etwas sagen? Die Bücher und das Geld, beides ist Papier. Aber es gibt solches Papier und anderes. Wenn du Zweifel hast, dann hole all deine Schulbücher, und ich hole all meine Geldscheine, und wir wollen sehen, welche von uns beiden etwas wert ist.«

»Ja, wenn es darum geht, dann bist du sicher mehr wert als ich. Aber weißt du, ich beneide dich nicht.«

»Das hast du mir noch nie bewiesen.«

»Komm Edna, man kann doch an einem Ballabend ein bißchen Spaß machen, vor allem, wenn es auf Weihnachten zugeht! Ich werde dir zeigen, daß ich keinen Streit suche: hier ist mein Freund Spio, tanze mit ihm, auch wenn dieses Stück gleich zu Ende sein wird. Los Spio, hab keine Angst vor einer schönen reichen Frau!«

»Willst du mit mir tanzen, Edna?«

»Mit Vergnügen, Spio.«

Und sie tauchten auf der Stelle unter in dem Meer der Tänzer. Angela folgte ihnen mit den Blicken und verlor sie dann aus den Augen. Auf der Stelle verblaßte ihr Lächeln, und mit ernstem Gesicht tanzte sie alleine weiter, wie es vor ein paar Minuten noch Edna getan hatte. Als das Musikstück vorbei war, ging sie an den Tisch zurück, an dem Spio und sie vorher gesessen hatten, aber sie wartete umsonst auf ihren Begleiter: Spio kam nach diesem Tanz nicht zu ihr zurück, und sie sah ihn auch für den Rest des Abends nicht mehr. Aber sie hatte in der Zwischenzeit zahlreiche andere Tänzer gefunden, und Spios Abwesenheit machte sie nicht wirklich unglücklich.

»Ich wußte es ja«, sagte sie später zu Gin, der sie diese Geschichte erzählte, »ich wußte schon, daß Edna mir übel mitspielen würde. Aber sich vorzustellen, daß dieser Dummkopf von Spio sich so einwickeln läßt ...«

»Unter uns kannst du es doch zugeben, daß du selbst schuld bist. Kommst zum Ball mit einem Mann, findest ihm ein Mädchen, das allein ist, und was für ein Mädchen, du vertraust ihr den Mann an und wunderst dich dann, daß sie ihn dir nicht zurückbringt? Laß mich dir an den Kopf langen, ob du noch richtig tickst.«

»Du hältst mich für doof?«

»Das hast du selbst gesagt.«

»Doof, weil ich einer Freundin eine Gefälligkeit erweisen wollte?«

»Ich wußte nicht, daß du unter den reichen und ungebildeten Marktfrauen Freundinnen hast. Wirklich Angela, du enttäuschst mich!«

»Aber Gin, wenn Edna keine Freundin von uns ist, was ist sie dann?«

»Alles andere, aber keine Freundin. Soll ich dir etwas sagen? Sie ist eine Frau aus einer verflossenen Welt. Du siehst es doch, in ihrem Alter kann sie nicht mal eine Zeitung lesen, hat keine Ahnung, was auf der Welt geschieht, ist ungebildet.«

»Aber sie braucht doch nicht lesen, um zu wissen, was geschieht, sie hört es genauso gut im Radio. Und außerdem nehme ich das nicht zum Maßstab, ob jemand mein Freund ist oder nicht.«

»Du würdest dir deine Freundschaften also überall aussuchen?«

»Was nennst du denn überhaupt Freundschaft, Freundin?«

»Für mich ist eine Freundin jemand, dem ich alles sagen kann, was ich auf dem Herzen habe und sicher sein kann, daß sie es niemand anderem weitererzählt. So geht es mir nicht mit Edna, also ist sie keine Freundin.«

»Also kannst du selbst sehen, es hat nichts damit zu tun, daß sie nicht lesen und schreiben kann.«

»Ich muß sagen, daß es auch damit viel zu tun hat. Es macht mich wütend, daß so ein Mädchen zu den Leuten gehört, die viel Geld haben. Wenn ich denke, daß viel bedeutendere Leute es schwer haben, über die Runden zu kommen, dann ...«

»Meine liebe Gin, die bedeutenden Leute auf der Welt sind ja diejenigen, die Geld haben.«

»Also meinst du, aus Edna wird einmal eine bedeutende Person?«

»Wenn sie es nicht schon ist.«

»Wie schade.«

»Warum?«

»Weil wir in diesem Fall unser Leben lang so tun müssen, als wäre sie unsere Freundin, obwohl sie Analphabetin ist. Und das ärgert mich umso mehr, als sie niemals verstehen wird, daß wir nur so tun und daß wir ihr eine Gunst erweisen, wenn wir sie in den Kreis der besseren Gesellschaft aufnehmen. Weißt du, Angela, was sie mir vorher geantwortet hat, als ich ihr die Neuigkeit von der Jungfrau erzählt habe?«

»Von der Jungfrau, welcher Jungfrau?«

»Bist du nicht auf dem laufenden? Hast du nicht gehört, daß Suzanne eine Jungfrau zur Welt gebracht hat?«

»Eine Jungfrau?«

»Ja, eine Jungfrau; da bist du verblüfft, stimmt's?«

»Und wie!«

»Eben! Du hast darauf reagiert wie jemand, der gebildet ist. Dich wundert es, daß mitten unter uns eine Jungfrau geboren wird. Weißt du, was Edna darauf geantwortet hat?«

»Nein! Was denn?«

»Sie hat wortwörtlich folgendes gesagt: ›Gin, ich verstehe nicht, was an deiner Neuigkeit außergewöhnlich sein soll.‹«

Gin und Angela brachen beide in Lachen aus und erregten damit die Aufmerksamkeit der Leute an den Nachbartischen, die sich zum Trinken hingesetzt hatten, während das erschöpfte Orchester gezwungenermaßen pausierte. Zwei jungen Männern fielen die beiden Frauen ohne Begleiter auf, und sie fanden es ungerecht, wie die zwei so alleine für sich lachten. Im Handumdrehen waren die beiden leeren Stühle am Tisch besetzt. Gin und Angela bedeckten ihre Augen mit den Händen als Zeichen dafür, daß sie keine Begleitung wünschten, aber die beiden anderen drängten sich auf und begannen ein Gespräch.

»Wir werden mit euch ein Ratespiel machen«, sagte der eine, »weil ihr eure schönen Augen hinter den Händen versteckt.«

»Ja, spielen wir«, fuhr der andere junge Mann fort. »Antwortet mit ja oder nein und schwindelt bloß nicht, öffnet nicht die Augen. Sind wir zu zweit oder zu dritt?«

»Idiot, ihr seid zwei, wir haben euch doch kommen sehen«, antwortete Gin.

»Wenn ihr hübsch wäret, wärt ihr sicher nicht alleine auf dem Ball.«

»Keine schlechte Antwort, aber falsch, denn jetzt sind wir ja nicht mehr allein auf dem Ball, sondern mit euch zusammen. Zwei und zwei ist vier, geteilt durch zwei macht genau zwei Paare, stimmt's?«

»Das wollt ihr vielleicht, aber wir haben nichts davon gesagt«, meinte Angela.

»Das macht nichts, spielen wir weiter. Sind wir reich oder arm?«

»In der Hauptsache seid ihr offensichtlich dumm, weil ihr meint, ihr habt es mit Freudenmädchen zu tun.«

»Nicht auf den Mund gefallen, in der Tat, diese hier gefällt mir immer besser.«

»Oh nein, so geht es nicht, fang nicht schon mit dem Aufteilen an, ohne mich nach meiner Meinung zu fragen. Was wäre, wenn mir dieselbe gefällt?«

»Dann würdet ihr doch alle beide Flegel bleiben, mit denen wir nichts zu tun haben wollen. Verzieht euch!«

»Nein, das Spiel ist nicht zu Ende. Hier die letzte Frage: werden wir mit euch tanzen, ja oder nein?«

»Ohne Musik würde uns das wundern.«

»Und mit?«

»Das ist unsere Sache, ob wir mit euch tanzen wollen oder nicht.« Die beiden jungen Frauen öffneten fast gleichzeitig die Augen.

»Was für Idioten!« sagte Angela. »Zum Glück haben wir nicht gesagt, daß wir mit ihnen tanzen wollen! Wo kommt ihr denn her, in dieser Aufmachung?«

Gin und Angela mußten lachen, als sie sahen, daß die beiden in vielfarbige, karierte Pagne gewickelt waren, eine Kleidung, auf die jeder Ashanti stolz sein konnte. Sie mochten zwar gut aussehen in dieser Aufmachung, aber man muß zugeben, daß das »Tip Toe« nicht gerade ein Ort war, wo man die Kultur der Vorfahren pflegte. Ein Ball mit einer europäischen Band verlangt auch europäische Anzüge mit allem, was dazugehört, und wenn einem die Krawatte in der tropischen Hitze auch den Hals abschnürt.

Die jungen Frauen erhoben sich, nahmen Bierglas und Handtasche und suchten sich einen Tisch am anderen Ende des Tanzclubs. Das Orchester kündigte am Mikrofon den nächsten Tanz an: »Meine Damen und Herren, drehen Sie sich jetzt mit ihrem Partner zu den Takten eines Walzers – ein Walzer! Ich habe nicht Tango gesagt, sondern Walzer mit einem großen W ... Halten Sie ihren Partner fest!« Versuchen Sie ruhig mal, in Ihrem Ashanti-Pagne einen Walzer zu tanzen und dann sagen Sie mir, wie es war. Gin und Angela hatten bald Freunde gefunden und gaben sich dem Vergnügen eines stürmischen Tanzes hin. Natürlich kann man sich fragen, was ein Walzer im Leben von Leuten zu suchen hat, die so viele andere Tänze kennen. Lächelnd und schweigend betrachteten die Sterne am Firmament die Tänzer des »Tip Toe«. Sie wissen ja, daß das »Tip Toe« wie alle öffentlichen Tanzclubs eine Veranstaltung unter freiem Himmel war. Und es war kurz vor Weihnachten, mitten in der besten Jahreszeit. Die Sternensymphonie in ihrer ungetrübten Wahrheit besang das schöne Wetter des nächsten Tages. Die Erde der Menschen sang und tanzte zum Klang der lauen Nacht und des Augenblicks. Das Herz deklamierte das so oft wiederholte Gedicht der Sommernächte, das zwischen Milchstraße und Kreuz des Südens seine Bahn zieht. Lauter Musik in Form von Sternen, lauter Geräusche in Form von Musik, und da rede noch einer von deinem Schweigen, oh Nacht!

»Hei, ihr beiden, da seid ihr ja endlich«, rief Angela.

»Sie hatte soeben Edna und Spio entdeckt, die schon seit einer Weile verschwunden waren. Auch sie drehten sich, sichtbar glücklich, zu den Takten des Walzers.

»Laß mich los, laß mich los«, rief Angela ihrem Tänzer zu, »ich habe diesem Mädchen etwas zu sagen.«

Sie fand das Paar in der Menge wieder.

»Kannst du mir sagen, Edna, wo du mit meinem Freund gewesen bist?«

»Gleich, Angela, wir tanzen noch.«

»Ich will, daß ihr auf der Stelle zu tanzen aufhört, sonst …«

»Hör mal, Angela«, mischte sich Spio ein und unterbrach den Tanz, »das ist nicht der Zeitpunkt, du weißt ganz gut, daß …«

»… daß ich mit dir zum Ball gekommen bin …«

»Und daß du selbst darauf bestanden hast, daß ich mit deinem Freund tanze. Ich hatte dich um nichts gebeten. Also laß uns jetzt in Ruhe«, brachte Edna vor.

Sie kehrte in Spios Arme zurück und machte ein paar Tanzschritte mit ihm.

Erzürnt erhob Angela die Hand und ließ eine saftige Ohrfeige auf Ednas Wange klatschen.

»Schamlose Analphabetin, hier hast du, was du verdienst«, schrie sie.

Edna befreite sich aus den Armen ihres Tänzers und stürzte sich auf Angela. Es lohnt sich nicht, die darauffolgende Rauferei in ihren Einzelheiten zu beschreiben. Sie endete mit zerrissenen Kleidern und Frauenköpfen, die ihrer Perücken entledigt waren und nun den nicht sehr fortschrittlichen Anblick von zu Zöpfchen geflochtenen Haaren boten, was keineswegs vorgesehen war. Spio und einige andere Personen hatten alle Hände voll zu tun, um dem Kampf Einhalt zu gebieten. Noch dazu hatte sich auch Gin eingemischt, um Angela zu helfen, den ungebildeten Marktkapitalismus in Form der schönen Edna niederzumachen. Letztere schaffte es, aus der ganzen Geschichte heil rauszukommen, zumindest, was ihre Augen, ihren Kopf und Körper betraf. Es war nicht das erste Mal, daß sie es mit diesen hochnäsigen »Zivilisierten« und deren

Snobismus hatte aufnehmen müssen. Sie wußte – oder zumindest dachte sie –, daß die beiden auf alles eifersüchtig waren, angefangen bei dem »riesigen« Vermögen, das Ma angehäuft hatte, bis hin zur außergewöhnlichen Schönheit, mit der die Natur Edna beschenkt hatte, ohne irgend jemanden nach seiner Meinung zu fragen.

»Komm«, sagte Spio zu ihr, »gehen wir, bleiben wir nicht hier, denn falls die Polizei kommt ...«

Er schaffte es, Edna aus der Menge zu befreien. Am Eingang zum »Tip Toe« wartete geduldig die lange Schlange der gelb-grünen Taxis. Schnell stiegen sie in das erstbeste, welches dort stand. Der Abend war für sie zu Ende.

Vorbei ... vorläufig jedenfalls. Sie wußten, daß der Besitzer des »Tip Toe« die Schäden, die der Kampf in seinem Lokal verursacht hatte, sicher nicht gleichgültig hinnehmen würde. Ganz zu schweigen davon, daß er verlangen könnte, den guten Ruf seines Nachtclubs, den »hirnlose Mädchen« geschädigt hatten, mit Hilfe von Banknoten wiederherzustellen.

Kapitel 5

Am nächsten Tag erschien Tante Prinzessin zu Fuß bei Ma und hielt mit einer Hand den Lenker ihres Fahrrads. Das entsprach nicht ganz der sonntäglichen Gewohnheit. Normalerweise fuhr Tante Prinzessin nach der Messe mit dem Fahrrad ihre Mutter und Edna besuchen; trotz allem, was vorgefallen war, nannte sie das Mädchen immer noch »meine Tochter«.

»›Hercules‹-Fahrräder sind nicht gerade die solidesten«, tat Tante Prinzessin bei ihrer Ankunft kund. Eine Reifenpanne mitten auf der Straße! Und nichts hätte vermuten lassen, daß ein Hercules unter dem Gewicht einer westafrikanischen Frau einen Plattfuß bekommen würde. Was man heutzutage nicht alles sieht! Selbst die Mythologie kann sich nicht mehr auf ihre Helden verlassen. Jedenfalls ist der späte Sonntagvormittag nicht gerade der beste Moment für einen geplatzten Fahrradreifen, und Tante Prinzessin hatte den ganzen Weg lang geschimpft und ihr Fahrrad, eine »dreckige, undankbare alte Kiste« geheißen. Sie hatte recht: man weiß ja, mit welcher Sorgfalt sie ihren Hercules umsorgte, und wie sie das Fahrrad jeden Samstag im Hinblick auf die sonntägliche Ausfahrt blitzblank putzen ließ. Eine zehn Jahre alte Maschine, aber sie glänzte nur so, angefangen beim Lenker aus Nickel bis hin zur letzten Speiche des Hinterrades. Sehen Sie nur, wie durch das viele Scheuern und Reiben das auf dem vorderen Rahmen aufgedruckte Markenzeichen fast völlig verschwunden ist! Doch den Namen »Hercules« erkennt man noch, und Tante Prinzessin liegt viel daran, daß niemand diesen Namen entfernt; er allein verleiht ihrem Fahrzeug sein Prestige.

Seit sie verkündet hat, jeder Mensch müsse wissen, daß ihr Fahrrad ein »Hercules« ist, achtet der Junge von der Werkstatt, der sich um das Fahrrad kümmert, gewissenhaft darauf, daß diese Anordnung eingehalten wird. Und er, Hercules, weiß nichts besseres, als mitten auf der Straße einen Plattfuß zu bekommen.

Edna lächelte schelmisch und sagte mit unschuldiger Miene:

»Tante Prinzessin, ich verstehe nicht, wieso der Reifen von deinem Fahrrad woanders platzen sollte als auf der Straße!«

Bei genauer Überlegung würde man eher Edna Recht geben. Für ein Fahrrad vom Schlag des Hercules wäre es eine Schande, wenn der Reifen in einem Zimmer platzte, wo es nicht jeder sieht. Doch diese Bemerkung machte Tante Prinzessins Laune nur noch schlechter.

»Wenn du meinst, du sagst etwas besonders Schlaues, ist es dein Problem, aber ich möchte wissen, wie ich heute ohne mein Fahrrad heimkommen soll.«

»Du nimmst eben den Autobus, Tante Prinzessin ...«

»Pfff, als ob ich mich hübsch gemacht hätte, um den Bus zu nehmen!«

»Wenn Herr Teteya sieht, daß du nicht zurückkommst, dann holt er dich sicher, meinst du nicht?«

»An einem Sonntag? Du weißt doch, für ihn ist der Sonntag zum Schlafen da.«

»Na, na«, mischte sich Ma ein, »soll dieses Fahrrad doch einen Plattfuß haben, wenn es will, wir jedenfalls freuen uns, daß du hier bist, das ist die Hauptsache.«

Gut gesagt, Ma, dachte Edna und begann, den Tisch zu decken. Sie waren alle drei in Mas Eßzimmer. Der Raum war angenehm kühl und scherte sich nicht um die Sommerhitze draußen. Die afrikanischen Häuser aus Lehm oder Ziegeln machen den Kauf von Klimaanlagen überflüssig. Deshalb raten die großen Baufirmen eindringlich von dieser Bauweise ab, denn sie sind die Verbündeten der Klimaanlagenhersteller.

Ma hatte mehrere Jahre ihres Lebens darauf verwendet, die gesamte Einrichtung zusammenzustellen. Diese war zwar jetzt schon etwas gealtert, aber immer noch bequem. Eine Art Sofa, eine Kopie aus einem Möbelkatalog und »viel billiger, als was ich dafür hätte zahlen müssen«, füllte zwei Meter auf der Innenwand an der

Vorderfront des Hauses aus, direkt unter einem breiten Fenster. Es war angenehm, sich bei schönem Wetter auf dieses Sofa zu legen und die Lichtflut zu genießen, die durch das offene Fenster drang. Bei Regen jedoch zwangen einen die Windböen, das Fenster zu schließen, wenn man nicht innerhalb kurzer Zeit ein völlig durchnäßtes Sofa vorfinden wollte. Oft schon hatte Ma gesagt, sie werde den Diwan an die gegenüberliegende Wand stellen. Doch dazu hätte man vorher den großen schweren Schrank wegschieben müssen, der diesen Platz einnahm. Und wo sollte man den Schrank hinräumen? Abgesehen davon, daß niemand in Mas Umgebung kräftig genug war, ihn zu verschieben. Diese verzwickte Lage legte es nahe, bei Regen lieber das Fenster zu schließen und das Sofa unter dem Fenster stehen zu lassen, solange die Sonne den Lauf der Zeit bestimmte. In der Zeit vor Weihnachten war dies der Fall.

»Stell dir vor, es hätte geregnet und ich hätte mit meinem kaputten Fahrrad im Regen gestanden«, sagte Tante Prinzessin.

Ganz offensichtlich konnte sie sich mit dieser Panne nicht abfinden. Ja, was wäre aus Tante Prinzessin und ihrem fahruntüchtigen Rad geworden, wenn es geregnet hätte?

»Daraus muß man den Schluß ziehen, Prinzessin, daß dir Herr Teteya ein Auto kaufen sollte«, antwortete Ma.

»Ein Auto! Du möchtest vielleicht, daß mich die ›anderen‹ in Stücke reißen oder bei lebendigem Leib verbrennen? Ein Auto … weißt du, wieviel ein Auto kostet?«

»Ich habe keine Ahnung. Aber ich nehme an, daß dein Mann dir eines kaufen könnte, wenn er wollte, zumindest ein gebrauchtes.«

»Nur zu, gib der ganzen Stadt die Gelegenheit, sich einmal mehr über mich lustig zu machen: ›Ein gebrauchtes Auto, sie ist ihrem Mann nicht mehr wert, als ein gebrauchtes Auto …‹«

»Soll sich doch die ganze Stadt über dich lustig machen, meine Tochter, nicht jeder hat ein Auto, selbst ein gebrauchtes.«

»Das stimmt, aber ich bin die Frau eines reichen Mannes …«

»Vorläufig bist du eine Frau mit einem Fahrrad, und deinem schönen Rad ist jedes Wetter recht, dich mitten auf der Straße im Stich zu lassen.«

Dieses »mitten auf der Straße« gefiel weder Ma noch Tante Prinzessin. Es stimmt, daß ein gutes Fahrrad eigentlich immer dann eine Reifenpanne haben sollte, wenn es gerade nicht benutzt wird, am liebsten in einem abgesperrten Raum oder allenfalls im dichten Schatten eines Mangobaumes, aber vor allem nicht mitten auf der Straße, an einem Sommersonntag um die Mittagszeit, wenn einem die Passanten statt eines Trostes ein schamloses Grinsen zuwerfen, oder wenn ungezogene Jungen vorbeikommen und sich lauthals wundern, daß eine so gutgekleidete Dame kein teureres Fahrrad besitzt. Als ob man ein Rad mit einem Hund vergleichen könnte …

Der Tisch in der Zimmermitte war schnell gedeckt. Edna brachte drei Stühle unbestimmten Alters, die nebeneinander an der Wand standen. Ma ging hin und her und bewies mit jeder Bewegung, wie unrecht man getan hätte, von Alter zu sprechen, wenn man sie ansah. Sie brachte die Schüsseln, stellte sie auf den Tisch, und die Mahlzeit begann. Es war ein richtiges Sonntagsessen: weißer Ignam in Scheiben, Reis, der in der Tomatensoße fast ertrank, Kabeljau in so dickflüssiger Gombosoße, daß man sie mit dem Messer schneiden konnte, und Hühnchen mit mageren, aber festen, schmackhaften Schenkeln bildeten das Menü. Wahrlich ein Sonntag!

»Gibst du mir ein bißchen für Herrn Teteya?« fragte Tante Prinzessin. »Ich möchte ihm etwas mitbringen, es wird ihm schmecken …«

»Falls du es jemals schaffst, nach Hause zu kommen«, sagte Edna ironisch.

»Du, meine Tochter …«

»Weißt du, was sie schon wieder gemacht hat, deine Tochter?« fiel ihr Ma ins Wort.

»Ach Ma, du wirst doch nicht wieder mit dieser Geschichte daherkommen. Ich kann dir nur nochmal sagen, daß die anderen angefangen haben, auf mich einzuschlagen.«

»Was das Schlagen betrifft, so haben sie dich sicher geschlagen, das stimmt. Nach dem Essen kannst du Tante Prinzessin dein Kleid zeigen …«

Ma erzählte alles, was sie über diese »Geschichte« des Vorabends wußte. Natürlich kannte sie nur die Version ihrer Enkelin, aber …

»Keine Sorge, bald werde ich die ganze Wahrheit kennen, denn du kannst dir ja denken, daß eine Prügelei unter Frauen im ›Tip Toe‹ nicht mit zwei oder drei zerrissenen Kleidern abgetan ist.«

»Aber wenn ich dir doch sage, daß es keine andere Wahrheit dazu gibt!«

»Genau das werden wir schon noch sehen, Edna.«

»Gib wenigstens zu, Ma, daß ich in dieser ganzen Angelegenheit nicht nur ein schlimmes Mädchen war ...«

»... das eines Samstagabends das Haus seiner Großmutter verließ, ohne etwas zu sagen – während ich geglaubt habe, du liegst brav in deinem Bett und schläfst – und für Aufregung sorgtest an einem Ort, der nicht unbedingt von der besten Gesellschaft besucht wird ...«

»Aber Ma, wenn ich nicht hingegangen wäre, hätte ich vielleicht niemals Spio getroffen ...«

»Ja, das stimmt ... Gib mir die Gombosoße bitte ... Es ist wirklich ein Glück, daß du ihn getroffen hast. Ich hoffe, er wird uns helfen und uns die Demonstration ersparen.«

»Die Demonstration«, fragte Tante Prinzessin und hielt plötzlich im Kauen inne. »Demonstration, bereitet ihr denn eine Demonstration vor?«

»Bist du denn nicht auf dem laufenden, Prinzessin? Du hast doch ein Radio und schaltest es morgens und abends an.«

»Mich interessiert im Radio die Musik und nicht der ganze Rest. Die ganzen Reden, mit denen sie uns die Ohren vollreden, finde ich nicht sehr harmonisch. Deshalb drehe ich das Radio aus, wenn die Nachrichten kommen. Verstehst du, jedesmal heißt es, daß der Doktor etwas für das Land getan hat, und am nächsten Tag sagt man uns wieder, was der Doktor für das Land getan hat. Das ganze Jahr redet man nur über den Doktor, es ist immer das gleiche. Letztendlich sehe ich nichts von dem, was er für das Land getan hat.«

»Er hat uns befreit, Tante Prinzessin!«

»Waren wir vor ihm denn im Gefängnis?«

»Du siehst doch, daß jetzt unsere eigenen Landsleute an allen Dienststellen sitzen, überall in der Stadt.«

»Und im ganzen Land, Tochter meines Herzens. Ich glaube wirklich, daß deine Tante die Ereignisse in ihrem eigenen Land nicht verfolgt hat. Wir dagegen, die wir nur Marktfrauen sind, wir wissen genau, was passiert. Im übrigen ist das ja bekannt, wir wissen immer alles …«

»Ich frage mich, wie ihr es macht, euch auf dem laufenden zu halten. Ihr lest keine Zeitungen, ihr verbringt den ganzen Tag auf dem Markt, wie könnt ihr wissen, daß …«

»Wir erzählen uns alles untereinander, daß ist die beste Art, uns zu informieren, meine Tochter. Und außerdem haben auch viele von uns auf dem Markt ein Radio.«

»Ich weiß schon … aiaiai!«

»Was ist aiaiai?«

»Eine Gräte vom Kabeljau hat sich in meiner Speiseröhre verklemmt …«

»Das ist eine pure Einbildung von dir, Prinzessin, mein Kabeljau hat niemals Gräten. Wo hast du denn …«

»Ts, ts ts! Langsam, Ma, bevor du was über deinen Kabeljau sagst! Schau, was ist dies hier? Ist das nicht eine Kabeljaugräte?«

»Tatsächlich, ich muß zugeben, daß mir bei der Zubereitung wohl eine durchgerutscht ist …«

»Zwei, Ma! Zwei sind dir durchgerutscht, denn ich habe auch eine entdeckt, schau!«

Ma war verwirrt. Sie hatte plötzlich den Eindruck, das Essen sei zu scharf gewürzt. Sie machte den Mund auf und fächelte davor mit ihrer Hand. Sie verlangte nach Wasser, trank ein Glas und sagte dann:

»Kinder, ohne Brille kann eure Mutter die Kabeljaugräten nicht sehen. Aber ein winzig kleiner Knochen hie und da ist doch verzeihlich, oder?«

»Kein Problem, Ma!«

»Nicht der Rede wert, Mutter! Du weißt genau, es ist vor allem, um dich ein bißchen auf den Arm zu nehmen. Was wollte ich gleich wieder sagen?«

»Es ging um die Radios auf dem Markt.«

»Stimmt, Edna, du vergißt nichts. Ich weiß, daß selbst vor den Zeiten des Radios die Marktfrauen den Ruf hatten, immer alles zu wissen, obwohl sie weder lesen noch schreiben können.«

»So sind sie eben. Man wird Marktfrau, weil man verkaufen kann … Alles verkaufen, auch die Neuigkeiten, die man gehört hat.«

»Du übertreibst, Ma: wir verkaufen die Nachrichten nicht, wir geben sie umsonst weiter.«

»Du hast recht.«

»Also teilt ihr mir jetzt die Nachricht mit, von der ihr vorher gesprochen habt?«

»Von der Demonstration?«

»Ja.«

»Na, wenn ich Edna Glauben schenken kann, dann wird die Demonstration nicht stattfinden, weil anscheinend Spio …«

»Wovon redest du überhaupt, Mutter? Ich habe keine Ahnung, und du redest, als wüßte ich, worum es geht.«

»Wovon ich rede? Eigentlich von nichts. Denn wer kennt schon Amiofi?«

»Augenblicklich kennt niemand Amiofi, aber wenn etwas passiert, und vor allem, wenn wir ihretwegen eine Demonstration organisieren, dann wird das ganze Land Amiofi kennen.«

»Da hast du recht. Hör zu, Prinzessin: Amiofi ist erst seit kurzem Marktfrau. Seit etwas mehr als einem Jahr ist sie auf dem Markt. Sie hat ihre Aufnahmegebühr an den Verein der Marktfrauen gezahlt und gibt ihren Beitrag wie jede andere von uns. Aber sie hat noch eine Tochter, und das genügt, um uns zur Zeit Sorgen zu bereiten.«

»Das verstehe ich nicht.«

»Ich werde es dir erklären: Bisher hatte Amiofi einen ganz kleinen Laden in Nima …«

Nima … eine Märchenwelt aus Unordnung, Schmutz und schlechter Gesellschaft direkt vor den Toren von Accra. Wenn Sie an einem Sonntagnachmittag im Sommer dort hingehen, werden Sie sich fragen, ob Sie nicht plötzlich in einer ganz anderen Welt sind. Die Straße, die dorthin führt, ist eine Art Pfad, auf dem die vier Räder eines Autos den ganzen Weg lang klagen und stöhnen, weil sie so schlecht behandelt werden. Es ist kein Dorf, und es ist keine Stadt, es hat von beidem etwas und riecht so schlecht wie ein Abwasserkanal unter freiem Himmel. Dort pulsiert das Leben im Rhythmus einer schmissigen Musik, dort geht es rund, in ruhigen Zeiten genauso wie zu Zeiten der Wahlen, und seine Trommeln hört man im ganzen umliegenden Land. Dort geht es zu wie in einem Dorf von früher, während die Hütten aus Lehm oder Wellblech zu den Highlife-Melodien und Jazzrhythmen vibrieren und sich im Takt bewegen wie Schumanns Forelle. Was für ein Afrika! Nima ist ein Kompromiß zwischen dem unbedingt Notwendigen wie dem öffentlichen Brunnen und der Stromleitung, und dem völlig nutzlosen Abfallhaufen, der sich von Tag zu Tag weiter ausdehnt, da es den Bewohnern am guten Willen fehlt. Nima ist ein Kompromiß zwischen den Einbruchsdiebstählen in den Häusern ehrlicher Bürger in der Stadt und den kleinen Kokosnußschalen mit blankpolierter Oberfläche. Was für ein Afrika! Auf einem der öffentlichen Plätze steht eine Gruppe von Personen und spielt an einem improvisierten Roulettetisch. Das Gesetz schätzt diese Menschenansammlungen gar nicht, besonders wenn sie an einem Roulettetisch stehen. Aber die Spieler mögen das Gesetz nicht; jedenfalls singt das der Besitzer vor sich hin, während er unter den gierigen Blicken seiner Kunden die Scheibe dreht. Sie geben die Hoffnung nicht auf, einmal reich zu werden. Sie sind eine Gruppe von ungefähr zwanzig Personen. Sie verlieren ihr Geld, aber niemals die Hoffnung, eines Tages das große Los zu gewinnen, eines Tages, eines Tages, wer weiß? Einer, der immer gewinnt, ist der, der Wache schiebt. Er muß aufpassen, ob nicht vielleicht ein Polizist kommt. Sobald er einen sieht, pfeift er eine Melodie, die vor dem Beginn der Partie vereinbart wurde. Sobald diese Melodie ertönt, ist das Roulette wie weggezaubert, und der Besitzer verwandelt sich in einen Wanderprediger, der vom Himmel beauftragt ist, seinen armen Brüdern das Heil zu bringen. Der Wächter wird immer von allen Spielern gemeinsam im voraus gezahlt und verliert daher nie – weder Zeit noch Geld. Daher hat der Roulettebesitzer entschieden, daß immer nur ein Verwandter von ihm Wache stehen soll; so kann man sich leichter einigen, wenn es um das Teilen der Einnahmen geht. Außerdem kann wohl nur ein Verwandter Schlitzohr genug sein, um genau im richtigen Moment zu sagen, daß er einen Polizisten kommen sieht: nämlich dann, wenn der Besitzer nach einer Pechsträhne gerade einen größeren Gewinn zu verzeichnen hat. Die Wächter sind für ihre ganz besondere Fähigkeit, Polizeibeamte in Zivil zu erkennen, bekannt. Manchmal heißt es, daß sie von dieser Fähigkeit übertriebenen Gebrauch machen, aber da noch niemand eine Zivilperson gefragt hat, ob sie ein verkleideter Polizist sei, garantiert der Beruf des Wacheschiebens den Roulettewächtern von Nima weiterhin nicht unbedeutende Einnahmen.

Gehen Sie nur weiter, aber passen Sie auf die Pfützen auf, die von einem übergelaufenen Brunnen stammen oder von jemand, der Batikstoffe herstellt und der die Schüssel mit dem übelriechenden Indigobad ausgeleert hat ... Biegen Sie an der Ecke des nächsten weißen Hauses in die kleine Gasse ein, und Sie kommen in einen riesigen Innenhof, der überraschend sauber ist und auf einmal von Tänzern mit prachtvollen Körpern besetzt wird. Die Menge ist außer sich. Männer und Frauen, Alte und Kinder, sie sind alle da, so wie in den Dörfern im Landesinnern; alle klatschen in die Hände und bilden einen großen Kreis, in dem sich die Tänzer bewegen. Den Rhythmus dazu gibt ein Orchester von Pfeifen, Trommeln in verschiedenen Größen und gekonnt gespielten Xylophonen.

Rund um den Platz stehen die Händler, deren Geschäftssinn dem der Eis-, Bonbons- und Schokolade-Verkäuferinnen in den Kinosälen in den westlichen Ländern entspricht. Hier in Afrika verkaufen sie geröstete Erdnüsse, gekochten oder gerösteten Mais, Kolanüsse, Ingwerlimonade und, kurz gesagt, alles Eßbare, das Tänzer oder Zuschauer während der Vorstellung begehren könnten.

»Ich will es dir erklären«, sagte Ma: »Amiofi hatte bisher einen winzigen Laden in Nima. Vor einem Jahr, oder womöglich vor zweien, ich weiß nicht mehr ganz genau, wann es war, hat sie mit der Zustimmung von uns allen das Recht auf einen Marktstand erworben ...«

»Einen Stand, der ihr gehört«, präzisierte Edna.

»Ja, ihren eigenen Stand. Für uns war das eine rein berufliche Angelegenheit, sonst nichts, alles lief problemlos, und Amiofi zahlte den Beitrag unseres Vereines.«

»Und dann?«

»Warte. Was wir nicht wußten, war, daß Amiofis Tochter offenbar mit einem Parlamentsabgeordneten verlobt war.«

»Ist sie gebildet?«

»Ich nehme es an, wenn er sich für sie interessiert ...«

»Was wollt ihr damit sagen?« fragte Edna, und man ahnte wohl, warum.

»Entschuldige, Mädchen, laß Mutter fertig erzählen; ich bin neugierig, wie es weiterging.«

»Ein Jahr lang geschah nichts besonderes. Bis eines Tages der Abgeordnete verhaftet wurde.«

»Warum?«

»Weil er zur Opposition gehörte, natürlich deshalb, Prinzessin, das ist doch leicht zu begreifen!«

»Da siehst du es, Mutter, verstehst du jetzt, warum ich mir nicht die Mühe mache, im Radio die Nachrichten anzuhören? Man erzählt uns zwar alles mögliche, aber nicht die wichtigen Dinge, wie zum Beispiel, daß ein Abgeordneter verhaftet wurde, weil er von der Opposition ist.«

»Meiner Meinung nach hat der Doktor recht«, sagte Ma. »Es darf in diesem Land nur eine einzige Partei geben, denn je mehr Parteien es gibt, desto langsamer kommen wir voran. Die Opposition hätte ja nur den nationalen Befreiungskampf gewinnen brauchen! ... Schenk mir noch etwas Wasser ein, Edna.«

»Da bitte, Ma.«

»Mutter, ich verstehe, was du sagen willst. Du kennst dich mit diesen Fragen besser aus als ich. Aber ich finde es ungeheuerlich, daß man einen Oppositionspolitiker verhaftet, nur weil er in der Opposition ist!«

»Aus welchem anderen Grund willst du ihn denn verhaften? Wenn sie nicht in der Opposition wären, gäbe es doch keinen

Grund, sie zu verhaften. Und ich frage dich: wieso sind sie denn in der Opposition? Haben sie denn noch nicht verstanden, daß dieses Land nur durch Einigkeit aufgebaut werden kann?«

»Ma, ich kann nur wiederholen, ich habe mit der Politik nicht viel zu schaffen, aber ich finde, es könnte doch eine konstruktive Opposition geben.«

»Niemals, meine Tochter, niemals. Weißt du, was die Opposition macht? Sie läßt nicht ab, alles, was die Regierung aufgebaut hat, zu zerstören, immer wieder zu zerstören, bis durch ihre Schuld alles einstürzt. Und dann kommen sie und sagen zum Volk: ›Schaut, alles was die Regierung gemacht hat, war wertlos, seht nur, in was für Schwierigkeiten die Regierung uns gebracht hat; setzen wir sie ab, und fangen wir mit unserer Partei von vorne an, sie ist die richtige.‹ Aber wer will wissen, ob ihre Partei wirklich besser ist?«

»Sind die Marktfrauen immer auf Seiten der Regierung?«

»Dir ist es nicht entgangen, daß wir den Doktor unterstützt haben und viel dazu beigetragen haben, daß er gewählt wurde.«

»Daran scheint er sich aber nicht zu erinnern«, bemerkte Edna, während sie den Tisch abräumte.

Das Essen war zu Ende.

»Er scheint sich nicht besonders daran zu erinnern«, bestätigte Ma. »... Tochter meines Herzens, du bist noch nicht alt genug, um zu verstehen. Bald wird der Doktor Präsident sein. Er hat viel zu tun und kann nicht täglich auf den Markt kommen, um sich bei den Frauen zu bedanken, die ihm an die Macht geholfen haben!«

»Nicht jeden Tag, Ma! Aber er ist noch nie gekommen!«

»Das stimmt, aber ich muß sagen, daß er auch nicht unbedingt einen Grund hat, auf den Markt zu gehen. Wenn er etwas braucht, hat er sicher genügend Boten, die er schicken kann.«

Prinzessin stimmte lauthals in Mas Lachen ein, während Edna sich auf dem Absatz umdrehte und wieder in die Küche ging. Dann wurde der Ton von neuem ernst:

»Aber wenn ihr für den Doktor und seine Leute seid«, sagte Prinzessin, dann dürft ihr doch nicht an der Verhaftung eines Abgeordneten der Opposition Anstoß nehmen, oder verstehe ich jetzt gar nichts mehr?«

»Das ist es ja, Prinzessin, genau da werden die Dinge eben kompliziert: denn eine von den unseren, Amiofi, ist in diese Geschichte verwickelt.«

»Weil ihre Tochter mit dem verhafteten Abgeordneten verlobt ist?«

»Aus diesem Grund und nur aus diesem Grund hat man ihr die Genehmigung entzogen, auf dem Markt zu verkaufen.«

»Was?«

»Ja, und du kannst dir sicher vorstellen, in was für Verlegenheiten uns das bringt: wenn wir gezwungen werden, eine Demonstration gegen eine Entscheidung der Regierung zu organisieren, was werden da die Leute denken, die doch wissen, daß wir auf Seiten der Regierung stehen. Und was wird dann später aus uns werden?«

»Trotzdem Ma, wenn einer von euch eine solche Ungerechtigkeit widerfährt, dann müßt ihr diese Demonstration organisieren; um so mehr, als diese Frau doch bewiesen hat, daß sie zu euch gehört ...«

»Genau da ist unser Problem, meine Tochter.«

»Und von was für einer Lösung hast du dann vorhin, als du begonnen hast, mir diese Geschichte zu erzählen, gesprochen?«

»Was für eine Lösung? Diese Frage müßtest du eigentlich deiner Nichte stellen, sie war gestern abend auf dem Ball ...«

»... und ist mit einem zerrissenen Kleid zurückgekommen. Edna! ... Edna! ...«

Aus der Küche hörte man Ednas »ich komme, Tante Prinzessin«, was bedeutete, daß sie mit etwas anderem beschäftigt war, wahrscheinlich mit Geschirrspülen. Kurz darauf kam sie.

Sie erzählte Tante Prinzessin die ganze Geschichte mit Spio, angefangen von ihrer ersten Begegnung anläßlich eines Kammes aus unechtem Elfenbein, bis hin zu seinem freundlichen Verhalten am Vorabend, als er Edna aus besagter Rauferei herausgeholt hatte. Sie erzählte ebenfalls, wie er die Mission erfüllt hatte, mit der er von Großmutter beauftragt worden war, nachdem diese erfahren hatte, in welch hohen Sphären der Verwaltung Spio arbeitete.

»Er war sehr korrekt mit mir«, hob Edna hervor. »Er hat mich zwar ein bißchen vertraulich ›meine Ashantipuppe‹ genannt, aber ansonsten war er eher nett.«

»Meine Ashantipuppe«, wiederholte Ma; »was bildet denn der sich ein? Nur weil man ihn um eine Gefälligkeit bittet, ein belangloses kleines Stückchen Papier, glaubt er gleich, er kann dafür Edna bekommen … ›Meine Ashantipuppe‹, habt ihr das gehört?«

»Komm Mutter, sei doch nicht so. Du redest von einem belanglosen, kleinen Stück Papier und vergißt, daß ihr dieses Papier braucht, um nicht vor dem ganzen Volk das Gesicht zu verlieren …«

»Ich weiß schon, Tochter, deshalb erlaube ich ja auch, daß Edna sich mit diesem Tölpel trifft …«

»Sei freundlicher, Ma, ich habe dir schon gesagt, daß Spio kein Dummkopf ist. Bei unserem ersten Zusammentreffen mit ihm warst außerdem nicht zuletzt du ganz angenehm überrascht, daß er Geld hatte, während wir in Anbetracht seiner einfachen Art es uns erlaubt hätten, den ganzen Markt gegen ihn aufzuhetzen wie gegen einen Dieb … Und außerdem, dieser Mann, der trotz deinem und meinem Verhalten auf mich zukommt und den mir noch dazu das Schicksal an einem Tanzabend wieder in die Arme treibt … das rührt mich, wenn ich daran denke … und vor allem, ich sage es nochmal, weil er sich mir gegenüber sehr freundlich, verständnisvoll und korrekt verhalten hat.«

»Meine Güte«, sagte Tante Prinzessin, »es würde mich nicht wundern, wenn du verliebt in ihn wärst, man braucht dir nur zuhören, wie du von ihm sprichst.«

»Das bin ich nicht, Tante Prinzessin«, verteidigte sich Edna.

»Ich hoffe, das bist du nicht!« Ma ging zum Angriff über und stand auf. Ich hoffe stark, daß du das nicht bist. Ein Mann trifft dich zwei- oder dreimal, und schon bist du verliebt in ihn, das würde mir gar nicht gefallen.

»Mutter, Mutter, du denkst doch nicht wirklich, was du sagst?«

»Und warum nicht?«

»Weil du eines Tages wohl zugestehen mußt, daß Edna nicht ewig bei dir bleiben wird. Ist es nicht so, mein Mädchen?«

»Ich … ich … ich glaube, ihr seid alle beide ein bißchen voreilig. Vorläufig handelt es sich darum zu wissen, ob dieser Mann uns aus einer schwierigen Situation heraushelfen kann.«

»Du hast recht, Tochter meines Herzens. Vor allem muß er sich beeilen, denn trotz meines Einwandes auf der Versammlung gestern nachmittag habe ich das Gefühl, in den Gedanken ist die Demonstration schon beschlossen. Wenn sich also dieser … dieser … wie heißt er gleich wieder?«

»Spio, Ma.«

»Wenn sich also dieser Spio nicht beeilt, dann kommt es zur Katastrophe.«

»Trotzdem interessiert es mich sehr«, sagte Tante Prinzessin nochmals, was zwischen diesem jungen Mann und meiner Tochter entstehen wird. Du hast doch gesagt: ein junger Mann, oder?«

»Ja, habe ich.«

»Wie ist er denn? Hübsch? Gut gekleidet?«

»Gut gekleidet, Tante Prinzessin, wir wollen nicht übertreiben, er trägt keine außergewöhnlichen Sachen. Er begnügt sich damit, korrekt auszusehen.«

»Das genügt, finde ich. Und sein Gesicht?«

»Sein Gesicht«, fiel Ma ein, »nun, ich muß dir sagen, daß mir sein Gesicht immer noch nicht gefällt. Ich muß dir sagen, daß, wenn ich ihn letzte Nacht mit dir zusammen gesehen hätte, dann hätte mich das nicht gefreut; auch wenn er dir aus dieser brenzligen Lage geholfen hat, auch wenn wir ihn um eine Gefälligkeit bitten müssen.«

»So schlimm, Mutter?«

»Ich glaube, Tante Prinzessin, Ma ist so streng, weil Spio sie vor versammeltem Markt eine alte Frau geheißen hat.«

Kapitel 6

Spio war sich völlig dessen bewußt, wie wichtig sein Auftrag war. Wie er da so vor dem Generalinspektor saß, versuchte er die schwerwiegenden Auswirkungen eines Mißerfolgs abzuwägen, falls es ihm nicht gelingen würde, seinen Vorgesetzten zu überzeugen. Da er sich in den letzten drei Tagen mehrmals auf den Markt begeben hatte und auch bei verschiedenen Frauen Erkundigungen eingezogen hatte, wußte er, daß eine Demonstration geplant wurde. Er wußte, daß die Frauen sogar schon einen Termin ins Auge gefaßt hatten, jedoch auf Mas Rat hin bereit waren, noch ein bißchen zu warten. Denn Ma glaubte fest daran, daß noch nicht alle Hoffnung verloren war, eine zufriedenstellende und weniger demonstrative Lösung zu finden.

Der Inspektor las die Berichte in einer umfangreichen Akte und rauchte dabei eine dieser dicken Havanna-Zigarren. Er war für seine dicken Zigarren bekannt, denn ihr Geruch haftete an allen Gegenständen in seinem Büro und überfiel jeden, der dort eintrat. Spio wagte zu denken, daß es ein übler Geruch war, aber er erlaubte es sich natürlich nicht, seine Meinung laut zu äußern. In Gedanken ging er sogar soweit, es skandalös zu finden, daß so ein kleines afrikanisches Land, das eher arm als reich war, es sich herausnahm, für teure Devisen aus Kuba dicke Zigarren zu importieren. Wenn diese Glimmstengel wenigstens gut gerochen hätten! Er selbst hatte die Angewohnheit, nur Zigaretten in weniger extravaganten Größen zu rauchen. Und er wählte sie, wie er fand, wohl gezielt aus, ganz im Sinne seines Landes. Insbesondere vermied er Marken, von denen er gehört hatte, sie würden in rassistischen Gegenden der Erdkugel hergestellt, bevor sie sich auf trügerische Weise auf dem Markt der Länder mit wohlgesinnten Menschen einschlichen. Man soll niemanden beim Namen nennen. Aber diese Zigarren kamen noch dazu aus einem Land, das an der Türschwelle zur freien Welt den Kommunismus predigte ... Spio lächelte bei diesem Gedanken, der plötzlich unnötige Rauchschwaden in die hohen Sphären der Politik der Mächtigen und Übermächtigen brachte. Wir sind so unbedeutend. Selbst unsere Politik kann sich in Rauch auflösen.

Der Inspektor konnte nichts Anormales an der Akte finden, die er Seite für Seite studierte. Als er damit fertig war, blickte er auf und sagte:

»Ich sehe nirgendwo in dieser Akte Ihren Namen. Wie kommt es, daß Sie sich mit dieser Sache befassen? Was haben Sie damit zu tun?«

»Herr Generalinspektor, dies ist ein reiner Zufall, aber ich bin überzeugt, es ist auch ein Glücksfall, der mich veranlaßt hat, mich mit dieser Sache zu befassen. Als ich erfuhr, daß die Marktfrauen eine Demonstration planen ...«

»Sie wollen mir doch nicht weismachen, daß die Marktfrauen eine Demonstration organisieren, ohne die Behörden zu verständigen, oder?«

»Nicht direkt, Herr Generalinspektor, aber nehmen wir an, sie hätten beschlossen, die Behörden erst im letzten Moment zu informieren ...«

»In diesem Falle wäre die Chance gering gewesen, sie daran zu hindern.«

Er drückte den Rest seiner Zigarre in einer Art Aschenbecher aus: Man nimmt eine dicke Baumwurzel und höhlt sie aus, als wolle man eine Schale anfertigen. Dann sägt man die Ränder so ab, daß die elegante, unregelmäßige Form des Holzes erhalten bleibt. Man lackiert ihn, läßt ihn trocknen, und der Aschenbecher ist fertig.

»Aber«, fuhr der Inspektor fort und nahm eine neue Zigarre, »die Frauen wissen vielleicht, daß es gesetzlich verboten ist, ohne Zustimmung der Regierung zu demonstrieren?«

»Manchmal ist es schwierig, ganz genau zu sagen, was die Marktfrauen wissen und was nicht. Vor allem wissen sie sehr gut, daß sie Bürgerinnen eines freien Landes sind und in diesem Land eine nicht unbeachtliche Rolle spielen. Von daher gesehen, erlauben sie sich vieles, ohne genau zu wissen, ob es dafür genügt, einfach Bürgerinnen eines freien Landes zu sein.«

Der Inspektor versteckte sich hinter einer Rauchschwade, um zu fragen:

»Und Sie meinen, daß diese Amiofi genügend Gewicht hat, um eine große Demonstration auszulösen?«

»Herr Generalinspektor, eine Demonstration der Marktfrauen hat, wie groß auch immer, ihre Bedeutung. Sie haben gesehen, was sie bei den letzten Wahlen erreicht haben, und diese Ergebnisse haben sie eher noch ermutigt. Besser denn je kennen sie die Stärke ihres gemeinsamen Handelns, und man kann voraussehen, daß sie diese einsetzen werden, wann immer sie wollen oder es ihnen nützlich erscheint.«

»Und wenn ich Sie recht verstehe, dann glauben Sie, daß es den Frauen in diesem Fall nützlich erscheint?«

»Ich bin überzeugt davon.«

Jemand klopfte an die Türe des Büros, aber der Inspektor antwortete trotz der Beharrlichkeit des Besuchers nicht. Er beugte sich wieder über die Akte und sah immer sorgenvoller aus. Er gehörte zu dieser Art von hohen Beamten, für die nur die Entscheidungen des Staatspräsidenten oder allenfalls noch die des Parlaments wichtige Entscheidungen sind. Die Verurteilung eines Parlamentariers durch den Staatschef fiel in diese Kategorie, und deshalb respektierte er sie äußerst gewissenhaft. Ebenso unsinnig erschien es ihm, die Konsequenzen einer derartigen Entscheidung in Frage zu stellen. Das hieß in diesem Fall den Entzug der Verkaufsgenehmigung für eine Marktfrau, die mit dem verhafteten Abgeordneten in irgendeiner engeren oder weiteren Verbindung stand. Aber was er vor allem nur schwer verstand, war, daß dieselben Marktfrauen, die der Regierung an die Macht verholfen hatten, sich nun so plötzlich so wenig verständig gegenüber einer Maßnahme eben dieser Regierung zeigten.

Tatsächlich führt ein gewisser Mangel an Realismus die Politiker häufig zu dem Gedankenschluß, daß der Wähler eine Wahlmaschine ist, ein für allemal darauf eingestellt, im Sinne der Gewählten zu funktionieren. Aus diesem Grunde konnte der Generalinspektor die Haltung der Marktfrauen nicht verstehen, die doch mit unzweideutigen Stimmen diese Regierung an die Macht getragen hatten.

Durch die drei großen offenen Fenster drang plötzlich Wind vom Meer her in den Raum ein und vertrieb den unangenehmen Zigarrengeruch. Spio fühlte sich wohler und dachte für sich: gelobt sei das Meer, das mit seinen Launen die Luft in Bewegung setzt und ihr es möglich macht, das Klima zu mildern. Die Flügel der beiden riesigen elektrischen Ventilatoren an der Decke drehten sich langsam im Luftzug, blieben aber bald wieder stehen. Die Papiere auf dem Schreibtisch, mit System geordnet und mit Briefbeschwerern zusammengehalten, bewegten sich kaum. Spio sah in Richtung Ozean und blickte auf eine zinnfarbene Oberfläche. Von seinem Platz aus kam ihm die Aussicht bis zum Horizont völlig irreal vor. Ein paar Sekunden lang träumte er von Spiegeleffekten und von für die ausgedürsteten Wüstenkarawanen so verhängnisvollen Trugbildern. Er hatte noch niemals einen Schritt in die Wüste getan, aber dank des Geographieunterrichts in seiner Schulzeit wußte er, wie die Luftspiegelungen in der Sahara die Hoffnung der Karawanen nährten oder sterben ließen. Wenn man bedachte, daß diese riesige Fläche hier vor seinen Augen Wasser war! Wie seltsam die Welt doch gemacht ist, dachte Spio: Manche haben soviel Wasser, daß sie es verkaufen könnten, während andere verdursten. Ein paar Sekunden lang träumte er noch von …

Wieder klopfte jemand an die Türe. Das brachte Spio zurück vor den Generalinspektor. Dieser war immer noch in seine Akte vertieft und antwortete nicht. Das war bei ihm so üblich. Solange er beschäftigt war, erteilte er niemandem die Erlaubnis, in sein Büro zu kommen. Es war auch seine Taktik, denn auf diese Art und Weise, die all seinen nahen und entfernten Mitarbeitern wohl bekannt war, war es unmöglich zu sagen, ob er jemals sein Büro verließ; selbst wenn er sich durch eine Geheimtüre weggestohlen hatte, um sich entweder zu seinem Minister zu begeben oder für eine persönliche Erledigung in der Stadt. So gibt es hohe Beamte wie ihn, die ohne große Skrupel eine sehr wirkungsvolle Technik erfunden haben, in ihrem Büro ganz rechtmäßig in Ruhe gelassen zu werden. Dies trägt manchmal zu der wohlbekannten Langsamkeit gewisser Behörden bei, denn die Technik der Vorgesetzten überträgt sich nur zu leicht auf ihre Untergebenen.

Spio beobachtete derweil wieder den Generalinspektor und stellte fest, daß dessen Gesichtsausdruck nun geradezu besorgt war, als hätte er in der Akte soeben ein ihm unerklärliches Detail entdeckt. Seine Stirn schien zu sagen: »Spio, ich habe den Verdacht, daß Sie ein persönliches Interesse an dem Fall haben; denn weshalb würden Sie sonst mit solchem Eifer nach einer günstigen Lösung suchen?« So geht es: Die Menschen mit guten Absichten, die nach Frieden streben und dabei eine Art Heiligenschein der Unschuld tragen, werden immer verdächtigt, im Geheimen noch andere Absichten zu hegen. Als ob der Frieden als solcher nicht schon ein wertvolles Gut wäre, das man allein aus dem Grund anstreben kann, den Frieden zu wollen!

Als hätte er die Gedanken seines Vorgesetzten erraten, ging Spio zum Angriff über:

»Herr Generalinspektor, Sie sollen vor allem nicht meinen, daß ich mich für Frau Amiofis Tochter interessiere und mich deshalb bei Ihnen für diesen Fall verwende.«

Der Inspektor antwortete nicht, er schaute nicht einmal auf bei dieser Bemerkung und zog lediglich an seiner Zigarre. Spio spürte, wie dieses Schweigen auf ihm lastete und daß er mit seiner Bemerkung keinen Treffer gelandet hatte. Es tat ihm leid, daß er nicht geschwiegen hatte. Manchmal ist es gefährlich, anzugreifen. Spio hüstelte, um sein irrtümliches Verhalten anzudeuten. Die Hitze im Raum wurde immer unerträglicher. Spio stützte einen Ellbogen auf den Schreibtisch des Inspektors und wischte sich das Gesicht mit seiner Hand ab wie mit einem Taschentuch. Dabei schloß er die Augen. Als er sie wieder öffnete, sah er den Blick des Inspektors auf sich gerichtet.

»Was haben Sie gesagt, Spio?«

»Ich sagte, ich sagte, Sie sollen nicht meinen, daß ich ein persönliches Interesse daran habe, Frau Amiofi in dieser Lage zu helfen. Nicht ihretwegen ...«

»Nein, das habe ich schon verstanden, es ist nicht für sie, sondern für ihre Tochter.«

»Nein, Herr Generalinspektor, ich habe soeben das Gegenteil gesagt. Ich kenne Frau Amiofis Tochter gar nicht.«

»Nicht?«

»Nicht im Entferntesten.«

»Wie schade. Dabei wollte ich Sie gerade fragen, wie sie aussieht ...«

»Es heißt, daß sie hübsch ist, Herr Generalinspektor, aber persönlich habe ich sie noch nie gesehen.«

»Aber Spio, warum bemühen Sie sich denn dann so sehr?«

»Einfach deshalb, Herr Generalinspektor, weil sich die Situation meiner Ansicht nach gefährlich zuspitzen könnte, und weil man unbedingt die Demonstration der Marktfrauen verhindern muß.«

»Ist das alles?«

»Das ist alles.«

»Wenn das so ist, haben Sie zweifelsohne alle Möglichkeiten in Erwägung gezogen, wie man verhindern kann, daß sich die Lage zuspitzt. Stimmt's?«

»Um ehrlich zu sein, habe ich an nichts anderes gedacht als daran, meine Pflicht zu tun, und deshalb erlaube ich mir, nicht locker zu lassen. Ich glaube, daß kein Abgeordneter, sei er nun von unserer Partei oder von der Opposition, Ihnen einen Vorwurf machen würde, wenn Sie einer Marktfrau eine Verkaufsgenehmigung geben und damit den Frieden im Lande aufrecht erhalten.«

Der Inspektor hörte diesem Plädoyer aufmerksam zu und vermittelte Spio den Eindruck, er habe es mit einem wohlmeinenden Gesprächspartner zu tun. Dann räusperte er sich vorsichtig und fragte:

»Also Sie meinen, wenn Frau Amiofis Tochter persönlich die Verkaufsgenehmigung ihrer Mutter abholen kommt, ist dieser Fall geregelt und kann keinen Ärger mehr bereiten?«

»Jedenfalls nicht deshalb, Herr Generalinspektor.«

»Ich nehme an, daß sie hierherkommen könnte? Es ist schwierig, nur so über Personen zu sprechen, die man nicht kennt.«

Bei diesen Worten stellte sich Spio vor, daß er die Demonstration der Marktfrauen damit plötzlich verhindert hatte. Er stieß einen Seufzer der Erleichterung aus, den er lautlos und leicht gewollt hatte, den der Generalinspektor aber sehr wohl bemerkte. Wenn Ruth, die Tochter von Frau Amiofi, es schaffte, sich mit Erfolg für die Angelegenheit ihrer Mutter einzusetzen, dann kam alles wieder ins Lot. Und von einem Augenblick zum andern gehörte er, Spio, zu den Helden der Stadt. Und man würde erzählen, daß nur durch sein Einschreiten eine Demonstration der Marktfrauen, die man mehr fürchtete als alles andere, verhindert worden war. In seiner Vorstellung sah er Ma vor sich; sie war ganz glücklich, ihm begegnet zu sein, und hatte diesen denkwürdigen Nachmittag der Elfenbeinkämme aus Plastik endlich vergessen; und sie versprach ihm Edna, »wenn dein Herz nach ihr verlangt, mein Sohn!« Er ging sogar so weit, sich vorzustellen, wie er später an der Seite dieser schönen Frau leben würde, die Edna hieß. Aber der Traum wurde schnell von den Ereignissen eingeholt.

Als die Marktfrauen erfuhren, daß der Generalinspektor verlangt hatte, Ruth »zu sehen«, interpretierten sie diesen Wunsch auf ihre Art, und die darauffolgende Reaktion war das genaue Gegenteil von dem, was Spio sich erträumt hatte. Der Gedanke, mit einer »geheimen« Begegnung eine »öffentliche« Affäre zu regeln, gefiel ihnen überhaupt nicht. Denn was wäre passiert, fragten sie, wenn »es eine von uns getroffen hätte, die keine Tochter zur Welt gebracht hat, die sie anbieten könnte?« Ihr Murren wurde immer lauter, wie ein Gerücht, das die aufgebrachte Menge unaufhaltsam in eine Revolution treibt. Der ganze Markt sprach von nichts anderem mehr als der unschicklichen Haltung des Generalinspektors, der sich scheinbar vorstellte, diese rechtschaffenen Frauen würden alles hinnehnmen unter dem Vorwand, daß er ein hoher Beamter war. Unter diesem »alles« verstand man eine Menge Dinge, die man nicht so einfach und mit Genauigkeit aussprechen konnte, aber dank einer stillschweigenden unerklärlichen Übereinkunft waren diese Dinge im Kopf jeder Marktfrau genau dieselben. Am meisten Angst, daß das Geschwür zum Platzen komme, hatte, Sie werden es kaum glauben, Frau Amiofi selbst; gerade sie, die von allen anderen verteidigt wurde.

»Seit gut mit mir, meine Schwestern«, bat sie; »ich habe nur diesen Marktstand und sonst nichts im Leben. Paßt auf, daß er mir nicht endgültig genommen wird, seid gut zu mir, meine Schwestern.«

»Genau dafür kämpfen wir ja, daß er dir nicht endgültig genommen wird. Verstehst du, wenn sich deine Tochter heute vom Generalinspektor alles gefallen läßt, dann bekommst du zwar deine Verkaufsgenehmigung, aber wer sagt uns, daß nicht morgen einer anderen von uns dasselbe passiert?«

»Man muß wissen, daß wir uns solidarisch verhalten und diesen Beruf zu recht ausüben«, sagte eine andere Frau und unterstrich ihre Worte, indem sie ihre Faust zum Himmel streckte.

»Solidarisch und stark«, wandte sich eine dritte direkt an Frau Amiofi. »Schließlich macht uns die Regierung kein Geschenk, wenn sie uns erlaubt, auf dem Markt zu arbeiten. Hat denn diese Regierung eine genauso lange Vergangenheit wie unser Verein?«

»Was für eine Vergangenheit? Die Regierung ... haben nicht wir die Regierung erst gemacht?«

»Und wenn wir uns alle zusammen weigern, weiterhin etwas zu verkaufen, kann die Regierung dann die Konsequenzen tragen?«

Der Ton wurde immer hitziger, wie wenn man die Wut zu lange zurückgehalten hat. Vor Mas Stand sammelte sich eine Gruppe von Frauen, denn Sie wissen ja, daß dort normalerweise die Diskussionen des Marktfrauenvereins stattfanden, wenn eine wichtige Entscheidung zu treffen war. Genau an dieser Stelle hatten sie vor drei oder vier Jahren die Parole ausgegeben, die Partei zu wählen, die jetzt an der Macht saß, und alles zu tun, damit sie auch von den anderen gewählt werde. Die Revolutionen stört es nicht, sich an demselben Ort zu organisieren, der einst Frieden und Einigkeit hervorgebracht hat.

»Die Mächtigen stellen sich vor«, fügte noch jemand hinzu, »daß unsere Töchter genauso zu kaufen sind wie unsere Waren. Wir müssen ihnen zeigen, daß dies nicht stimmt. Deine Tochter geht nicht zu diesem Beamten, Amiofi. Ich sage dir, sie geht nicht zu ihm, und hätte er eine noch höhere Stellung als der Doktor selbst. Wenn sie hingeht, demonstrieren wir gegen die Regierung und auch gegen dich; dann gehörst du nicht mehr zu uns. Wenn sie nicht hingeht, bleiben wir deine Schwestern und kämpfen an deiner Seite so lange, bis man dir die Verkaufsgenehmigung endgültig gegeben hat.«

»Ruhe!« rief Ma plötzlich. Und auf der Stelle schwiegen alle diese Frauen, die in Afrika für ihre sogenannte »Hitzköpfigkeit« bekannt sind, alle diese Marktfrauen schwiegen. Sie wissen ja, daß Ma die Älteste im Verein war; mochte auch Adima die Reichste sein und am meisten von sich und ihren Kolleginnen reden machen, weil »sie soviel verdiene, daß sie die öffentlichen Verkehrsmittel der ganzen Stadt und noch mehr besitzen könnte«, so wurde doch Ma als die Weisheit in Person angesehen. Abgesehen von einer perfekten Kenntnis des Milieus und einer unvergleichlichen Berufserfahrung hatte sie noch dazu die gute Idee gehabt, ihre Enkelin zu ihrer Nachfolgerin auf dem Markt zu erziehen, und sie hatte ihr begreiflich gemacht, daß die Schule gar nicht so nützlich ist. Sie dagegen wissen ja, wie wenig Edna für die Schule begabt war, solange sie hinging; aber das hätte Ma natürlich vor den anderen niemals zugegeben. So kam zu den tatsächlichen Qualitäten, deretwegen man Ma zu Recht außerordentlich schätzte, noch der falsche Grund hinzu, der eigentlich von der Unfähigkeit von Mas Enkelin herrührte.

»Kinder, es wird Abend«, sagte Ma schließlich. »Wir sollten nach Hause gehen. Also will ich nicht viel rumreden. Ich will euch auch nicht zur Geduld zwingen, denn anscheinend bringt sie uns nichts.«

»Es stimmt, jetzt sind es schon vier Tage …«

»Sei still! Sei still!« rügte man diejenige, die Ma unterbrechen wollte. »Sei still, jetzt redet Ma!«

»Die Frage ist einfach«, fuhr Ma fort: »wollen wir verhandeln oder demonstrieren?«

»Wer ist dafür, daß wir die Verhandlungen mit den Autoritäten fortsetzen?«

Eine kleine Frau in einem Pagne, der direkt unter ihrer müden Brust nur schlecht geknotet war, hob schüchtern die Hand. Schüchtern! Als ob man schüchtern sein kann, wenn man soviel Mut aufbringt! Denn Mut brauchte es, um als einzige dem Vorschlag zuzustimmen, den alle anderen ablehnten. Und doch tat sie es, und niemand schien ihr deshalb böse zu sein. Wer da noch sagt, den Marktfrauen fehlt es an Staatsbürgersinn, der hat sich ganz schön getäuscht. Sehen Sie nur:

»Eine Stimme!« sagte Ma.

Und fügte ohne weitere Umstände hinzu:

»Und wer ist für die Demonstration?«

Alle hoben die Hand. Ja, alle, sogar die Frau, die soeben noch für die Fortsetzung der Verhandlungen gestimmt hatte. Die anderen achteten gar nicht darauf, denn sie wußten, daß die Arme taub war und so gut wie nichts von dem verstanden hatte, was besprochen worden war. Jedenfalls war die Idee der Demonstration einstimmig angenommen.

»Ich weiß«, sagte Ma, »ihr seid euch bewußt, welch wichtige Entscheidung wir soeben zusammen getroffen haben. Sagen wir also, daß wir morgen früh zum Parlament ziehen?«

»Ja, einverstanden«, riefen die Frauen.

»Morgen wird der Boden unter unseren Füßen erzittern!«

»Morgen werden alle wissen, wer wir sind. Alle!«

Das Gemurmel wurde leiser und zerstreute sich, aber erst das Hereinbrechen der Nacht setzte ihm schließlich ein Ende.

An diesem Abend wurde in den Radionachrichten ausführlich über die Demonstration der Marktfrauen, die am nächsten Tag stattfinden sollte, berichtet. Ein Interview mit dem Polizeichef, der die ruhestörenden Elemente vor Zwischenfällen warnte, trug keineswegs dazu bei, die Gemüter zu beruhigen; im Gegenteil, er wiegelte die Bürgerinnen nur noch mehr auf, da sie sowieso entschlossen waren, koste es, was es wolle, ihr Recht zu vertreten. Ein Soziologieprofessor sprach ausführlich über die Massenbewegungen und ihren Einfluß auf das Leben im Staat. Er hielt sozusagen im Radio eine Vorlesung mit vielen komplizierten Wörtern und einer geringen Wahrscheinlichkeit, von den Marktfrauen verstanden zu werden. Alles an diesem Abend trug also dazu bei, die Gemüter auf die Demonstration vorzubereiten, wenn man auch genau das Gegenteil hatte erreichen wollen.

Kapitel 7

Die Demonstration soll vom Anfang der Avenue der Unabhängigkeit aus losgehen, hatte Ma am Vorabend gesagt, bevor sich die Frauenversammlung auflöste.

Am nächsten Morgen waren sie alle da, an der Ecke besagter Avenue und einer Straße, die zum Flughafen führt. Auch ein paar Männer hatten sich zu den Frauen gesellt. Sie gehörten zu denen, die auch auf dem Markt arbeiteten und Verständnis für die Belange der Frauen gezeigt hatten. Jeder weiß, daß sich die Marktfrauen Westafrikas solidarisch verhalten und politisch und beruflich manchmal sehr einflußreiche Vereinen organisieren. Den Männern dagegen, die denselben Beruf unter ähnlichen Bedingungen ausüben, fehlt diese Qualität.

Alle Frauen waren gekommen. Wie sie es auf ihrer Versammlung am Vorabend vereinbart hatten, waren sie alle mit festlicher Eleganz gekleidet. Eine reiche Farbpalette schillerte in der Morgensonne und verlieh dieser Demonstration den ganzen Tag über den Anstrich einer sonntäglichen Parade. Hellblaue Pagne, rote, gelbe und rosarote, Blusen in allen Farben, riesige Tücher aus glänzender Seide, um den Kopf geschlungen und durch die sorgfältig geflochtenen Zöpfchen hoch aufgebauscht, in der Sonne funkelnder Schmuck aus unecht edlem Metall, Halsketten und Armbänder aus Elfenbein und Perlen, flache, weit ausgeschnittene Sandalen, die viel Luft und Staub der Straße an die Füße ließen … dies alles gab dem Zug ein fröhliches Aussehen, das dem eigentlichen Motiv der Versammlung gar nicht entsprach. Doch so lebt Afrika, mit diesem verrückten Bedürfnis, jeden Augenblick des Daseins lebenswert zu machen, zu einem immer wieder neuen Fest.

Innerhalb kurzer Zeit stellte sich der Zug zusammen und mehrere hundert Frauen brachen langsamen Schrittes auf in Richtung

Stadt; sie stellten es so geschickt an, daß sie praktisch die Straße in ihrer ganzen Breite einnahmen.

Diese lange Avenue der Unabhängigkeit war schon für sich selbst ein Symbol. Wahrscheinlich hatte man sie deshalb so getauft, weil sie den Fremden, der zum ersten Mal ins Land kam, direkt vom Flugplatz aus in die Stadtmitte führte und ihn dabei ausgiebig die Luft einer erst drei Jahre jungen Unabhängigkeit schnuppern ließ. Die Avenue führte unter anderem an einem sehr wichtigen Gebäude vorbei: dem erst vor kurzem errichteten Zentrum »für politische Flüchtlinge aus den kolonialistischen Gefängnissen anderer Länder Schwarzafrikas«, die ihre Unabhängigkeit noch nicht erlangt hatten. Sie führte ebenfalls vorbei an der offiziellen Residenz des »Doktors«, der damals nur Premierminister war, denn das Land war noch ein Dominion der britischen Krone, gewissenhaft und stolz in den Diensten ihrer Majestät, der Königin von England, Schottland, Wales, Nordirland und dem Rest des Commonwealth.

Es mag einem seltsam erscheinen, daß die Marktfrauen nicht beschlossen hatten, vor der Residenz des Doktors halt zu machen. Schließlich forderten sie jetzt von ihm ganz allein, er solle ihr Problem lösen, da die Behörden dazu nicht fähig gewesen waren. Selbst die Ordnungshüter am Eingang der Residenz waren erstaunt, als sie diese gut gekleideten Frauen vorbeigehen sahen, die fröhlich sangen und tanzten, als handle es sich um ein Volksfest, und die den Namen des Doktors nicht einmal erwähnten, weder um ihn zu beschimpfen noch um ihn aufzufordern, herauszukommen und sich um die Angelegenheit derer zu kümmern, die ihm zur Macht verholfen hatten. Aber zu Gunsten dieser Damen sei gesagt, daß sie auch keine Lobreden auf den Premierminister anstimmten. Mit dieser absoluten Gleichgültigkeit brachten sie im Grunde zum Ausdruck, wie unzufrieden sie waren mit diesem Mann, der immer mehr an Macht gegenüber dem obersten britischen Stellvertreter der englischen Königin gewann.

In Wirklichkeit hatten die Frauen beschlossen, es nicht mit einem einzelnen Mann, und mochte er auch Premierminister sein, aufzunehmen, sondern mit dem versammelten Parlament. So setzte die zusehends größer werdende Gruppe von Männern und Frauen ihren Weg fort, kam am imposanten Hotel Ambassador vorbei, und versperrte dabei immer noch die Avenue – die ordentlich geteert war und auf jeder Seite von einem betonierten Graben eingesäumt – in ihrer ganzen Breite. Alle entgegenkommenden Autos waren gezwungen umzukehren. Kein Autofahrer wagte sich weiter, denn jeder konnte sich sehr gut vorstellen, was passiert wäre, hätte einer die unglückliche Idee gehabt, sich stur zu stellen. Bald waren die Demonstrantinnen am Kopf und am Ende des Zuges von einer Reihe von Polizisten eingerahmt. Da die Marktfrauen jedoch von Anfang an den Eindruck vermittelt hatten, daß ihre Demonstration unter dem Vorzeichen von Spaß und guter Laune stand, kam keiner von den Polizisten auf die Idee, mit Gewalt einzuschreiten. Die Ordnungshüter erlaubten es sich sogar, ein Lächeln aufzusetzen und damit deutlich zu zeigen, daß ihnen nie zuvor eine amüsantere Aufgabe zugeteilt worden war. Immer mehr Menschen gesellten sich zu den Demonstrantinnen, weniger aus Solidarität für die Sache selbst, denn aus Vergnügen an einem Aufmarsch wie diesem hier, der sich langsam auf das Parlament zu bewegte. Am Ende der Avenue, auf der Höhe der High Street, hatte der zunehmende städtische Verkehr das Einpflanzen einer dreifarbigen Ampel erfordert, der ersten seit dem Flughafen. Das abwechselnd rote, grüne oder gelbe Lichtsignal hatte Verstärkung bekommen von einem Verkehrspolizisten in dunkelblauer Uniform, mit schwarzer Mütze und schwarzen Stiefeln, der mit seinen von riesigen weißen Handschuhen bekleideten großen Armen den Verkehr regelte. Mit seiner stolzen Haltung sah er aus, als könne er der ganzen Welt weismachen, daß alle Autos dieser Stadt ohne ihn nicht wüßten, wohin sie fahren sollen. Daran gewöhnt, von den Autofahrern ohne ein Lächeln respektiert zu werden, schien es ihm ganz selbstverständlich, die Menschenmenge, als sie auf der Höhe der High Street ankam, wie eines der zahlreichen Fahrzeuge zu behandeln, bei denen im allgemeinen ein Zeichen von ihm genügte, um sie zum Stehen zu bringen. Also hob er entschlossen und heftig den Arm, denn der Verkehr in der High Street war wirklich sehr dicht. Die Polizisten am Kopf des Zuges schienen stehenzubleiben, aber die Frauen und Männer hinter ihnen waren anderer Ansicht. Sie versuchten weiterzugehen, obwohl die Ampel jetzt auf rot stand. Dies war der Beginn des ersten Scharmützels mit den Ordnungshütern. Dem Verkehrspolizisten blieb gerade noch Zeit, den Schwall von Autos zu stoppen, die aus der High Street kamen und eigentlich das Recht hatten, weiterzufahren. Rücksichtslos durchgetretene Bremsen quietschten wie Laster, die plötzlich anhalten müssen. Aus einem Wagen stieg ein Mann aus und verlangte vom Verkehrspolizisten eine Erklärung. Er war mager wie ein Blutgefäß und fuhr einen Laster, so groß wie ein Gymnasium. Seine Worte überstürzten sich, als er von dem Unfall sprach, den man beinahe verursacht hatte, da man ihn trotz grüner Ampel so plötzlich zum Halten zwang. Der Verkehrspolizist hörte ihm kaum zu. Mit ausgebreiteten Armen hielt er die Autos aus Richtung High Street auf, während er mit den Polizeibeamten sprach, die die Demonstration begleiteten:

»Was macht ihr denn hier, wenn ihr nicht einmal die Menge in Schach halten könnt?«

Als die Polizisten das hörten, bemühten sie sich zu beweisen, daß sie sehr wohl zu etwas nutze waren, und versuchten die Demonstranten zurückzudrängen. Sie streckten die Arme aus und bildeten eine Art von Hecke, was völlig unnütz war, da die Ampel von ihrem Sockel aus längst Zeit gehabt hatte, mehrmals auf grün zu wechseln. Nichts ist lustiger, wenn eine Ampel die Farbe wechselt, wann es ihr paßt, ohne sich im geringsten um sämtliche Demonstranten und Gegendemonstranten der Welt zu kümmern. Die Ordnungskräfte sind unfähig, Ordnung herzustellen, sie schaffen es nur, sich von ihren Gegnern anfeinden zu lassen. So bekamen die Polizisten die ersten Beschimpfungen zu hören. Die Stimmung wurde hitziger und bedrohlicher. Doch als hätten die Hüter der Ordnung plötzlich begriffen, daß es unnötig war, dieses bisher ruhig verlaufene morgendliche Volksfest in eine gewalttätige Auseinandersetzung zwischen Marktfrauen und Polizisten zu verwandeln, so akzeptierten sie auf einmal den Wunsch der Demonstranten, trotz roter, gelber und grüner Ampeln weiterzugehen, und fanden ihn legitim. Und so trat nach diesen fünf oder zehn Minuten der Aufregung wieder Ruhe ein. Die Demonstration konnte weiterziehen, doch schon gab es in ihren Reihen ein paar Leichtverletzte zu beklagen. Die Ordnungshüter können nicht für Ordnung sorgen, sie können nur ein paar Leichtverletzte verursachen.

Knappe fünfzig Meter weiter befand sich zur Linken das Ziel des Marsches, das Parlament.

Aus Anlaß der Marktfrauendemonstration hatte man rund um das Parlament eine dichte Mauer aus Wachsoldaten aufgestellt. Ihre Aufgabe war es, das Eindringen eines jeglichen Störenfriedes zu verhindern. Ganz bestimmt war heute nicht einer der gewöhnlichen Tage, da jeder Mensch aus- und eingehen konnte, um das Haus zu besichtigen, in dem die politischen Entscheidungen des ganzen Landes getroffen wurden. Viele rechtschaffene Menschen, die in diesem Augenblick zu den Störenfrieden gehörten, hatten irgendwann in der Vergangenheit die Gelegenheit gehabt, das Parlament zu besichtigen; mit oder ohne der geläufigen Bezeichnung V.I.P. oder der selteneren Abkürzung V.V.I.P. konnte man außerhalb der Sitzungszeiten diese Örtlichkeiten besuchen. Das Hauptgebäude war schlicht und erinnerte von außen gesehen ein wenig an das weiße Haus in Washington D.C., wenn auch die eierschalenfarben gestrichenen Räume nicht vom Staatschef bewohnt wurden. Der Eingang, der seitlich von einer gedachten Mittellinie an der Hauptfront lag, teilte das Gebäude in zwei ungleiche Teile: der eine enthielt die Arbeits- und Ruheräume für die Abgeordneten und der andere, weit größere, das eigentliche Parlament. In der Eingangshalle hing an der Wand eine riesige Afrikakarte. Auf grünem Hintergrund waren mit weiß diejenigen Staaten eingezeichnet, die bereits die Unabhängigkeit errungen hatten. Sie befanden sich bei weitem in der Minderzahl.

Was einem bei einer Parlamentsvisite sicher am meisten ins Auge stach und woran man sich nachher am besten und noch sehr lange erinnerte, war die Statue dessen, den man gemeinhin den »Gründer der Nation« nannte; wenn man im täglichen Gespräch auch kurz und bündig vom »Doktor« sprach. Die Statue hatte man im Hof des Parlaments mit Blick zum Meer aufgestellt. Sie war sehr schlicht und geschmackvoll und ungefähr um die Hälfte höher als die Lebensgröße des Doktors. Sie stand auf einem Marmorsockel, war aus Bronze, und stellte den Staatschef dar, wie er, in einem einfachen, traditionellen Gewand, den einen Arm zum Himmel erhoben, dahinschritt und in der anderen Hand einen Stock hielt. Dieser Stock war bereits in die Legende eingegangen. Er gehörte offensichtlich so unverkennbar zum Doktor, daß selbst der Herzog von Edinburgh bemerkt hatte, Ghanas Ministerpräsident trenne sich niemals davon.

Die Haltung des Mannes war die eines Hirten, der vor seiner Herde einherschreitet, oder die von Moses, der das Volk Israel durch die Wüste führt. Eine edle und selbstbewußte Haltung, die Haltung eines Mannes, der zu wissen glaubt, daß ihn nichts daran hindern kann, das Ziel zu erreichen, das er sich selbst für sein Land und für ganz Afrika gesteckt hat.

Auf dem Sockel konnte man in Metallbuchstaben folgende Sätze lesen, die ein ganzes Land zum Handeln angespornt haben, solange es sich als Meister der afrikanischen Unabhängigkeit begriff: »Für mich«, stand auf der einen Seite des Sockels geschrieben, »hat die Unabhängigkeit von Ghana alleine keinen Wert, wenn sie nicht mit der Befreiung des ganzen übrigen Afrika Hand in Hand geht.« Auf der anderen Seite konnte man lesen: »Strebt zuerst nach eurer politischen Freiheit, und alles andere wird euch dazu gegeben werden.« Eine Parodie auf die Bibel, die zahlreichen Mitgliedern der Kirche zu denken gab, da sie nicht verstehen konnten, daß man auch die politische Freiheit als geheiligtes Gut ansehen kann. Auf der dritten Seite des Sockels stand: »Uns ist die Armut in Freiheit lieber als Überfluß und Seelenruhe in Knechtschaft.«

Auf der anderen Seite des Parlaments, Richtung High Street, erstreckte sich ein weitläufiger Parkplatz. Dahinter lag das weite Meer, blau oder grau je nach Wetter, mit seinen ungebärdigen Wellen und seinen Schiffen, die Richtung Europa fuhren.

Gegen elf Uhr vormittags kamen die Demonstrantinnen schließlich beim Parlament an. Es war eine solche Menge von Menschen, so viele hatten sich nach und nach den Frauen angeschlossen, daß die High Street für den Verkehr völlig blockiert war. Ein paar Autofahrer versuchten über das Gelände, das als Parkplatz diente, vorwärts zu kommen, aber selbst dort blieb ihnen nichts anderes übrig, als umzukehren. Wie man sah, war eine Demonstration der Marktfrauen keine Kleinigkeit, und man kann verstehen, daß Spio, der sich dessen bewußt war, mit allen Mitteln versucht hatte, sie zu verhindern – wenn man auch weiß, daß sein Eifer zusätzlich von einem ganz persönlichen Motiv geprägt war.

Mit einem Schlag verstummten Gesang und Tanz. Man stand nun vor dem Parlament und wurde sich klar, daß es nichts genutzt hatte, bis hierher zu kommen, wenn man es nicht schaffte, hineinzugehen und mit den Abgeordneten zu sprechen, die gerade mitten in einer Parlamentssitzung waren. Doch an diesem Tag hatte man eine Spezialgarde aufgestellt, die entschlossen wartete, nun zum Einsatz bereit. Ein paar von den Marktfrauen waren eine nach der anderen auf eine leere Holzkiste gestiegen, die als Podium diente und hatten mit schriller Stimme auf die Menge eingeredet. In ihren Worten klang Bitterkeit durch und der Wille, bis zum Ziel zu gehen. Die anderen hörten zu und machten mit Stimme und Gestik ihre Bemerkungen dazu. Im allgemeinen machten sie ihrem Ärger Luft und wiesen gleichzeitig auf ihre verschwitzten Kleider und Pagne und ihre zerzausten Köpfe hin, als Beweis dafür, wie sehr sie sich für die Demonstration engagiert hatten, und auch auf alle anderen äußeren Zeichen des guten Willens, mit dem sie diesen »Kampf« geführt hatten. Trotz allem verlief diese Demonstration im großen und ganzen gesehen eher ungeordnet. Vor allem wußte man nicht recht, wer sie eigentlich anführte, wenn es auch unterschwellig klar war, daß Ma und Adima die Wortführerinnen des Vereins blieben. Sicher, die Marktfrauen konnten nicht alle Qualitäten besitzen, die erforderlich sind, um ein so bedeutendes Unterfangen wie eine Demonstration in den Straßen der Stadt glücklich zu Ende zu führen. Dieser Eindruck entstand jedenfalls, als sie im Angesicht der bewaffneten Mauer von Ordnungskräften eine nach der anderen das Wort ergriffen, aber keine die Initiative für das weitere Vorgehen übernahm.

Zuletzt jedoch nahm eine von ihnen ganz deutlich Stellung gegen die Armee und forderte die anderen auf, sich ihr anzuschließen und den Zutritt zum Parlament zu erzwingen. Sofort entstand ein schwer zu beschreibender Aufruhr, ein völliges Durcheinander, das es nicht einfach machte, festzustellen, wie die Mehrheit reagierte: Einige Personen verteidigten die Idee einer bewußten Auseinandersetzung mit den Ordnungskräften, während viele andere beschwichtigen wollten und sagten, gegen Waffen könne man nur mit Waffen kämpfen.

»Da hat es sich gelohnt, daß wir zum Parlament ziehen, wenn wir nicht einmal hineingehen. Wie stehen wir denn jetzt da?«

»Wir stehen da wie vernunftbegabte Menschen, die Verhandlungen mit den Abgeordneten fordern können, selbst wenn sie nicht wollen, daß wir ihr Parlamentsgebäude betreten.«

»Verhandlungen! Habt ihr das gehört? Haben wir uns nicht deshalb in Bewegung gesetzt, weil die Verhandlungen zu nichts geführt haben? Friedlich verhandeln!«

»Doch, doch, ich bleibe bei dem, was ich gesagt habe: Bisher haben wir mit einem hohen Beamten gesprochen, für den wir nichts als Mangostiele sind, aber das heißt doch nicht, daß uns das gesamte Parlament so behandeln wird!«

»Der Beweis, der Beweis ist doch, daß man uns die Türe vor der Nase zuschlägt und diese bis zu den Zähnen bewaffnete Bande von Vollidioten davorstellt. Was bleibt uns also anderes übrig, als es mit ihnen aufzunehmen?«

»Es mit ihnen aufnehmen? Du gebrauchst Worte, die größer sind als dein Mund. Zeig mir dein Gewehr!«

»Mit oder ohne Gewehr, wenn man zu unser aller Bestem kämpft, dann kämpft man.«

»Und wenn du getötet wirst, sagst du dann immer noch, es war zu deinem Besten?«

»Und wenn ich getötet werde, kann ich nichts mehr zu dir sagen. Doch falls ich es noch könnte, würde ich sagen, wie froh ich bin, zu meinem Besten getötet worden zu sein. Und außerdem ...«

»Schau Schwester, da sind sie schon, die Polizisten mit ihren Waffen; worauf wartest du? Geh wenigstens mit gutem Beispiel voran. Steh nicht da mit offenem Mund. Los!«

»Ich weiß nicht, warum du daraus plötzlich eine Angelegenheit machst, die nur mich etwas angeht. Wir sind alle derselben Sache wegen hier, oder? Warum also willst nicht du auf die Polizisten losgehen? Wovor hast du Angst?«

»Vor ihren Waffen! Wieso sollte ich dir etwas vorlügen?«

»Und du glaubst, wir würden es jemals zu etwas bringen, wenn alle Angst hätten wie du?«

»Aber wer hat dir denn vorgelogen, daß wir es ohne Waffen zu etwas bringen?«

»Ich werde dir zeigen, daß wir selbst ohne Waffen ins Parlament eindringen können und vor den Abgeordneten vorbringen, was wir ihnen zu sagen haben. Vorwärts! Wer bereit ist, mit mir zu sterben, folge mir! Es geht um eine gerechte Sache, also habe ich keine Angst. Kommt mit!«

So kam endlich Mut ins Spiel, wahrer Mut, weiblich und unbedacht. Edna riß sich ihr Tuch vom Kopf, schwang es hoch in der Luft und ging mutig auf den Eingang des Parlamentsgebäudes zu. Manch eine traute ihren Augen nicht, und Ma schrie ihre Verzweiflung laut hinaus. Doch Edna wollte sich nicht umdrehen, nicht einmal um zu sehen, ob ihr andere Personen, Männer oder Frauen, folgten. Tatsächlich folgten ihr welche. Frauen, aber auch manche von den Männern, die sich dem Kampf der Marktfrauen angeschlossen hatten. Die Bewegung war so abrupt, daß sie die Ordnungshüter in verständliche Schwierigkeiten brachte. Man hatte ihnen zwar angeordnet, sich vor dem Parlament aufzustellen und den Demonstranten den Zutritt zu verwehren, jedoch hatte man ihnen nicht präzisiert, was sie tun sollten, falls, so wie jetzt gerade, eine außerordentlich mutige junge Frau eine Menschenmenge anführte, die entschlossen war, komme was da wolle, mit den Abgeordneten zu sprechen. Die Rolle der bewaffneten Männer konnte sich jedoch nicht lange auf die von Beobachtern beschränken, und sie mußten sich schnell wieder fassen, um so zu handeln, wie es die Situation von ihnen verlangte. Es wurde in die Luft geschossen, um den Demonstranten Angst zu machen, aber obwohl dies in sehr kurzen Abständen geschah, gelang es damit nicht, die Männer und Frauen abzuschrecken, die jetzt immer zahlreicher waren und fest entschlossen voranschritten, um mit den Abgeordneten zu reden.

»Tränengas, sprüht Tränengas!« befahl ein Offizier. Mehr schlecht als recht bedeckten die Demonstranten mit den Händen ihre Augen, als sie mit Tränengas beschossen wurden, doch sie gingen weiter. Als die Polizisten sahen, daß die Menge durch nichts aufzuhalten war, griffen sie auf alle möglichen Todesinstrumente zurück, die, so dumm sie auch sein mochten, deshalb leider nicht weniger wirkungsvoll waren. Zahlreiche Schüsse gingen los. Diesmal waren sie gegen die Demonstranten gerichtet, deren Wagemut die Vertreter der Ordnung schließlich in höchste Wut versetzt hatte. Frauen und Männer stürzten schreiend und wild die Polizisten beschimpfend zu Boden. Dennoch marschierte die Menge weiter auf das Parlament zu, wenn auch langsamer, so doch immer noch entschlossen. Trotz des Durcheinanders und des Handgemenges zwischen Polizisten und Demonstranten gelangte Edna bis zu der kleinen Freitreppe am Haupteingang.

Ihre Augen tränten, ihr Gesicht war schweißüberströmt, umrahmt von im Kampf wild gewordenen Zöpfchen. Um sie herum drängten sich all die Menschen, die ihr gefolgt waren. Sie wurden hin und her geschoben von den Ordnungshütern, die ihrerseits bemüht waren, die Anführerin aufzuhalten; doch sie hatten ganz offensichtlich nur wenig Übung in der Wiederherstellung von Ruhe und Ordnung. Rauch, der wahrscheinlich aus den Feuerwaffen kam, war aufgestiegen und hüllte die Menge ein. Benzingeruch hing in der Luft dieser heißen Mittagsstunden. Immer mehr wahllose Schüsse gingen los, umso zahlreicher, je zahlreicher die Menschen wurden, Passanten, Gaffer, die sich den Demonstrantinnen angeschlossen hatten und nun dem Tod ins Auge sahen für eine Sache, die nicht die ihre war. Diese spontane Unterstützung durch die Bevölkerung, ohne Rücksicht auf die Gefahr, verlieh der Demonstration noch mehr Bedeutung und zeugte von der allgemeinen Achtung, die die Marktfrauen genossen. In kurzer Zeit hatten sich soviele Menschen vor dem Parlament angesammelt, daß man die Polizisten nicht mehr gut vom Rest der Menge unterscheiden konnte. Der Polizeichef erkannte, daß seine Leute völlig überfordert waren und verlangte telefonisch nach Verstärkung. Kurz darauf kamen vier Lastwagen mit stark bewaffneten Polizisten an. Und auf der Stelle setzte ein wahres Massaker ein. Während der massiv bewachte Eingang dem Ansturm widerstehen konnte, stürzten unter den Demonstranten Dutzende von Körpern zu Boden. Schmerzensschreie und Schimpfwörter, Tränen und Befehle, man konnte alles hören in diesem Tumult und Durcheinander. Dann, plötzlich, drang aus diesem ganzen Gewirr eine Stimme deutlich hervor:

»Ma, Ma, ich sterbe!«

Edna hatte eine Kugel in den Rücken bekommen und stürzte die kleine Freitreppe hinunter. Während Ma sich einen Weg durch die Menge bahnte, war Edna schon von Demonstranten und Polizisten umringt. Ihre rosa Bluse und ihr blauer Wickelrock färbten sich rot von Blut. Als Ma endlich weinend bis zu ihr durchgedrungen war, fand sie die »Tochter ihres Herzens« ohnmächtig inmitten von Menschen, die nun schlagartig nicht mehr wünschten, den Kampf fortzusetzen, weder die eine Partei noch die andere. Denn Edna war bei den Marktfrauen sehr beliebt, und ihr bespielhafter Mut in dieser schwierigen Situation erhöhte nur noch das Ansehen, das sie bei ihnen genoß. Die Aufregung um die junge Frau war groß. Manche meinten, man solle einen Arzt rufen, andere rieten, sie sofort ins Krankenhaus zu fahren. Man muß sagen, daß allen Personen, die seit Beginn der gewaltsamen Auseinandersetzung verwundet worden waren, eine ähnliche Aufmerksamkeit zuteil wurde und daß die Sorge um Edna nichts Außergewöhnliches war. Und doch handelte es sich in ihrem Fall um eine wirkliche Heldin, eine Art Jeanne d'Arc, die Hunderte von Frauen und Männern in den Kampf führte. So erklärt sich, warum gerade um Edna soviel Aufhebens gemacht wurde. Sie wurde nicht im Sanitätswagen, der schon halbvoll mit Verwundeten dastand und wartete, zum Krankenhaus gefahren. Nachdem man sie notdürftig verbunden hatte, lud man sie geschwind in ein Taxi, und Adima, »die reiche Dame des Marktes«, bestand darauf, sie zusammen mit Ma zu begleiten. Sie wollte sichergehen, daß Edna unter den bestmöglichen Bedingungen aufgenommen und behandelt wurde. Ma hörte nicht auf zu weinen, und Adima versuchte, sie zu trösten. Von Zeit zu Zeit legte Ma die Hand an Ednas Herz und seufzte leicht auf, wenn sie feststellte, daß Edna noch atmete.

Das Taxi durchquerte die Stadt, die geteerten Straßen ohne Gehwege, kleine Gassen voller Menschen, dicht gesäumt von Läden mit Namen wie Charam, Fathalis, Nazikopoulos, Erkinisis, Prontolides.

Als der Pförtner am Eingang zum Krankenhause nach heftigen Verhandlungen mit den beiden Frauen endlich bereit war, das Taxi reinzulassen, war die Erinnerung an die Demonstration als solche fast völlig aus Mas Gedanken gelöscht. Sie dachte nur noch an Edna, an das, was die Ärzte sagen würden und was sie tun oder nicht tun könnten, um ihre Enkelin vor dem Tod zu retten. Beim Warten wurden die Sekunden zu Stunden. Es war wirklich eine gute Idee von Adima gewesen, Ma und Edna zu begleiten. Ma fühlte dies deutlich, und obwohl ihre Nerven auf das Äußerste angespannt waren, hatte sie noch die Kraft, Adima von ganzem Herzen dafür zu danken.

KAPITEL 8

Wenn das nicht eine Überraschung war! Ma und Tante Prinzessin konnten es kaum glauben. Und Edna wäre fast in Ohnmacht gefallen, als sie davon hörte.

Das Schicksal nimmt unser Leben in die Hand wie eine Aufgabe, die es ohne Fehl und Tadel erledigen muß, und es organisiert unser Kommen und Gehen nach den strengen Regeln des Zufalls. So wird das Leben zu einer Reihe von Entdeckungen, die eine überraschender als die andere: köstliche, aus denen unvergeßliche Erinnerungen werden, bittere, an der Schwelle zu beißender Boshaftigkeit, ungeordnet bis zu völligen Verwirrung, unlogisch oder widersprüchlich, je nach dem Lauf der Zeit. Sehen Sie selbst: wer hätte einen Augenblick lang daran gedacht, daß der Chefarzt der chirurgischen Station, auf der Edna lag, ein gewisser Doktor Bunefo sein könnte?

Bunefo! Ja, es handelte sich tatsächlich um denselben, der Edna damals das Lesen und Schreiben und noch andere Dinge des Lebens beigebracht hatte. Ja, genau dieser Bunefo!

»Wenn man denkt, wieviele Jahre seitdem vergangen sind ...«, – sagte Tante Prinzessin.

Man hat zwar gesagt, daß er zum Studium nach Europa gegangen ist, aber ich hätte nicht gedacht, daß er als Arzt zurückkommt.

Auch Ma hätte sich das niemals vorgestellt.

»Aber er ist es doch, den ihr beide gesehen habt, oder?« fragte Edna.

Sie hatte noch keine Gelegenheit gehabt, den Arzt zu sehen, denn während der ersten beiden Tage ihres Aufenthalts im Krankenhaus hatte sie es nicht sehr eilig gehabt, das Bewußtsein wiederzuerlangen. Sie hatte damit sogar ihre Umgebung etwas beunruhigt, und Ma und Tante Prinzessin waren Tag und Nacht bei ihr geblieben. Heute ging es ihr besser. Ihre Großmutter und ihre Tante hatten neue Hoffnung geschöpft und waren gleichzeitig gesprächig geworden.

»Ob es wirklich Bunefo ist, den wir gesehen haben? Du meinst vielleicht, wir glauben an Gespenster, wie?«

»Natürlich ist er es, er hat uns ja selbst wiedererkannt.«

»Er selbst?«

»Er selbst, oder etwa nicht, Mutter?«

»Du kannst sicher sein, Tochter meines Herzens, daß nicht wir ihn gebeten haben, uns wiederzuerkennen.«

»Beim besten Willen hätten wir niemals im Leben vermutet, daß er wieder in Accra ist.«

»... und noch dazu als Chefarzt.«

»Es wundert mich etwas«, sagte Edna nach kurzem Schweigen, »daß er sich nach seiner Rückkehr nicht bei uns gemeldet hat.«

»Das hätte gerade noch gefehlt«, fuhr Ma dazwischen. »Es hätte gerade noch gefehlt, daß er unser Leben noch ein zweites Mal durcheinanderbringt, nachdem er dies vor was weiß ich wie vielen Jahren schon einmal getan hat. Tochter meines Herzens, du weißt doch ...«

»Ach Mutter«, fiel ihr Prinzessin ins Wort, »Edna ist doch noch krank, sie wäre beinahe gestorben, sie steht gerade aus dem Grabe wieder auf. Das ist doch nicht der rechte Moment, sie wegen einer solch nichtigen Sache zu schimpfen.«

»Eine nichtige Sache nennst du das, obwohl du alles über diese Angelegenheit weißt?«

»Ich weiß schon, aber dies alles ist doch Vergangenheit. Verstehst du denn nicht, daß Bunefo selbst diese Episode seines Lebens längst vergessen hat?«

»Vergessen? Und wieso hat er sich dann erlaubt, uns wiederzuerkennen?«

»Mutter, es ist ein Unterschied, ob man rechtschaffene Leute wiedererkennt, oder ob man von neuem ihr Leben ›durcheinanderbringt‹, wie du es nennst. Außerdem haben wir es heute nicht mehr mit dem kleinen Lehrer von damals zu tun, sondern mit dem Chefarzt, einem Doktor! Wie kannst du denken, daß er sich noch erniedrigen wird, zu uns zu kommen, da wir uns doch nicht verändert haben, während aus ihm jemand geworden ist?«

»Das stimmt«, gab Ma zu.

»Das ist richtig«, seufzte auch Edna.

»Warum dieser Seufzer?«

Bei dieser Frage von Ma wich Edna dem Blick ihrer Großmutter aus. Ihr schwarzes Perlenhalsband zeichnete hinter dem Nacken ein Kettenmuster auf das weiße Kopfkissen.

Ma drang nicht weiter in Edna und Tante Prinzessin noch viel weniger. Nach einer kleinen Pause fragte diese sanft:

»Mein Liebes, wie fühlst du dich?«

»Gar nicht so schlecht«, antwortete Edna. »Es fällt mir schwer, tagelang auf dem Rücken liegenzubleiben, aber wenn es sein muß, um nicht zu sterben … zumindest nicht jetzt gleich …«

»Edna, das ist wirklich nicht die richtige Art, die Dinge zu nehmen, wenn man krank ist, und ständig vom Tod zu sprechen ist bestimmt nicht …«

»Aber Tante Prinzessin, du mußt doch zugeben, daß der Tod ständig da ist, daß er ständig auf der Lauer liegt. Du hast doch gesehen, was mir beinahe passiert wäre.«

»Wenn du schön brav daheim geblieben wärst, Mädchen, dann wärest du nicht schon mit einem Fuß im Grab gestanden.«

»Brav daheim geblieben? Um was zu tun, während mich doch die Pflicht zu den anderen rief?«

»Laßt diese Sache ruhen, Kinder«, sagte Ma. »Schon allein bei der Erinnerung daran bleibt mir das Herz stehen, und das Blut gefriert mir in den Adern.«

»Nein, Ma, warum sollte man nicht Tante Prinzessin einige Dinge des Lebens erklären, die sie nicht kennt?«

»So so, meine Tochter, die noch feucht hinter den Ohren ist, wird jetzt mir das Leben erklären?«

»Sei nicht beleidigt, Tante Prinzessin. Ich will dir nichts erklären, was du bereits kennst, sondern vielmehr den Sinn einer Aktion von Frauen, die einer wenig bekannten Berufsgenossenschaft angehören.«

»Jeder Mensch kennt die Marktfrauen.«

»Aber noch weiß längst nicht jeder, welch wichtige Rolle sie im Leben des Landes zu spielen haben.«

»Ich weiß schon, Liebes, nur mit ihrer Unterstützung konnte die Regierungspartei dahin kommen, wo sie jetzt ist. Aber sich deshalb bei einer Demonstration töten zu lassen, du mußt zugeben, da liegt mehr als ein Schritt dazwischen. Vor allem, wenn du bedenkst, daß die Leute, für die du dich töten läßt, dir nicht einmal dankbar sind, sondern daß sie im Gegenteil noch dein Andenken wie üblich kritisieren werden: ›... warum ist sie hingegangen, warum dies und warum das ...?‹«

»Aber Tante Prinzessin, du mußt zugeben, deine Bemerkung beweist, daß du die Welt der Marktfrauen nicht kennst. Frage nur Ma, was sie getan und gesagt haben und versprochen haben zu tun, seit ich im Krankenhaus bin.«

»Reg dich nicht auf, Tochter meines Herzens«, mischte sich schließlich Ma ein. »Der Doktor hat gesagt, du brauchst viel Ruhe. Ich weiß nicht, wieso wir alle beide mit dir reden, als wärst du bei bester Gesundheit. Es stimmt schon, daß Prinzessin nicht weiß, welch wunderbare Menschen an unserer Seite arbeiten. Niemals werde ich all die Anteilnahme vergessen, die sie uns seit drei Tagen entgegenbringen. Und außerdem handelt jede von uns freiwillig und erwartet weder Dank noch Anerkennung.«

»Nichtsdestotrotz, Mutter, ist meine Tochter im Krankenhaus und hat beinahe ihr Leben gelassen für einen Kampf, den ihr nicht einmal gewonnen habt. Und da willst du, daß ich den Standpunkt der Marktfrauen teile ...«

»Es gibt immer einen, der für die anderen stirbt, denke an unseren Herrn Jesus Christus.«

»Aber weißt du, Mutter, nicht jeder ist unser Herr Jesus Christus! Er war der Sohn Gottes, und er wußte genau, als er für die Menschen starb, daß er wiederauferstehen würde. Wenn dagegen meine Tochter Edna für die Verkaufsgenehmigung von Frau Amiofi stirbt, dann werden wir sie nie mehr wiedersehen. Das ist der Unterschied, Mutter.«

»Meine Tochter, da gehst du jeden Sonntag zur Messe und wagst so zu reden wie diese gottlosen Leute, die sich über die Religion lustig machen?«

»Es tut mir leid, Mutter, wenn ich Gott beleidige, aber dennoch ist dies die Wahrheit. Es lohnt sich nicht, ein Märtyrer zu sein, und im Fall eines jungen Menschen wie Edna ist mir dieser Gedanke noch viel unerträglicher.«

Ma wußte nicht, was sie hätte antworten sollen.

Ihre Tochter hatte sie mit ihrer Denkweise überrumpelt, mit ihrer Art, den Sohn Gottes und das Schicksal von uns Sterblichen zu vermengen, und vor allem die Bedeutung des Todes Jesu nicht zu würdigen und einen vorsätzlichen Märtyrer aus ihm zu machen. Ma wurde wieder einmal klar, wie wenig sie im Grunde ihre eigene Tochter verstand. Die Besten sterben jung, ging es ihr gegen ihren Willen durch den Kopf, und sie dachte dabei an Ednas unglückliche Mutter, die viel zu früh gestorben war. Ednas Mutter war ein ganz anderes Kind gewesen, wirklich ihr Kind, während sich Prinzessin ein Leben aufgebaut hatte, das Mas Ansicht nach nichts Gutes verhieß. Sprach sie nicht gerade blasphemisch über den Schöpfer?

Ma seufzte, was bedeutete, daß sie mit ihren Argumenten am Ende war. Wenn Prinzessin jeden Sonntag nur der Form halber in die Kirche ging, ohne sich ernsthaft einen Platz im Himmel zu sichern, dann war das schließlich allein ihre Angelegenheit.

Edna gab Anzeichen von Müdigkeit von sich und schloß die Augen.

Am nächsten Tag zur Besuchszeit wartete noch eine andere Überraschung auf Edna. Wer hätte gedacht, daß Gin und Angela, die ihr an jenem Abend im Tip Toe so übel mitgespielt hatten, sie nun besuchen würden? Und doch waren sie alle beide gekommen. Ma traute ihren Augen nicht und die Tochter ihres Herzens noch viel weniger. Das Erstaunlichste war, daß sie alle beide ehrlich betroffen zu sein schienen von dem, was Edna passiert war. Doch diese blieb mißtrauisch:

»Kommt ihr, um mich auszulachen, weil ich dumm genug bin, mich bei einer Demonstration der Marktfrauen umbringen zu lassen? Dabei wißt ihr doch, daß ich nichts anderes als eine Marktfrau bin und es daher meine Pflicht ist, mich töten zu lassen, wenn es darum geht, für die gemeinsame Sache einzutreten, im Interesse von uns allen Marktfrauen.«

»Was hast du denn, Edna?« fragte Angela. »Glaubst du wirklich, wir hätten uns die Mühe gemacht zu kommen, nur um dich auszulachen?«

»Wie soll ich das denn wissen? Ich hatte nicht immer das Gefühl, ihr liebt mich so sehr, daß ihr in der Stunde meines Todes bei mir sein wollt …«

»Außerdem«, fügte Angela hinzu, »wollen wir bei deiner Auferstehung dabei sein und nicht bei deinem Tod. Und glaub mir, Edna, wir sind wirklich froh zu sehen, daß du nicht sterben wirst und vielleicht bald schon hier rauskommen.«

»Weißt du … ach ja, sicher weißt du es schon … weißt du, daß Bunefo der Chefarzt auf dieser Station ist?«

»Genau das haben mir Ma und Tante Prinzessin gestern berichtet.«

»Hast du ihn noch nicht gesehen?«

»Nein. Anscheinend ist er schon mehrmals gekommen, aber er kommt immer dann, wenn ich gerade schlafe. Da kann ich ihn ja nicht sehen, oder?«

»Das macht er doch bestimmt nicht absichtlich?«

»Woher willst du das wissen?«

»Ich bin sicher, daß er gerne mit dir reden würde.«

»Gin, du redest irgendwelches Zeug daher! Wieso bist du dir so sicher?«

»Ich weiß nicht, aber etwas sagt mir, daß du ihm nicht völlig gleichgültig bist …«

»… Und wenn es nur wäre, um dich aufzumuntern und dir zu helfen, schneller gesund zu werden«, fügte Angela hinzu.

»So? Ich glaube, ich verstehe«, sagte Edna. »Ich habe mir auch gedacht, daß es nur einen praktischen Grund haben kann. Denn sonst hätte er, seit er zurückgekommen ist, doch längst versucht, mich zu treffen.«

»Du wußtest also nicht, daß er wieder hier ist?«

»Nein.«

»Weißt du, Edna, bitte ärgere dich nicht über das, was ich dir sagen werde, aber man muß zugeben, daß du es nicht verstehst, deine natürliche Schönheit einzusetzen. Ich habe es dir schon mehr als einmal gesagt, du sollst nicht mehr in Clubs wie das Tip Toe zum Tanzen gehen, wo du keine interessanten Leute triffst. Du solltest an Orte wie das Hotel Ambassador gehen, da paßt du hin. Du bist wie ein Stern für uns, weißt du das?«

»Na also«, sagte Edna. »Na also, ich dachte mir doch, daß euch der Spott begleitet, und ich habe mich nicht getäuscht.«

»Ich meine es ernst«, sagte Angela in einem aufrichtigen Ton, der Edna aufhorchen ließ. »Ich meine, es ist an der Zeit, daß du dir einen Mann suchst, der soviel darstellt, wie du hübsch bist. Wir wollen weiter darüber reden, wenn du hier herauskommst. Vorläufig bestehe ich darauf: Du bist selbst schuld, daß Bunefo bei seiner Rückkehr nicht versucht hat, dich zu treffen.«

»Aber Angela, schließlich hat Bunefo dir doch nicht gesagt, daß er seine Zeit damit vergeuden wolle, eine armselige und noch dazu ungebildete Marktfrau zu suchen, auch wenn sie angeblich hübsch sein soll!«

»Komm, Edna, wiederhole nicht die Beleidigungen, die wir dir an einem Abend an den Kopf geworfen haben, an dem wir wütend waren vor Eifersucht. Ich weiß, daß du nicht sehr gebildet bist, aber es genügt immer noch, um die Frau eines interessanten Mannes zu werden.«

»Und außerdem bin ich reich, weil ich diesen Beruf ausübe ...«

»Sei still, wer redet denn davon? Wir wollen ganz ernsthaft die Zukunft ins Auge fassen.«

»Meine?«

»Ja.«

»Und wer wird sich ganz ernsthaft eurer Zukunft annehmen?«

Diese Frage rief betretenes Schweigen hervor. Gin kratzte sich am Kopf, aber eigentlich tat sie nur so, denn Sie wissen ja, daß Gin stets eine Perücke trug und sich daher die Kopfhaut gar nicht kratzen konnte; mal vorausgesetzt, es hätte sie genau in diesem Augenblick gejuckt. Sie sah Angela an, und die beiden bemerkten, daß sie dabei waren, einer anderen zu helfen, ihr Glück zu finden, während doch sie selbst auf diesem Gebiet noch leer ausgegangen waren. Nun war Edna daran, den nächsten Schritt zu tun.

»Wir waren neulich schon verrückt, uns so zu prügeln«, sagte sie. »Übrigens habe ich nichts über die Folgen unseres Auftretens im Tip Toe gehört, und ich selbst bin seitdem auch nicht mehr dort gewesen.«

»Da hast du auch nichts versäumt«, sagte Gin. »Wir haben uns eines Abends dorthin gewagt, und der Besitzer hätte uns beinahe umgebracht. Er hat uns bis ans Ende der Taxischlange verfolgt, also muß er wirklich schlecht auf uns zu sprechen sein.«

»Aber er wagt es nicht, Anzeige zu erstatten, weil wir an dem besagten Abend unserer Rauferei mit Spio zusammen waren. Und du weißt ja, daß Spio nicht irgend jemand ist: Beamter im Handelsministerium, du kannst dir vorstellen, was das für einen Nachtclubbesitzer bedeutet.«

»Und ... was ist eigentlich aus Spio geworden?«

»Ich weiß es nicht«, sagte Angela, »ich habe ihn in den letzten Tagen nicht gesehen.«

»Stimmt, ich auch nicht«, bemerkte Gin. »Hat er dich noch nicht besucht?«

»Ich habe ihn nicht gesehen, aber ich glaube, er hat Angst vor Ma. Er weiß, daß sie ihn nicht in ihr Herz geschlossen hat.«

Edna erzählte Gin und Angela die ganze Geschichte von Spio und ihr, und ihre Gesprächspartnerinnen hörten sehr amüsiert zu. So entdeckten sie plötzlich, daß an dem Abend, an dem sie Spio Edna vorgestellt hatten, die beiden sich keineswegs unbekannt waren. Darüber mußten die drei jungen Frauen herzlich lachen, Beweis genug dafür, daß ihre Beziehung nun freundschaftlicher war.

»Aber weil ich gerade daran denke«, sagte Edna zu Angela, »wenn ich an dem Abend neulich recht verstanden habe, interessierst du dich ziemlich für Spio. Wieso weißt du dann jetzt nicht, was aus ihm geworden ist?«

»Ach meine kleine Edna, du stellst manchmal vielleicht Fragen … An besagtem Abend bin ich zwar mit Spio zum Ball gekommen, aber das heißt nicht, daß er mehr als ein Freund für mich ist.«

»Nur ein Freund?«

»Aber ja, wieso nicht?«

»Ich wollte sicher sein, einfach nur so.«

»Aber Edna, willst du etwa sagen, daß dich Spio wirklich interessiert?«

»Das habe ich nicht gesagt, Angela, lege meine Worte nicht falsch aus.«

»Ihr bringt mich zum Lachen, alle beide«, mischte sich Gin ein. »Ihr tut so, als würde Spio schlecht riechen: Angela will nichts von ihm wissen, höchstens als Freund, und Edna hat niemals behauptet, daß Spio ihr gefällt. Wenn das so ist, warum fragt ihr dann nicht auch mich um meine Meinung?«

»Also dann, was ist deine Meinung?«

»Meiner Meinung nach weiß unsere Freundin Edna genau, welch glühende Liebe Spio für sie empfindet.«

»Himmel, hört euch das an«, rief Edna, ohne auf ihren Verband zu achten, und gleich darauf schrie sie: »Au! Du redest solchen Unsinn, Gin, du schaffst es, daß mir meine Wunde wehtut.«

»Verzeih mir für's Wehtun, aber du weißt ganz genau, daß es stimmt, was ich sage.«

»Was bringt dich auf diese Idee?«

»Spio selbst hat mit mir darüber gesprochen. Und er hat mir versichert, du wüßtest es, er selbst habe es dir gesagt.«

»Was?«

»Daß er dich liebt.«

»Er ist verrückt.«

»Ja, verrückt vor Liebe. Und deshalb hat er sich beinahe in eine für ihn fürchterliche Lage gebracht. Weißt du, was er für dich getan hat?«

»Für mich?«

»Ja. Ich meine, um dein Interesse zu verdienen.«

»Aber ich interessiere mich nicht für ihn!«

»Egal. Weißt du, was er getan hat? Er hat den hierarchischen Dienstweg mißachtet.«

»Das heißt?«

»Er hat die Verkaufsgenehmigung von Frau Amiofi von seinem Minister unterschreiben lassen, ohne den Oberinspektor davon zu informieren.«

»Wie?«

»Ja, das stimmt.«

Diese Neuigkeit kam so überraschend, daß Edna beinahe aufgesprungen wäre, wäre da nicht immer noch diese Wunde gewesen, die sie daran erinnerte, aus welchem ganz bestimmten Grund sie auf einem Krankenhausbett lag. Einen Augenblick lang blieb ihr das Wort im Halse stecken, sie hatte keine Antwort auf Angelas hingeworfenes »hast du das denn nicht gewußt?«. Sie hatte es nicht gewußt. Und doch war die Nachricht so wichtig, daß Ma sie ihr hätte mitteilen müssen, sobald sie die Augen aufgeschlagen hatte. Warum hatte Ma sie für sich behalten? Und wenn es nicht so war, wie kam es dann, daß Ma davon nichts wußte? Es mußte etwas geschehen sein, aber in Ednas Kopf kam alles durcheinander. Sie versuchte, ihre Gedanken zu ordnen, und die richtigen Fragen zu stellen, die es ihr erlauben würden, zu verstehen.

»Gin, weißt du, wann Spio das getan hat?«

Edna hoffte, auf diese Frage eine Antwort zu bekommen, die bewiesen hätte, daß es sich um ein Gerücht handelte. Eines von den Gerüchten, die es in den afrikanischen Städten bei so bedeutenden Tagesereignissen wie Sand am Meer gibt.

»Wann?« wiederholte Gin die Frage. »Wann? Aber … am Tag der Demonstration natürlich. Um wieviel Uhr bist du denn ins Krankenhaus eingeliefert worden?«

»Woher soll ich das wissen? Ich bin ja nicht selbst hergekommen, sondern man hat mich hergebracht, und ich weiß weder wie noch wann.«

»Jedenfalls kann ich dir sagen«, erklärte Angela (die ebenfalls Bescheid wußte), daß am Nachmittag desselben Tages auf dem Markt und in der ganzen Stadt wieder Ruhe eingekehrt war.«

»Ja, das stimmt«, bestätigte Gin. »Ich glaube, gegen ein oder zwei Uhr nachmittags haben die Frauen schließlich erreicht, was sie wollten.«

»Das heißt?«

»Nun, Frau Amiofi hat die Verkaufserlaubnis wiederbekommen, die man ihr entzogen hatte.«

»Dieselbe?«

»Natürlich nicht! Ich habe dir doch gesagt, daß Spio seinen Minister hat unterzeichnen lassen und dabei seinen direkten Vorgesetzten, den Generalinspektor übergangen hat. Das habe ich vorher gemeint, als ich sagte, der arme Spio habe sich in eine heikle Lage gebracht. Denn das sind Dinge, die die Vorgesetzten im öffentlichen Dienst nur schwerlich hinnehmen.«

»Um nicht zu sagen, gar nicht hinnehmen«, verbesserte Angela.

Das gab Edna zu denken. Wenn Spio nach dem Zwischenfall eingeschritten war, so konnte sicherlich nicht Ma die Person sein, der man besagtes Dokument ausgehändigt hatte, um unter den Demonstrantinnen wieder Ruhe und Frieden zu stiften. Jedenfalls befürchtete Edna, es möge vielleicht ganz bestimmte Gründe dafür geben, daß ihre Großmutter sie nicht über den Ausgang der Sache informiert hatte. Gründe, die Ma lieber nicht erwähnte. Wenn zum Beispiel Ma selbst nicht über den Fortgang der Demonstration, die sie selbst organisiert und vorbereitet hatte und während der sie beinahe die »Tochter ihres Herzens« verloren hatte, informiert worden war, dann war es klar, daß in Anwesenheit von Tante Prinzessin nichts von einer derartigen Enttäuschung durchklingen durfte. Sie haben ja vorhin selbst die Bemerkungen von Prinzessin gehört: welch undankbare Rolle ihre »Tochter« und ihre Mutter in dieser Angelegenheit, die ihrer Meinung nach allein Frau Amiofi etwas anging und niemals Ednas Einlieferung ins Krankenhaus hätte bewirken dürfen, welch wirklich undankbare Rolle die beiden gespielt hatten.

»Arme Edna«, sagte Angela. »Ich sehe, daß dir die Augen zufallen. Du bist müde, und es ist unsere Schuld. Wir haben so viel geredet …«

»Und wir haben vor allem Edna reden lassen«, fuhr Gin fort. »Das war nicht richtig von uns. Komm Angela, sie soll sich jetzt ausruhen. Komm, schleichen wir uns davon, ohne sie aufzuwecken.«

Edna verschlief einen großen Teil des Nachmittags. Es tat ihr gut. Als am Abend Ma zu Besuch kam (lange vor Tante Prinzessin), brauchte ihre Enkelin sie erst gar nicht zur Affäre Amiofi zu befragen.

»Weißt du, daß wieder Frieden herrscht?«

Edna tat erst beleidigt, aber dann lenkte sie ein.

»Du hättest mir früher erzählen können, was nach meinem Unfall geschehen ist, Ma! Du weißt doch, daß ich das alles erfahren wollte.«

»Tochter meines Herzens, gerade du solltest mir keine Vorwürfe machen. Ich bin gleichzeitig mit dir ins Krankenhaus gekommen und habe es erst heute morgen verlassen. Ich habe hier neben dir auf diesem Bett geschlafen. Zum Glück lag kein anderer Patient in diesem Zimmer, aber ich kann trotzdem nicht sagen, daß dieses Bett ebenso bequem ist wie meines zu Hause. Wie hätte ich unter diesen Umständen wissen können, was passiert ist?«

»Willst du damit sagen, daß dir bis heute niemand berichtet hatte, daß Frau Amiofi ihre Verkaufsgenehmigung wieder hat?«

»Hmm … ich wußte so halbwegs, daß etwas geschehen war, etwas Wichtiges … Aber ich wußte nicht …«

»Kurz gesagt, unsere Kolleginnen haben sich nicht gerade sehr feinfühlig benommen. Wir organisieren zusammen eine Demonstration mit dir an der Spitze, ich setze mein Leben aufs Spiel, und als die Sache gelaufen ist, ist niemand mehr da, um dir mitzuteilen, daß wir die Schlacht gewonnen haben. Ach, wenn ich daran denke, daß ich selbst zu Spio gegangen bin und ihn veranlaßt habe, all das zu tun, was er schließlich getan hat …«

»Woher weißt du das denn alles, Edna?«

»Gin und Angela haben mich heute mittag besucht und haben mir alles erzählt.«

»Gin und Angela? Die beiden Mädchen, mit denen du neulich die Schlägerei hattest? Die beiden?«

»Ja, Ma, genau die. Ich war genauso erstaunt wie du, als ich sie hereinkommen sah. Zuerst habe ich gedacht, sie haben sich in der

Türe geirrt oder in der Zimmernummer oder im Krankenbett, oder sie kämen, um sich über mich lustig zu machen. Aber nein, sie kamen mich einfach besuchen. Und glaub mir, sie sind sehr nett gewesen. Jedenfalls waren sie es, die mir alles über die Sache berichtet haben, was ich jetzt weiß. Und ich kann nicht glauben, daß ›die anderen‹ dir nicht erzählt haben, was passiert ist. Ich weiß schon, daß du nicht auf den Markt gehen konntest, solange es noch nicht klar war, ob ich leben oder an meiner Wunde sterben würde. Aber es hätte doch eine von ihnen hierher kommen können; wenn schon nicht, um sich nach mir zu erkundigen, so doch wenigstens, um dir mitzuteilen, daß dein Bemühen nicht umsonst war. Wirklich, ich finde …«

»Rede nicht mehr davon, Tochter meines Herzens, ich bitte dich! Ich werde dir alles gestehen. Ja, ich wußte schon, daß die Affäre Amiofi einen guten Ausgang genommen hatte, wenn ich so sagen kann …«

»Wieso wenn du so sagen kannst?«

»Mein Gott, ich sage das, weil die Sache für mich persönlich mit dir in einem Krankenhausbett ausgeht! Und wenn es dem Herrn gefallen hätte, dich zu sich zu rufen, dann stünde ich jetzt auf dem Markt, ganz allein mit meinen Tränen und der Verkaufserlaubnis meiner Freundin Amiofi.«

»Ich verstehe. Und weiter?«

»Ich wußte also, daß diese Sache geregelt war. Aber ich konnte es dir nicht erzählen, und ich weiß auch jetzt nicht, ob ich dir alle Einzelheiten berichten soll.«

»Ma, ich will alles, aber auch alles wissen.«

»Haben dir Gin und Angela denn nicht gesagt, daß dein Freund Spio wegen dieser Angelegenheit beinahe seine Stellung verloren hätte?«

»Doch. Und zwar haben sie mir erzählt, daß Spio in seinem Wunsch, uns einen Gefallen zu erweisen, die Verkaufserlaubnis von seinem Minister hat unterzeichnen lassen …«

»… weil er ihn persönlich kennt …«

»Und dabei seinen Vorgesetzten übergangen hat.«

»Derlei Dinge nehmen die Vorgesetzten jedoch offensichtlich nur schwerlich hin.«

»Beziehungsweise überhaupt nicht«, hat mir Angela gesagt.

»Offensichtlich.«

»Und was ist also passiert?«

»Der Fall ist nicht abgeschlossen, aber ich glaube sagen zu können, daß Spio sich in keiner beneidenswerten Lage befindet.«

»Ich verstehe nicht, weshalb, wenn er doch den Minister kennt.«

»Das stimmt schon, daß er ihn persönlich kennt, und es stimmt auch, daß er alles getan hat, um den Frieden in der Stadt wiederherzustellen ...«

»Und sogar Frieden im ganzen Land.«

»Richtig. Und dennoch bleibt Gesetz, was Gesetz ist. Wenn ein jeder Beamte ein so wichtiges Papier von seinem Minister unterschreiben lassen könnte, nur weil er ihn persönlich kennt, wohin käme da die Nation?«

»Aber das war doch nur zum Besten der Nation, Ma!«

»Ich weiß, doch hast du keine Ahnung, wie kompliziert der Verwaltungsweg ist. Wir Marktfrauen, wir kennen diese Art von Problemen nicht. Wir kommen und gehen, wie es uns gefällt. Aber bei einem Beamten ist das etwas ganz anderes: er öffnet nicht irgendeine Türe, ohne nicht zuvor andere geöffnet zu haben.«

»Also ist die Sache so ernst, Ma? Wird dieser arme Spio dafür zahlen, daß er uns einen Gefallen erweisen wollte?«

»Glaub mir, Tochter meines Herzens, ich hoffe, es wird nicht so schlimm werden. Doch vorläufig heißt es, daß der Generalinspektor Spios Entlassung gefordert hat. Andernfalls reicht er seinen Rücktritt von Amt und Partei ein. Jetzt begreifst du wohl, warum ich dir das alles nicht erzählen wollte, solange du noch halb im Sterben lagst und ganz schwach warst.«

Edna wußte das zu schätzen.

»Ma, ich danke dir, sagte sie. Aber mal ganz ehrlich, glaubst du, daß wir eine Demonstration organisieren müssen, um Spio da rauszuholen?«

»Nun mal langsam, Tochter meines Herzens! Kaum stehst du aus dem Grabe auf, schon willst du wieder eine Demonstration organisieren? Wenn dir das alles ein zweites Mal passiert, ist es keineswegs sicher, daß du noch einmal davon kommst, glaub mir …«

»Also willst du sagen, daß wir jemanden, der uns geholfen hat, im Dreck stecken lassen und daß wir seinetwegen nichts unternehmen werden?«

»Vorläufig brauchst du Ruhe, Edna. Später ist immer noch Zeit, auf diese Geschichte zurückzukommen. Weißt du, in den höheren Sphären der Verwaltung lösen sich die Probleme manchmal von selbst, ohne daß wir sagen können, wie es dazu kommt.«

Ein Krankenpfleger trat ins Zimmer.

»Nun, wie geht es dem hübschen Fräulein?«

»Danke, es geht mir besser. Heute abend habe ich nicht mal mehr Kopfweh, so wie gestern. Also können Sie die riesigen Tabletten, die ich nicht runterbringe …«

»Ich lasse Ihnen trotzdem zwei davon da, falls es Ihnen einfallen sollte, in der Nacht doch noch Schmerzen zu bekommen.«

»Danke. Sehe ich morgen den Doktor?«

»Welchen Doktor?«

Edna war erstaunt. Hatte man ihr nicht gesagt, daß der Doktor Bunefo Arzt auf dieser Station war?

»Welchen Doktor«, hakte der Krankenpfleger nach. »Wissen Sie, es gibt mehrere Ärzte auf dieser Station.«

»Und man kann wählen, welchen man sehen will?«

»Wählen, welchen man sehen will? Glauben Sie vielleicht, man behandelt die Ärzte hier wie Waren, bei denen der Kunde sich aussuchen kann, was er kauft?«

»Das meine ich nicht. Das wollte ich nicht sagen. Ich … ich …«

»Nehmen Sie es ihr nicht übel! Meine Tochter wirkt zwar erwachsen, aber sie spricht wie ein kleines Mädchen. Ich glaube, sie will eigentlich fragen, ob sie nicht den Doktor Bunefo sehen könnte«, erklärte Ma.

»Den Oberarzt? Nun, mein Fräulein, da haben sie sich ja das Schwierigste ausgesucht, das muß ich schon sagen. Wissen Sie, daß er sehr beschäftigt ist?«

»Aber ich glaube, er kennt mich«, warf Edna ein.

»In diesem Falle nehme ich alles zurück. Soll ich sagen, er möge zu Ihnen kommen?«

»Nein nein, bloß nicht!« antwortete Edna. »Sagen Sie ihm nichts!«

»Nein«, bekräftigte Ma. »Wenn er wüßte, daß wir nach ihm gefragt haben, würde er sicherlich kommen.«

»Aber genau das wollen Sie nicht?«

»Das wollen wir nicht«, sagte Edna. Er soll nur kommen, wenn seine Arbeit es sowieso von ihm verlangt; lassen Sie ihn nur nicht wissen, daß ich ihn sehen wollte.«

»Schon gut. Wie hoch ist ihre Temperatur heute abend? ... Gut, sehr gut. Guten Abend, die Damen.«

Der Krankenpfleger wandte sich zur Türe und sagte beim Rausgehen: »Verzeihung!«

Es war Tante Prinzessin, die in diesem Moment zur Türe hereinkam.

Kapitel 9

»Sag ihm … sag ihm, daß ich wütend bin. Sag ihm, daß ich wütend bin, weil er in seinem Brief nichts über den Hammel sagt. Den Hammel, den Moussa selbst uns gebracht hat und den wir immer noch nicht gegessen haben, weil wir nicht wissen, was er dazu meint.«

»Wer? Moussa oder der Hammel?«

»Nein! Er, Gabra! Er muß uns sagen, ob wir den Hammel schlachten können. Sag ihm, daß die Kinder Hunger haben, aber daß ich gelobt habe, diesen Hammel nicht zu schlachten, solange er uns nicht die Erlaubnis dazu erteilt hat.«

»Wer? Der Hammel?«

»Nein! Er, Gabra! Sag ihm, daß er zu dieser Frage etwas antworten soll. Schreibst du auch alles, was ich dir sage?«

»Ja Muttchen, ich schreibe alles, aber es geht nicht so schnell. Weißt du, die Maschine will nicht immer so recht.«

»Mach vor allem keinen Fehler. Schreibe nur richtig und nichts Falsches. Sag ihm, daß sein Schweigen über den Hammel mich ganz wütend macht. Denn er weiß genau, daß die Kinder Hunger haben.«

»Ich glaube, das hast du schon gesagt, und ich habe es schon geschrieben.«

»Muß man es nicht öfter wiederholen? Wenn du wüßtest, wie schlecht mein Mann hört! Er versteht nichts, wenn du es nicht ein paarmal wiederholst. Schau, das ist jetzt das dritte Mal, daß ich in meinen Briefen von dem Hammel spreche. Und der Hammel ist immer noch da. Er weidet das ganze Gras rund um unsere Hütte ab und geht jetzt schon zu den Nachbarn. Zum Glück haben die nicht auch einen Hammel. Aber dafür sind sie dreifach neidisch: erstens, weil sie keinen Hammel haben, zweitens, weil unserer ihr

Gras frißt und drittens, weil sie nicht sicher sind, daß sie ihren Anteil bekommen werden, wenn wir ihn schlachten.«

»Ich nehme doch an, daß ihr ihnen etwas davon geben werdet. Ihr seid so großherzig. Und was das Gras betrifft, das euer Hammel bei den Nachbarn frißt, so sollten sie euch eher dankbar sein, weil es dadurch rund um ihre Hütte sauber und ordentlich ist. Und wenn sie keinen Hammel haben, das ist doch kein Grund zu Neid. Sollen sie doch einen Onkel oder jemand anderen aus ihrem Dorf bitten, ihnen einen mitzubringen!«

»Tatsache ist, daß sie kein Hammelfleisch essen.«

»Wieso?«

»Das will ihre Religion so, glaube ich. Ich habe einmal gehört, wie das Familienoberhaupt gesagt hat: ich werde eurem Hammel das Genick brechen, auch wenn wir selbst gar nichts davon essen würden.«

»Soll ich das deinem Mann schreiben?«

»Ja. Sag ihm, daß der Nachbar gedroht hat, unseren Hammel zu schlachten. Sag ihm, daß es Moussa nicht recht wäre, wenn er so eine Geschichte erfahren würde. Und er soll uns sagen, was wir tun sollen.«

»Wer? Moussa?«

»Nein, Gabra! Schreib ihm, er soll uns erlauben, den Hammel zu schlachten. Und uns sagen, wie wir ihn aufteilen sollen: wer soll den Kopf bekommen? Wer das Bruststück? Wer ...? Und wer das Blut? Sag ihm, daß sein Onkel Yassa wieder hier ist und daß er ihm schreiben soll. Sag ihm, daß es den Kindern gut geht, Allah sei Dank. Und daß es auch mir, Allah sei Dank, gut geht. Das ist alles.«

Auf einem kleinen Platz zwischen Justizpalast und dem großen Gebäude des Warenhauses Leventis saßen unter den Mangobäumen die Schreiber, die – dem Fortschritt sei Dank – mit einer Schreibmaschine ausgerüstet waren. Sie waren sechs oder sieben, und jeder von ihnen hatte einen Platz im Schatten gefunden, wo weder früh noch mittags noch abends die Sonne hinschien. Schlecht waren nur die Regentage. Ansonsten konnte die Arbeit ruhig im Freien stattfinden. Kleine tragbare Schreibmaschinen hatten die Aufgabe, den ganzen langen Tag geschriebene Botschaften auf den Weg zu schicken, deren Absender Personen waren, die selbst nicht schreiben konnten. Die Schreiber, alles Männer, galten als sehr gebildet. Wenn man bedenkt, daß ihresgleichen normalerweise in den Büros der zentralen Verwaltung oder der Privatunternehmen angestellt waren! Im Grunde war der Beruf des »Schreibers« die liberale Form eines Berufes, den andere in den Büros unter Aufsicht eines Patrons unter Kontrolle halten wollten. Im Freien mit einer Schreibmaschine zu arbeiten war ein genialer Einfall, daran mußte man erst mal gedacht haben.

Sehen Sie selbst:

Ein Mann sitzt vor seiner Maschine, die auf einem mittelgroßen Tisch steht, und als allererstes muß er sich bemühen, seriös auszusehen. Dazu setzt er sich, ohne eine Miene zu verziehen, eine Brille auf die eindrucksvolle Nase in seinem schwarzen Gesicht. Auch ein Hut scheint zur Ausübung dieses Berufes unabdingbar zu sein, wenn auch der angenehme Platz im Schatten der dichten Mangobäume dieses Kleidungsstück rein physisch gesehen überflüssig machte.

Auf dem Tisch neben der Maschine liegt ein Stapel Papier, sorgsam vor Wind und Wetter geschützt. Blaupapier wäre überflüssig gewesen, denn niemals verlangte jemand einen Durchschlag seines Briefes.

Dem Schreiber gegenüber setzt sich der Kunde auf einen Sessel ohne Armlehnen, der ihn dazu einladen soll, sich zu entspannen.

»Wem willst du schreiben?«

»Meinem Verlobten.«

»Wie heißt er?«

»Spio.«

»Wo hält er sich auf?«

»Im Norden, in Tamalé.«

»Was macht er dort?«

»Das weiß ich nicht.«

»Du mußt es mir sagen, sonst kann ich deinen Brief nicht abschicken.«

»Ich habe dir doch gesagt, daß ich nicht weiß, was er dort macht. Ich weiß. daß er bei den Behörden arbeitet, aber ich habe keine Ahnung, in welchem Büro. Oder warte mal, ich habe da einen Brief, den er mir geschickt hat, vielleicht steht da seine Adresse drauf.«

Edna suchte angestrengt in ihrer Tasche und zog den Brief heraus. Es war das erste Mal, daß sie Spio schreiben wollte, seit dieser als Folge des Falles Amiofi in den Norden des Landes versetzt worden war. Es war überhaupt das erste Mal in ihrem Leben, daß sie jemandem einen Brief schickte, und deshalb war sie schrecklich nervös. Schon möglich, daß ein Schreiber ihren Mangel an Bildung vertuschen konnte, aber würde es ihr selbst je gelingen, ihre Gedanken zu ordnen? Es fing schon gut an, mit diesen Zweifeln bezüglich Spios Adresse. Aber der Schreiber fand tatsächlich die Anschrift auf dem Brief, den Edna ihm gegeben hatte. Die junge Frau atmete erleichtert auf. Die erste Runde hatte sie überstanden. Schon tippte der Mann mit seiner ungeschickten Zwei-Finger-Methode Spios Adresse. Dazu muß man wissen, daß die Schreiber niemals behauptet haben, bei einem Maschinenschreibwettbewerb den ersten Preis zu gewinnen. Und so kann man verstehen, daß sich die Buchstaben unter den Mangobäumen im tropischen Afrika nur so langsam aneinanderreihen, wenn es männliche Maschinenschreiber sind, die die Gedanken von Schwarzen auf weißes Papier bringen. Wenn diese Langsamkeit wenigstens durch eine besonders treue Wiedergabe der Gedanken des Kunden aufgewogen würde! Doch es braucht nicht viel, und schon schleichen sich von morgens bis abends unverzeihliche Sinnfehler in die Korrespondenz rechtschaffener Kunden. Fehler, die Zwietracht säen, gar wahre Verschwörungen anzetteln und dadurch den Beruf des Schreibers immer mehr in Verruf bringen, obwohl er doch in diesen Zeiten des quasi nationalen Analphabetismus so nützlich ist.

Nachdem der Schreiber Spios Adresse oben links zu Papier gebracht hatte, hob er den Kopf, rückte seine Brille zurecht und sagte zu Edna:

»Dein Verlobter ist eine bedeutende Person. Was willst du ihm sagen?«

»Sag ihm, daß es mir gut geht. Sag ihm, daß ich hoffe, ihm geht es auch gut. Er soll sich keine Sorgen machen. Ma verabscheut ihn nicht mehr, wie er meint, sondern denkt jetzt viel an ihn. Ma hat neulich gesagt: ›Wenn ich wüßte, daß Spio so weit gehen würde, sich für dich sogar umzubringen …‹«

»Für wen?« fragte der Schreiber.

»Für mich natürlich!«

»Also schreibe ich: wenn ich wüßte, daß Spio so weit gehen würde, sich für mich …«

»Nein, für mich, mich mich!«

»Ja, für dich, dich dich, schrei doch nicht so … Wenn ich wüßte, daß Spio sich für dich umbringt …«

»Ich habe gesagt: ›soweit gehen würde, sich umzubringen.‹«

»Ich habe gesagt: ›soweit gehen würde, sich umzubringen‹, soll ich das schreiben?«

»Ja, schreib das … Schreib, was du kannst, Spio wird es schon verstehen. Er ist intelligent. Nicht wie ich.«

»Auch du bist intelligent, Fräulein.«

»Das sagst du, aber warum bin dann unfähig zu schreiben? Und warum kannst du mich nicht verstehen?«

»Das ist nicht deine Schuld, Fräulein, wenn ich dich nicht verstehe. Das liegt vielleicht daran, daß du komplizierte Dinge zu sagen hast. Dein Brief ist nicht leicht zu schreiben, glaub mir. Weißt du, es kommt nicht häufig vor, daß ich jemandem schreiben muß, der in der Verwaltung arbeitet. Den Leuten in den Büros kann man nicht einfach irgend etwas schreiben, verstehst du? Also, gut aufgepaßt jetzt! Wo waren wir stehengeblieben? … Ah, hier ist es: Ma hat neulich gesagt: ›Spio würde so weit gehen, für dich zu töten.‹«

»Nein! Siehst du, du hast es immer noch nicht verstanden. Ma hat neulich gesagt: ›wenn ich wüßte, daß Spio so weit gehen würde, sich für dich umzubringen …‹«

»Ja, ja. Genau das habe ich geschrieben.«

»Warum hast du dann etwas anderes vorgelesen?«

»Achte nicht darauf. Meine Brille, es liegt an meiner Brille.«

Und so wurde dieser Brief fortgesetzt. Dabei gab es düstere Momente voller Zweifel, und doch war Edna nach jedem Mißverständnis noch optimistischer. Dieser verzweifelte Kampf um Kommunikation dauerte über eine Stunde. Am Ende stand Edna auf, zahlte für den erwiesenen Dienst, nahm den Umschlag mit Spios Brief und ging zur Post, die ungefähr fünfhundert Meter entfernt lag.

Der jungen Frau war diese Erledigung wirklich sehr schwer gefallen, und sie dachte sich, wenn sie Spio nicht so sehr lieben würde und ihm nicht so dankbar wäre für das, was er getan hatte, dann gäbe es wenig Chancen, daß sie noch einmal diese Prüfung auf sich nehmen würde. Diese Überlegungen begleiteten sie bis zum Postamt, wo sie den Brief frankierte und abschickte. Als sie das Gebäude wieder verließ, sah sie Gin mit dem Fahrrad vorbeikommen.

»Hallo Edna! Wie geht es dir?«

»Gut, Gin, sehr gut. Ich nehme an, du hast eine Geldanweisung bekommen.«

»Vor dir kann man nichts geheimhalten. Eine Anweisung schon, aber ich habe sie nicht abgeholt.«

»Schade, in diesem Fall kann ich dir nicht mal vorschlagen, daß wir darauf einen trinken gehen.«

Gin stieg vom Fahrrad und trat näher an Edna heran:

»Ich sehe, daß das Leben es jetzt wieder gut mit dir meint«, sagte sie.

»Es könnte nicht besser gehen, Gin. Nichts bleibt mehr von dieser schlimmen Wunde.«

»Ach, die Wunde, die ist doch seit langem verheilt. Wunden bleiben nicht lange, nur Narben. Zum Glück für dich hat es keinen Körperteil erwischt, an dem man die Narbe sieht!«

»Kannst du dir vorstellen, wie das gewesen wäre, wenn mich eine Kugel mitten ins Gesicht getroffen hätte?«

»Und von einer Backe zur anderen gegangen wäre? Sprich nicht davon, Edna, lieber würde ich sterben, als das mitansehen.«

»Du machst dich wohl über mich lustig?«

»Rede keinen Unsinn! Wie geht es Spio?«

»Wie soll ich das wissen, er ist doch so weit weg.«
»Schreibt er dir denn nicht?«
»Schon, aber …«
»Weißt du, was ich gehört habe?«
»Was denn?«
»Man erzählt sich, daß du dem Doktor den Kopf verdrehst.«
»Welchem Doktor?«
»Na komm schon, Edna, tu doch nicht so, als würdest du nicht verstehen, was ich sagen will. Dem Doktor Bunefo natürlich, das weißt du ganz genau!«
»Daß ich dabei bin, ihm den Kopf zu verdrehen?«
»Und wie! Das würde mich gar nicht wundern, Edna, aber etwas muß ich dir doch sagen.«
»Nämlich?«
»Erinnerst du dich an unsere Rauferei?«
»Ja und?«
»Es wäre gut, wenn du dich täglich daran erinnern würdest.«
»Weshalb?«
»Es wäre nützlich für dich zu wissen, daß eine gute Freundin von dir, Angela, um niemand beim Namen zu nennen, nur noch Augen für den Doktor Bunefo hat.«
»Das erste, was ich höre. Und was soll mir das sagen?«
»Nichts, Edna, ich habe mir nur erlaubt, dir einen guten Rat unter Freundinnen zu geben. Es steht dir frei, dich nicht darum zu kümmern.«
Ein Auto fuhr ganz knapp an den beiden jungen Frauen vorbei und hüllte sie in eine Staubwolke. Instinktiv bedeckten sie beide schützend ihr Gesicht und wichen bis an den Rand des Straßengrabens zurück. Ein Fluch aus Ednas Mund deutete an, daß sie beinahe in den Graben gefallen wäre, »nur wegen dieser vorsintflutlichen Maschine«. Dann nahmen die jungen Frauen ihre Unterhaltung wieder auf.
»Danke für den Rat, Gin. Aber so, wie die Dinge stehen, ist es, glaube ich, nicht nötig, daß ich besonders aufpasse.«
»Was heißen soll …«

»Damit will ich erstens sagen, daß, wenn Angela sich den Kopf von Doktor Bunefo verdrehen läßt, es noch lange nicht heißen muß, daß es jedem so geht wie ihr. Zweitens dürfte es dir nicht unbekannt sein, daß ich mit Spio verlobt bin. Und drittens mache ich dich darauf aufmerksam, daß, selbst wenn ich dem Doktor Bunefo den Kopf verdreht hätte, dies noch lange kein Grund dafür wäre, daß meine Freundin Angela nur noch für ihn Augen hat. Ich verstehe wirklich nicht, warum ihr gerade immer die Männer besonders interessant findet, die sich scheinbar an mich heranmachen, oder denen ich mich nähere.«

»Nur zu, sag bloß noch, daß wir dir die Männer ausspannen. Du vergißt, daß du ohne unsere Freundin Angela deinen Spio wahrscheinlich gar nicht kennen würdest.«

»Du hast ein schlechtes Gedächtnis, Gin. Du weißt doch, daß ich Spio begegnet bin, lange bevor Angela ihn mir vorgestellt hat. Und du weißt auch, daß ich mich am Abend besagter Vorstellung – wenn du es so nennen willst – mehrmals geweigert habe, mit Angelas Freund zu tanzen. Weshalb hat sie unbedingt darauf bestanden, mich diesem Mann in die Arme zu werfen?«

»Weil sie es gut meint. Und deshalb mußt du jetzt alles tun, um sie mit dem Doktor Bunefo in Ruhe zu lassen.«

»Ja, soll sie ihn doch nehmen, soll sie zum Teufel gehen mit ihrem Doktor Bunefo. Wer sollte sie denn daran hindern?«

»Niemand? Nicht einmal du, Edna?«

»Nicht einmal ich.«

»Selbst wenn der Doktor Bunefo auf dich zukommt?«

»Selbst wenn er auf mich zukommt. Wenn mich ein alter Bekannter nach langen Jahren besuchen kommt, dann habt ihr kein Recht, einfach zu sagen, daß ich Angela den Mann wegnehme, den sie liebt!«

»Siehst du, Edna? Siehst du, gerade eben schienst du noch zu behaupten, daß du diesen Mann womöglich niemals getroffen hast, und jetzt …«

»Du gehst mir auf die Nerven, Gin. Es ist heiß wie nochmal etwas, und du umschwirrst mich wie eine Schmeißfliege und läßt mich nicht in Ruhe. Was willst du eigentlich von mir?«

»Reg dich nicht auf, Freundin, ich will dir lediglich einen guten Rat geben ...«

»Schön, ich habe deinen Rat gehört. Hast du sonst noch etwas zu sagen?«

»Hör zu, Edna, spiel nicht die feine Dame, die es leid ist, mit ihrem Hausmädchen zu reden. Es könnte sonst sein, daß ich ärgerlich werde. Und ...«

»Ich weiß schon, ich weiß. Bei dir rechne ich mit allem. Es würde mich nicht wundern, daß du wütend wirst und mir hier auf der Straße eine Szene machst. Aber laß dir gesagt sein, es könnte hier am hellichten Tag sehr übel ausgehen, falls du es wagst, deine Kraft zu beweisen. Hier gibt es keine Möbel, die man zerschmettern kann, aber dein Kleid müßte wohl daran glauben.«

»Schon recht, ich habe verstanden. Es ist besser, wir bleiben Freundinnen, meinst du nicht?«

»Wie du willst. Aber dann komm bitte nicht mehr mit hängender Lippe an und provoziere mich, vor allem, wenn ich solch eine Behandlung gar nicht verdient habe.«

»Also, wenn ich mich nach dem richte, was du sagst, dann soll ich Angela als unverschämte Person behandeln, weil sie zu mir gekommen ist, um sich zu beschweren, oder?«

»Verhalte dich ihr gegenüber, wie du willst, aber ich möchte vor allem, daß du mich mit all diesen Geschichten, aus denen ich nicht schlau werde, in Ruhe läßt.«

»Hab' schon verstanden. Eigentlich weiß ich nicht, warum Angela nicht selbst zu dir kommt, wenn sie denkt, daß du sie gemein hintergehst.«

Edna antwortete nicht. Sie wünschte nur das eine, daß Gin auf ihrem Fahrrad weiterführe, elegant oder nicht, und sie in Frieden ihren Weg unter der sengenden Hitze fortsetzen ließe. Gin verstand wohl, daß sie im Moment als Begleiterin nicht gerade erwünscht war. Also schwang sie sich auf ihr Fahrrad und schickte sich an weiterzufahren. Mit einem Fuß noch auf dem Boden, mit dem anderen das Pedal suchend, den Oberkörper über dem Sattel aufgerichtet wie eine elegante, schwarze Statue in grauem Kleid mit rosa Blumenmuster, hob Gin den Kopf und sagte mit einem überheblichen Blick zu Edna:

»Jedenfalls kannst du nicht sagen, ich hätte dich nicht gewarnt.«

»Jetzt reicht es! Geh jetzt, geh!«

»Dreckige Analphabetin, du kannst mich schon vertreiben, aber es wird noch eine Zeit kommen ...«

Edna ließ sie nicht ausreden. Sie fühlte, daß ihr die Nerven rissen und gab dem Fahrrad einen heftigen Fußtritt, woraufhin dieses mitsamt seiner Besitzerin umfiel.

»Vorsicht!« schrie jemand auf der anderen Straßenseite. Gin, die plötzlich auf dem Boden lag, hatte nicht mehr die Zeit, ihre Hand wegzuziehen. Im selben Moment kam ein Auto in voller Fahrt heran, machte eine leichte Schlenkerbewegung, konnte aber der Hand der jungen Frau nicht ausweichen.

»Mutter, meine Mutter, ich sterbe!« rief diese.

Edna hätte nicht sagen können, wie sie diesen Augenblick ertragen hatte. Sie selbst spürte einen Schmerz, so heftig war der Fußtritt gewesen, den sie dem Fahrrad verpaßt hatte. Doch den vergaß sie schnell, als sie zusehen mußte, wie Gin beinahe von einem unerwartet auftauchenden Auto überfahren wurde.

Nichts ist idiotischer als ein Unfall bei strahlendem Sonnenschein. Den Sommer über sollte nur Freude herrschen. Denn die Sonne weint nicht wie ein Regenhimmel. Sie lacht von morgens bis abends und gibt dem Fest seine Fröhlichkeit. Ein Unfall gerade dann, wenn die Sonne am höchsten steht, ist wirklich absurd. Aber Edna hatte nicht die Muße, über all dies nachzudenken. Im Bruchteil einer Sekunde begriff sie ihre Schuld in dieser Sache und erfaßte deren volle Tragweite. Sie war es, die Gin unter die Räder eines Autos gestoßen hatte. Sie, Edna. Um ehrlich zu sein, mußte sie sich eingestehen, daß ihr so ziemlich jedes Mittel recht gewesen wäre, um Gin mit ihren Sarkasmen loszuwerden. Aber sie wußte auch ganz genau, daß sie niemals so weit gegangen wäre, Gin töten zu wollen, oder sie von den Rädern eines Autos töten zu lassen. Vor allem mitten im Zentrum von Accra. Was war eigentlich wirklich passiert? Warum stürzten plötzlich soviele Menschen herbei?

»Du wolltest sie umbringen, du warst es, die ...«

Während man Gin aufhob und feststellte, daß sie nicht einmal verletzt war, daß sie höchstens eine Quetschung an der Hand hatte, daß sie mit großem Glück dem Tod entronnen war, während die junge Frau schneller, als man gedacht hätte, wieder zu Bewußtsein kam, während der Lenker des Wagens an den Unfallort zurückgekommen war und sich hatte überzeugen lassen, daß er niemand getötet oder verletzt hatte und er daher seinen Weg fortsetzen konnte, ohne irgend jemandem eine Erklärung zu schulden, während all das geschah, hatte sich um Edna herum eine Menschentraube gebildet, die immer bedrohlicher wurde. Angsterfüllt versuchte Edna, sich in Sicherheit zu bringen, aber die Leute versperrten ihr den Weg.

»Du wolltest sie umbringen, du ...«

»Laßt sie in Ruhe!« schrie Gin. »Laßt sie in Ruhe! Ich will nicht, daß ihr ihr weh tut, ihr Idioten! Wer hat euch denn gerufen, wer hat euch denn um Hilfe gebeten?«

Alle blieben verdutzt stehen. Soviel Bereitschaft, Edna, die des versuchten Mordes an ihrer Freundin schuldig war, notfalls in Stükke zu reißen, wurde plötzlich überflüssig – und nur deshalb, weil das Opfer selbst seine Mörderin verteidigte. Da kann man nur sagen, das ganze Leben besteht aus unglaublicher Inkonsequenz. Gin vergaß ihr Fahrrad, stürzte sich in die Menge und kam gerade recht, um Edna zu retten. Diese verstand ihrerseits auch nichts mehr, sie brach in Tränen aus und rief ganz laut den Namen ihrer Großmutter, fragte, was die Leute von ihr wollten und weshalb Gin nicht zuließ, daß ihr das Fell über die Ohren gezogen wurde.

»Zulassen, daß du gelyncht wirst? Das glaubst du doch selbst nicht, Freundin! Ich brauche dich noch viel zu sehr, und du weißt, daß es nicht meine Art ist, eine Freundin sterben zu lassen. Ich will dir beweisen, daß ich wirklich eine Freundin bin, was auch immer du denken magst. Komm Edna, gehen wir weg von hier. Siehst du, ich bin nicht einmal verletzt. Mir tut diese Hand zwar weh, aber es ist nichts Schlimmes. Du kannst mir helfen, mein Fahrrad zu schieben, oder?«

Edna antwortete nicht, wenn sie auch aufgehört hatte, zu weinen. Sie hielt nach Gins Fahrrad Ausschau, aber sie sah es nirgends. Die beiden bahnten sich einen Weg aus der immer noch erstaunten Menschenmenge, aber nun waren sie an der Reihe, verdutzt zu sein: Gins Fahrrad war schlicht und ergreifend verschwunden. Was Unfälle nicht für Auswirkungen haben können ... Gin traute ihren Augen nicht, und Edna noch viel weniger. Aber es stimmt, daß in so einem Fall die Aufmerksamkeit der Menge ganz auf einen Anziehungspunkt gerichtet ist. Daher ist es für einen Dieb einfach, sich unbemerkt ein Fahrrad anzueignen. Ja, ganz unbemerkt. Sobald bekannt wurde, daß ein Fahrrad verschwunden war, löste sich die gaffende Menge natürlich auf der Stelle in Luft auf. Allein Gin und Edna blieben am Tatort zurück, um einen Streit und ein Fahrrad ärmer.

Kapitel 10

Ma verbrachte den ganzen Nachmittag damit, sich den Kopf zu zerbrechen. Was Edna heute morgen passiert war, konnte sie nicht gleichgültig lassen. Aber vor allem fand sie den Ausgang dieser Geschichte äußerst beunruhigend. Erstens verstand sie nicht, warum Gin, die während Ednas Krankenhausaufenthalt so freundlich gewesen war, nun bezüglich des Doktor Bunefo wieder so aggressiv wurde. Und zweitens kam es ihr seltsam vor, daß dieselbe Gin trotz ihrer gequetschten Hand, woran zugegebenermaßen Edna schuld war, nun plötzlich jene Edna verteidigte, der sie kurz davor noch gedroht hatte. Mehrmals versuchte Ma, aus den Antworten auf die zahlreichen Fragen, die sie Edna stellte, klug zu werden. Da es ihr jedoch nicht gelang, versank sie in noch tieferes Grübeln.

Edna war das Liebste, was sie auf der Welt besaß. Sie fühlte sich selbst jedes Mal ganz verloren, wenn ihre Enkelin in Gefahr war oder ernsthafte Sorgen hatte. Allein bei dem Gedanken, daß Edna ihre Nachfolge antreten würde, sah Ma getrost ihrem Alter entgegen. Die »Tochter ihres Herzens« würde eine Arbeit fortführen, die einst in tiefster Armut begonnen hatte und sich nun in einem Milieu abspielte, das manch einer als reich bezeichnete. Die Falte auf Mas Stirne hatte ihrem Mut nichts anhaben können, der es verstand, die schlimmsten Regentage in einen sonnigen Sommer zu verwandeln. Das knöchellange, dunkle Kleid, das sie Tag für Tag auf dem Markt trug, war keineswegs Zeichen von Traurigkeit, sondern eine unempfindliche, bequeme Arbeitskleidung. Davon abgesehen stand es Ma ausgezeichnet, dieses tabakbraune Kleid mit seinem dezenten dunkelroten Kürbis- und Blumenmuster. Es verlieh ihr dieses würdig-elegante Aussehen und rechtfertigte den Respekt, den ihr die anderen Marktfrauen entgegenbrachten. Ihr Kopf wurde von einem schmalen, langen Hals getragen, wie er für die Frauen des Nordens typisch ist. Ma wußte, daß sich einige Tropfen Peul-Blut auf wunderbare Weise in ihre Ashantiabstammung mischten. Sie war darauf nicht wenig stolz, mußte jedoch gleichzeitig zugeben, daß eine Familie nicht unbedingt aus Mali stammen mußte, um schöne Frauen hervorzubringen. Um ehrlich zu sein, war der Grund dafür, daß Ma Edna geradezu anbetete, der, daß sie sich selbst in ihr wiedererkannte: ebenso schön, mit ihrer getönten Haut wie eine Statue aus Ebenholz, ihrem strahlenden Elfenbeinlachen, der Würde und der Eleganz, die eine Analphabetin in der Gesellschaft der gebildeten Leute zu einer angesehenen Frau werden ließen. Der Markt brodelte, lärmend, heiß und farbenfroh. Dort hinten schimpfte eine Gewürzverkäuferin, deren Ware trotz der fortgeschrittenen Stunde des Tages erklärtermaßen noch frisch war, auf ihre Kundschaft, die so ungerecht reagierte. Sie drohte damit, alles billiger zu verkaufen, um den Leuten zu zeigen, daß sie Qualitätsware auf den Markt brachte. Eine seltsame Art und Weise, die Kunden anzulocken, aber so sind die Marktfrauen nun mal. Ganz in der Nähe ertönte von Zeit zu Zeit ein Gesang, der die Tugenden einer Familie von Tontöpfen lobte: »Dies ist der Vater, er ist groß und stark, er kommt niemals ohne Wasser vom Fluß zurück ...« Als käme irgend jemand auf die Idee, einen Krug, sei er nun Vater oder Mutter, zu kaufen, der es sich erlauben würde, ohne Wasser vom Fluß zurückzukehren! »... und hier die Mutter, die Mutter begleitet den Vater ...« war die Fortsetzung des Liedes. Und wenn man nur einen ihrer Töpfe kaufen möchte, Madame? Ein paar Meter weiter brutzelten ein paar kleine Küchlein vergnüglich im siedenden Öl, bis schließlich ihre Stunde geschlagen hatte und sie verspeist wurden. Die Luft war von einem feinen Duft erfüllt, der zur wundersamen Symphonie der Farben und Geräusche das Seine beitrug.

Ma jedoch achtete kaum auf das alles.

»Hast du Bunefo nochmals wiedergesehen, seitdem er damals nach deiner Entlassung aus dem Krankenhaus zu uns kam, um zu schauen, wie es dir geht?«

Diese Frage gefiel Edna gar nicht, denn sie bedeutete, daß ihre Großmutter ihr nicht völlig vertraute. Sie schaute Ma an und wußte einen Moment lang nicht, ob sie mit einem leicht bitteren Tonfall antworten sollte. Oder sollte sie lieber das brave kleine Mädchen spielen, das der älteren Generation diese Vertrauenskrisen zugestand, die der heutigen Jugend fremd waren? Zum Glück für Edna und ich glaube, auch für Ma, kam genau in diesem Augenblick ein Kunde. Um ihn zu bedienen, wie es sich gehörte, mußte sich Edna wieder auf die Regeln der Höflichkeit und der gesellschaftlichen Konventionen besinnen, die dem Handel seinen wahren Charakter außerhalb des reinen Gewinnstrebens, das ihm bisweilen vorgeworfen wird, verleihen. Sie setzte ein freundliches Lächeln auf und bot ihre Dienste und ihre Ware dem Mann an, der vor ihr stand. Keine leichte Aufgabe, denn er schien nicht recht zu wissen, was er wollte. Wie Sie wissen, gibt es mehrere Sorten von Seife. Es gibt die, die direkt aus Europa kommt, auf diesen großen Schiffen, die zu einer bestimmten Epoche die afrikanischen Küsten in wahre Überseemärkte verwandelt haben, was noch dadurch erleichtert wurde, daß an manchen Stellen nicht einmal die vorgelagerten Riffe diese Art von Handel verhindern. Die Sklavenschiffe hatten damals dort angelegt, was den beiden Kontinenten jenseits des Atlantik zu blühendem Reichtum verhalf. Danach schöpften Meersalz- und Tabakhändler diese Goldgrube aus, die aus mittellosen Kunden bestand, die direkt aus dem Urwald kamen und zum ersten Mal der Welt der Sauberkeit, der Hygiene und des Geldes begegneten.

Wie Sie wissen, gibt es mehrere Sorten von Seife: weiße und rote, graue und weiß-blau gestreifte, grüne und gelbe, von denen die Haut zart wird, beige, die man »savon de Marseille« nennt, und elfenbeinfarbene in Form von Hühnereiern. Und der Kunde wußte eben nicht, welche Seife er wählen sollte. Für einen Händler ist das sehr unangenehm. Wenn Sie mit einer festen Vorstellung ankommen, dann kann man Ihren Vorurteilen begegnen und Ihnen etwas völlig anderes empfehlen. Aber wenn Sie nicht einmal wissen, ob die Seife dazu dienen soll, schwarze Haut zu waschen oder alte Tonkrüge, die aus Langeweile gebrochen sind, wie soll es dann Edna an Ihrer Stelle wissen?

Aber Ma's Enkelin war über ihre ersten Schritte als Marktfrau hinaus. Und als der Kunde schließlich ihren Stand verließ, nahm er mehrere Sorten von Seife mit, von denen drei Viertel, dessen war er sicher, ihm niemals zu etwas nützen würden. Edna aber hatte wieder einmal ihren Test als gute Verkäuferin bestanden. Ohne diesen kann man ja nicht wissen, ob eine Marktfrau wirklich ihren Platz inmitten ihrer begabten Kolleginnen verdient hat.

Edna strahlte. Als sie deshalb auf Ma zuging, gute zehn Minuten, nachdem diese ihre Frage gestellt hatte, antwortete Edna mit einem besonders liebevollen Lächeln:

»Ob ich den Doktor Bunefo nochmal gesehen habe, nachdem er sich bei uns daheim nach mir erkundigt hatte? Aber Ma, wenn ich ihn wiedergesehen hätte, dann wüßtest du das doch! Du weißt genau, daß ich es dir dann gesagt hätte!«

»Das stimmt, Tochter meines Herzens, das stimmt. Verzeih mir, in meinem Kopf dreht sich alles, ich weiß nicht mehr, was ich dich fragen soll.«

»Du solltest dir Ruhe gönnen, Ma.«

»Du willst wohl sagen, ich werde zu alt?«

»Aber nein. Das denke ich nicht einmal. Und wenn mir der Gedanke käme, würde ich ihn sehr schnell dumm finden.«

»Warum?«

»Warum? Eben deshalb, weil niemand, weder hier auf dem Markt noch im Dorf, noch von denen, die dich in der Stadt kennen, auf die Idee käme, daß du alt bist. Und ich bin sehr froh, daß es so ist.«

»Ach … und warum?«

»Ich werde es dir gestehen, Ma: Ich bin glücklich bei dem Gedanken, daß du noch nicht alt bist und daß du niemals alt sein wirst, weil ich dann, ohne mir Sorgen zu machen, an den Mann denken kann, der eines Tages der meine sein könnte.«

»Was? Willst du sagen, daß du unseren Marktstand für einen Mann aufgeben willst? Willst du das sagen?«

»Ma …«

»Edna, du weißt, ich rechne mit dir. Ganz allein mit dir. Du weißt, die Arbeit, die ich bisher getan habe, hab' ich im Hinblick auf dich getan. Auf dich allein. Du weißt, daß, wenn eines Tages ein Mann in dein Leben treten sollte, du ihn als allererstes fragen mußt, ob er akzeptiert, daß du weiter auf dem Markt arbeitest. So will es das Gesetz unseres Berufes … deines Berufes, das weißt du ganz gut.«

»Das weiß ich schon, Ma. Das Problem ist nur, daß sich Spio zur Zeit in Tamalé befindet, und Tamalé ist weit weg. Und wenn ich Spio heiraten soll, dann muß ich wohl …«

»Wenn du ihn heiraten sollst, Tochter meines Herzens, dann bestimmt nicht morgen schon. Denn zuerst mal muß er aus Tamalé zurück sein. Und zwar muß er so rechtzeitig zurücksein, daß du noch nicht in Accra gebunden bist … Und schließlich muß er mit ganz reinem Gewissen zurückkommen, sicher, daß er dort im Norden kein anderes Heiratsversprechen eingegangen ist.«

»Ma …«

»Ja, ich weiß schon, was ich sage. Wie kannst du dich auf einen Mann verlassen, der so weit von dir weg ist? Und der selbst nicht sicher sein kann, dich in derselben Situation wiederzufinden wie vor eurer Trennung?«

»Ma …«

»Spio, Spio, ich mag ihn, deinen Spio. Ja, das stimmt, ich mag ihn … Ich habe einige Zeit gebraucht, die bittere Pille zu schlucken, daß er dich eines Tages entführen könnte. Aber bei der Amiofi-Geschichte habe ich gemerkt, daß von Spios Seite nichts zu befürchten ist …«

»Natürlich, er hat ja auch getan, was in seinen Kräften stand, um uns zu helfen.«

»Darum geht es gar nicht so sehr, Tochter meines Herzens. Ich sehe, du hast nichts verstanden. Der Grund, warum ich nun besser auf Spio zu sprechen bin, ist …«

»… daß es sonst dem Herrn nicht gefallen würde«, fiel ihr Edna ins Wort, keineswegs freundlich, sondern eher kichernd.

»Edna! Du kannst sicher sein, daß dem Herrn das nicht gefällt, was du eben gesagt hast. Aber ich will dir erklären, warum ich Spio nicht mehr verabscheue. Der Grund ist folgender: wenn er fähig ist, all das zu tun, nur um von einer Marktfrau beachtet zu werden, so bin ich sicher, daß er auch die Bedingungen eben dieser Marktfrau akzeptieren würde, falls er sie zur Frau nehmen wollte.«

»Welche heißen, daß ich mein Leben lang Marktfrau in Accra bleibe, gleichgültig, an welchem Ort mein Mann arbeitet.«

»Sei doch nicht so ironisch, Tochter meines Herzens. Du wirst mir doch nicht weismachen, daß du, seit ich dich diese Dinge lehre, immer noch nicht begriffen hast, worum es geht!«

»Ma, natürlich habe ich verstanden, was du mir beigebracht hast. Aber …«

»Aber?«

»Ganz richtig! Ich habe verstanden, und ich bin bereit, alle Ratschläge zu befolgen, die du mir gegeben hast, und die sich bis jetzt stets als richtig und gut erwiesen haben. Aber du siehst doch, was geschehen ist: Spio hat bewiesen, daß er mich liebt. Ich weiß nicht, ob man ihm in diesem Fall ebenso kategorische Bedingungen stellen sollte, als wäre er der erstbeste Mann, der daherkommt. Andererseits siehst du auch, wie es mir mit Gin und Angela ergeht: Sie gönnen mir nichts, als hätte ich sie jemals gehindert, mit welchem Mann auch immer glücklich zu werden. Wenn ich mich nicht wehre, werden sie mir alle Männer wegschnappen, die so aussehen, als würden sie mich heiraten wollen. Schließlich werde ich doch nicht meinen Marktstand heiraten, Ma!«

Zu dieser Stunde, da die Sonne schon tief am Himmel stand, spürte Ma, daß ihre über Jahre hinweg ungebrochenen Hoffnungen plötzlich müde wirkten. Es war das erste Gespräch dieser Art, das sie mit ihrer Enkelin führte, und sie stellte fest, daß die junge Generation nicht den Mut besaß, eine Zukunft ohne diese völlig absurde Sache, nämlich die Liebe zu einem Mann oder um genau zu sein, die Ehe mit ihm, ins Auge zu fassen. Ma seufzte. Nicht um ihre Zustimmung zum Ausdruck zu bringen, sondern um Edna verständlich zu machen, wie enttäuscht sie war. Doch dann dachte sie wieder an Gin und Angela, und wie übel die beiden Mädchen Edna mitspielten. Sie hat recht, die Tochter meines Herzens, sagte sich Ma. Sie hat recht, denn es ist ungerecht, daß diese beiden Furien ihr die Männer entreißen, die sie, Edna, lieben. Außerdem ist

Edna viel hübscher als ihre beiden Rivalinnen, wenn man sie so nennen will. Unter diesen Umständen ist es nicht einzusehen, warum nicht viel eher Edna ihnen die Bewerber wegschnappen sollte. Sie hat recht, die Tochter meines Herzens, aber … Aber dennoch muß sie wissen, was ihre Pflicht ist. Ein Mann, ein Ehemann, kann schließlich verlorengehen. Es kann zur Scheidung kommen und wo bleibt dann die Liebe … Doch würde ich gerne wissen, was die beiden Furien vorhaben. Auf jeden Fall muß die Tochter meines Herzens den Sieg davontragen, sie muß sie auf allen Ebenen schlagen … Schau nur, wie schön sie ist im milden Licht der untergehenden Sonne. Welcher Mann würde sich nicht in sie verlieben? Es stimmt schon, sie kann weder lesen noch schreiben, zumindest nicht sehr gut. Aber was tut das schon zur Sache. Das ist doch kein Grund dafür, daß sie ihren Marktstand heiratet.

Ma war die wunderbarste Großmutter der Welt.

Sie erhob sich von dem Stuhl, auf dem sie nun schon eine ganze Weile saß, trat neben Edna und sagte zu ihr:

»Tochter meines Herzens, du hast recht, du sollst nicht deinen Marktstand heiraten. Bestimmt nicht. Und weißt du, es ist auch nicht meine Absicht, dich hier ein Leben lang gefangen zu halten, vor allem, wenn du diesen Beruf nicht magst.«

»Du weißt genau, Ma, daß ich diesen Beruf liebe!«

»Ja, aber du bist eine Marktfrau einer anderen Zeit. Du versuchst, dein Berufsleben mit deinem Gefühlsleben in Einklang zu bringen. Ich bin bereit, dafür Verständnis aufzubringen. Umso mehr, als ich vor allen Dingen deinen angeblichen Freundinnen Gin und Angela nicht die Illusion lassen will, sie könnten jederzeit und überall besser dastehen als du, nur weil du in der Schule nicht so viel gelernt hast wie sie.«

»Aber du weißt auch, Ma, daß mir das völlig egal ist?«

»Dir vielleicht, aber den beiden nicht.«

»Was soll ich dann tun? Wieder in die Schule gehen?«

»Wer redet denn davon? Ich will damit nur sagen, daß du ihnen eine entscheidende Niederlage beibringen mußt, und zwar allen beiden.«

»Sie werden sagen, es liege nur daran, daß wir ›viel Geld‹ verdienen.«

»Was macht das schon? Wenn sie so gebildet sind, dann muß es ihnen auch möglich sein, viel Geld zu verdienen. Warum tun sie es nicht?«

»Frag sie selbst.«

»Nein, Edna. Dagegen schlage ich vor, daß du den Mann nimmst, der dir gefällt, welchen auch immer und ungeachtet der Neider um dich herum. Aber gleichzeitig behältst du deinen Stand auf dem Markt ... Schon allein deshalb, weil ich dafür gearbeitet habe, dir diesen Platz zu sichern. Aber auch, weil er dir immer Geld einbringen wird und man schließlich nie weiß, was ein Mann, der einen heute liebt, morgen mit einem machen wird. Ein Beispiel dafür ist dein eigener Vater, der sich aus seiner ehelichen Wohnung, ohne etwas zu sagen, davongemacht hat. Falls dir eines Tages etwas Ähnliches passiert, sollst du wissen, woran du dich halten kannst. Und außerdem, Kind, hast du dein Leben aufs Spiel gesetzt für die Würde dieses Berufes; du wirst diesen Beruf jetzt nicht nur wegen eines Mannes aufgeben!«

Edna stand neben Ma und hörte ihr zu. Sie schaute sie unbeweglich an, als wolle sie verhindern, daß ihr auch nur ein Wort dieser Rede entginge. Und so stellte sie fest, daß jedes von Mas Worten überzeugend war, umso mehr, als sie bei ihren Überlegungen jedes Für und Wider abwog. Und wieder einmal mußte Edna zugeben, daß ihre Großmutter recht hatte.

»Ich frage mich, Ma, was ich ohne deinen Rat täte.«

»Du findest also, daß ich recht habe, willst du das sagen?«

»Aber natürlich hast du recht.«

»Tochter meines Herzens, du weißt, daß ich nur dein Bestes wollen kann. Und wenn so unbedeutende kleine Gins und Angelas kommen und dir das Leben schwer machen, dann muß ich mich bemühen, alles noch klarer zu sehen, damit ich dir eine möglichst glückliche Zukunft sichern kann.«

»Unbedeutend sagst du? Ich glaube nicht, Ma, daß sie wirklich so unbedeutend sind. Immerhin sind sie gebildet, und das ist schon viel!«

»Man kann gebildet sein und trotzdem nur Stroh im Kopf haben. Du siehst doch, daß trotz ihrer Bildung der Neid an ihnen nagt. Oder vielleicht weißt du nicht, daß es sich um Neid handelt? Neid ist es, der sie die ganze Zeit dazu treibt, dir Ärger zu machen. Denn trotz allem, was sie in der Schule gelernt haben, fällt es ihnen nicht leichter als allen anderen, ihr Glück zu finden. Und da sie auch nicht soviel Geld auftreiben, wie sie ehrgeizig sind, versuchen sie, dein Wohlergehen und sogar deine Gesundheit zu untergraben.«

»Das stimmt. Vielleicht werde ich nie verstehen, warum mich Gin heute so provoziert hat. Man kann nicht anders sagen, sie hat wirklich versucht, mich in Wut zu bringen, und ich frage mich, warum.«

»Du hast ihr nichts getan, hast du gesagt?«

»Du mußt mir glauben, Ma.«

»Mach dir keine Sorgen, Tochter meines Herzens, wir werden schon noch Licht in diese Geschichte bringen. Du wirst sehen, es wird sich alles klären.«

Kapitel 11

Mein lieber Spio,
obwohl du mir, seit du fort bist, nicht geschrieben hast, erlaube ich mir, deine Erinnerung aufzufrischen an unsere Freundschaft und an alles, was je zwischen dir und mir bestanden hat.

Ich hoffe, daß es dir gut geht und du dich in Tamalé nicht zu sehr langweilst. Ich will nicht das Messer in die offene Wunde stoßen und dir erzählen, daß das Leben in Accra wunderbarer ist denn je. Ich persönlich kann es allerdings nicht so voll und ganz genießen, da ich etwas Ärger habe. Schuld daran ist vor allem deine Verlobte Edna.

Ich kann dir nicht verheimlichen, daß Edna mir seit deiner Abreise immer wieder ein Bein gestellt hat. Wie immer kommt sie mir in den Weg, sobald sie erfährt, daß ich mit jemandem zusammen bin. Zur Zeit scheint sie entschlossen, mir den Doktor Bunefo wegzuschnappen, obwohl sie doch weiß, daß ich eine sehr ernsthafte Beziehung mit ihm unterhalte. Du mußt wissen, daß der Doktor Bunefo sozusagen mein Verlobter ist, und wenn Edna Ruhe geben würde, statt in fremden Gewässern zu fischen, wäre ich die glücklichste aller zukünftigen Bräute. Ich hoffe, daß du ihr gegenüber das Nötige veranlassen wirst und sich unser aller Träume ungehindert erfüllen können.

Dies ist der einzige Grund, weshalb ich mir erlaubt habe, dir zu schreiben. Von deiner Freundin Angela höre ich manchmal, daß es dir gut geht.

Ich wünsche dir alles Gute und verbleibe mit herzlichen Grüßen
deine Freundin, Gin.

Spios Reaktion auf diesen Brief ließ nicht auf sich warten. Nur ein paar Tage nach ihrem letzten Zwischenfall mit Gin erhielt Edna einen Brief aus Tamalé und beeilte sich, ihn von einem der Spezialisten unter den Mangobäumen lesen zu lassen.

Meine Ashantipuppe,
gerade als ich auf dein letztes Schreiben antworten wollte, bekam ich einen Brief von Gin. Du kannst dir sicher vorstellen, was Gin mir schreibt: Es geht um diese Geschichte zwischen ihr selbst, dem Doktor Bunefo und dir.

Versteh mich nicht falsch, ich sage nicht, daß Gin unbedingt recht hat. Vielleicht hast du, da du den Doktor Bunefo aus der Zeit deiner Kindheit kennst, ihn in Gins Anwesenheit ein bißchen zu herzlich begrüßt und damit Gin eifersüchtig gemacht. Aber wenn es so ist, wie Gin schreibt, und du ihr wirklich den Doktor Bunefo wegschnappen willst, warum erlaubst du dir dann, mir gleichzeitig so freundliche Briefe zu schreiben, die nichts zu bedeuten haben?

Glaub mir, meine Ashantipuppe, ich will dich nicht wieder daran erinnern, daß ich zur Zeit deshalb in Tamalé bin, weil ich versucht habe, alles zu tun, um dir zu beweisen, wie sehr ich dich liebe; nur ein Verrückter kann eine Frau so sehr lieben. Ich will dich heiraten. Vergiß das nicht. Ich frage mich, was mich eigentlich daran hindert, es sofort zu tun. Wenn wir verheiratet wären, könnten viele Mißverständnisse zwischen Gin oder anderen Leuten und uns vermieden werden. Wenn wir es nicht jetzt gleich tun, werden die Leute sicherlich die ganze Zeit versuchen, unsere Verlobung kaputt zu machen. Also frage ich dich ganz klar und deutlich: Willst du mich heiraten und mit mir in Tamalé leben, solange ich wegen meiner Arbeit hierbleiben muß? Deine Antwort auf diese Frage ist entscheidend, denn nur so werde ich wissen, ob Gin gelogen oder die Wahrheit geschrieben hat. Ich hoffe auf baldige Nachricht von dir.
Dein Verlobter Spio.

Edna hörte sich den Brief an, ohne ein Wort zu sagen, obwohl er ihr eine große Neuigkeit enthüllte. Ja, sie glaubte, nicht recht zu hören, als sie erfuhr, daß Gin selbst – und nicht Angela – den Doktor Bunefo heiraten wollte.

»Hast du auch richtig gelesen … hast du dich nicht im Namen geirrt?«

»Was willst du damit sagen?«

»Du hast von Gin gesprochen. Steht da auch wirklich Gin geschrieben?«

»Schau selber, wenn du willst.«

Edna sah sich den Brief an und glaubte sich schwach an das Schriftbild eines Namens wie Gin zu erinnern, aber sie hakte nicht weiter nach.

»Kannst du … kannst du mir den ganzen Brief noch einmal vorlesen? Ich muß ihn noch einmal hören, damit ich ihn im Kopf behalten kann.«

»Ich soll ihn ein zweites Mal lesen? Dann mußt du auch für zwei Mal bezahlen, das weißt du.«

»Ich weiß schon, ich weiß schon, und ich zahle dementsprechend. Lies mir diesen Brief noch einmal vor!«

Die Lesung fing von vorne an.

Edna verlangte sogar noch eine dritte Wiederholung, so wichtig erschien ihr der Inhalt des Briefes. Dann zahlte sie, stand auf und kehrte geschwind auf den Markt zurück. Ma sah sie ganz aufgelöst zurückkommen.

»Und?«

»Ma, ich wage kaum zu glauben, was ich gehört habe.«

»Nämlich …?«

»Gin … Gin … sie ist wirklich mit allen Wassern gewaschen. Das wird sie mir bezahlen.«

»Was hat sie denn jetzt schon wieder gemacht?«

»Sie hat Spio geschrieben, daß ich alles tue, um ihr den Doktor Bunefo streitig zu machen.«

»Bunefo wem streitig machen? Angela oder ihr selbst, Gin?«

»Ihr selbst, Gin. Verstehst du das, Ma? Nachdem sie mir neulich diesen ›guten Rat‹ gegeben hat als Fürsprecherin ihrer Freundin Angela, muß ich nun entdecken, daß Angela mit der ganzen Geschichte gar nichts zu tun hat.«

»Lügnerin! Was für eine Lügnerin … Warte«, sagte Ma. Sie ging ein paar Kunden bedienen, während ihre Enkelin auf einen Stuhl sank. Das Auftauchen mehrerer Kunden hatte sein Gutes, denn so hatte Edna Gelegenheit, sich wieder zu fassen, bevor sie auf den entscheidenden Punkt in Spios Brief einging. Sie haben ja sicher verstanden, daß dieser Brief unter dem Deckmantel verschiedener Höflichkeitsformeln ein wahres Ultimatum darstellte. »Willst du mich heiraten und mit mir in Tamalé leben, solange ich selbst dort bleiben muß?« fragte Spio – oder so ungefähr jedenfalls, und fügte hinzu: »Deine Antwort auf diese Frage ist von entscheidender Bedeutung, denn nur so werde ich wissen, ob Gin gelogen oder die Wahrheit geschrieben hat.« Edna drehte ihren Stuhl so um, daß sie den Passanten den Rücken zuwandte. In ihrem Kopf klangen die Worte, die der Schreiber ihr mehrmals wiederholt hatte, wie eine unmißverständliche Aufforderung, und noch dazu zu sofortigem Handeln.

Während Ma das Geld zählte, das man ihr gerade gegeben hatte, kam sie zu ihrer Enkelin zurück und hörte sich, ohne mit der Wimper zu zucken, den Rest des Briefes an. Edna war überrascht.

»Also Ma, was sagst du dazu?«

»Nichts.«

»Was soll das heißen, nichts? Du hast gehört, daß Spio mich bittet, ihn auf der Stelle zu heiraten und mit ihm nach Tamalé zu gehen, und du sagst dazu nichts?«

»Tochter meines Herzens, wir haben über all das vor einigen Tagen gesprochen. Du kennst meine Einstellung zu dieser Frage. Also werde ich dich ausnahmsweise dieses Problem alleine lösen lassen. Du bist schließlich erwachsen und weißt genau, was ich davon halte.«

»Also willst du, daß ich mit nein antworte?«

»Nicht unbedingt. Aber du solltest genau wissen, was du tust, bevor du antwortest.«

»Du bist ungerecht, Ma!« rief Edna verzweifelt. »Jetzt hältst du zu den anderen, um es mir noch schwerer zu machen, das ist nicht gerecht.«

Ma antwortete gar nichts.

Um ehrlich zu sein, bei all seiner Höflichkeit stellte Spios Brief sowohl Ma wie Edna vor eine Gewissensfrage: Edna fragte sich, ob sie Mas weise Ratschläge mißachten und ein Eheleben eingehen solle, das sie unter den derzeitigen Umständen notwendigerweise vom Markt fernhalten würde. Oder sollte sie Spios Ultimatum zwar positiv beantworten, den Termin aber verschieben, was nicht seiner Bitte entsprach?

Ma dagegen hatte zum ersten Mal in ihrem Leben das Gefühl, daß ihre Verantwortung gefordert wurde, wenn sie auch so tat, als würde sie Edna völlig freie Hand bei dieser Entscheidung lassen. Sie fragte sich auch, inwieweit es richtig sein konnte, daß ihre Enkelin sich die Chance entgehen ließ, mit einem Mann glücklich zu werden, der sie offensichtlich aufrichtig liebte, nur weil sie, Ma, beschlossen hatte, daß Edna auf dem Markt ihre Nachfolge antreten solle. Es dauerte eine Weile, bis das Problem in den beiden Köpfen etwas klarer wurde und sich als einfache Frage von alten und modernen Zeiten stellte. Plötzlich gab es für Ma keinen Zweifel mehr … Sie war aus einer anderen Zeit. Aus einer Zeit, in der der Arbeitseifer vor der Liebe kam und vor anderen Gefühlen, die man erstmal für rein hypothetisch hielt. Edna dagegen war die afrikanische Frau der Neuzeit, für die das Leben auf dem Markt nicht an erster Stelle stand, wenn sie auch die Vorteile und den Reiz dieses Lebens sehr wohl erkannte. Doch da gab es eine Schwierigkeit: Ma war es letztendlich gelungen, ihre Enkelin, Frau der Gegenwart, so zu erziehen, wie sie einst selbst erzogen worden war: sie war kein Faulpelz, aber dafür hatte sie auch keine Bildung.

Dies war das Drama, angesichts dessen sich Großmutter und Enkelin keine falsche Entscheidung erlauben konnten.

Sicher war, daß Spio Edna liebte, soviel war klar. Aber wer konnte schon mit Gewißheit sagen, daß diese Liebe nichts mit der Stellung der jungen Frau zu tun hatte? Und wenn Edna diese Stellung verlor, würde es ihr dann gelingen, einen gebildeten Mann an ihrer Seite zu halten, ohne daß dieser in Versuchung käme, sich in Gesellschaft von Frauen seines geistigen Niveaus zu begeben? Wenn man alles richtig bedachte, war es dann nicht besser, Mas Vorschlag zu folgen, da dieser der Enkelin sowohl Ehemann als auch Marktstand garantierte?

Ohne ein Wort zu wechseln, drehten und wendeten die beiden Frauen den ganzen Tag diese Gedanken in ihrem Kopf. Und ohne ein Wort zu wechseln, beschlossen sie, den nächsten Tag, einen Sonntag, abzuwarten, um in dieser Angelegenheit eine endgültige Entscheidung zu fällen. Dann kommt auch Tante Prinzessin, sagte sich Edna. Vielleicht finden wir mit ihrer Hilfe heraus, was wir Spio antworten sollen.

Am Abend auf dem Heimweg versprach Edna ihrer Großmutter, daß sie nicht mehr weggehen würde. Eines dieser Versprechen, die zur Beruhigung quälender Gedanken dienen, aber die man auf der Stelle bricht. Sie können sich bestimmt vorstellen, was die ungestüme Edna nicht für sich behalten konnte: daß Gin eine ausgemachte Heuchlerin war, und noch dazu nicht einmal fähig, einen Mann zu erobern, ohne dafür das Ansehen einer Freundin zu Hilfe zu nehmen. Und so verließ Edna spät in der Nacht das Haus ihrer Großmutter, die voll Vertrauen friedlich schlief, und machte sich auf in den Tanzclub des Hotels »Sea View«, dem einzigen Ort mit anständigem Ruf, an dem sie Gin und Angela mit Sicherheit finden würde. Sie erinnern sich bestimmt, daß die beiden nach dem Zwischenfall im »Tip Toe« sich dort nicht mehr blicken lassen konnten.

Eigentlich war das »Sea View« eine Nummer vornehmer als das »Tip Toe« und die jungen Frauen, die damit sozusagen auf der sozialen Stufenleiter eine Stufe höher gezwungen wurden, waren froh, einen Ort verlassen zu haben, an dem »das Publikum etwas zu wünschen übrig ließ«. So geben sich die Leute mit dem zufrieden, was sie haben, und finden sich selbst mit den schlechtesten Lebensumständen ab.

Edna suchte vergeblich nach ihren »Freundinnen«. In der dichten Menge der Gäste und Tänzer konnte sie die beiden nicht finden, die der Anlaß ihres nächtlichen Ausflugs waren. So blieb sie eine gute halbe Stunde, stets in der Hoffnung, jeden Augenblick entweder Gin oder Angela oder alle beide auftauchen zu sehen. Jedesmal, wenn sich ein Herr ihr höflich zuwandte, lehnte sie den Tanz ab und gab vor, müde zu sein oder auf jemanden zu warten. Nachdem sie ihr Bier ausgetrunken hatte, beschloß sie, daß die richtige Art zu warten war, noch etwas zu warten. Sie bestellte noch ein Bier und trank es, immer noch allein an ihrem Tisch, in Ruhe aus. Komisch, dachte sie, daß mir noch niemand seine Begleitung angeboten hat. Ich muß sehr nervös wirken.

So sind die Frauen. Wenn man ihnen seine Begleitung anbietet, empfinden sie das als Belästigung zu einem Zeitpunkt, da sie ihre Ruhe haben möchten. Aber wenn man ihnen nicht für ein paar Minuten Gesellschaft leisten möchte, dann denken sie sofort, daß die Welt auf dem Kopf steht. Wie könnte es auch anders sein, denn großzügigerweise führen sie die ganze Welt auf sich selbst zurück. Das ist ganz instinktiv ihre Art, deutlich zu machen, daß sie am Ursprung der menschlichen Rasse stehen. Jedoch gerade als Edna begann, sich um ihr Los zu so vorgerückter nächtlicher Stunde zu sorgen, kamen zwei junge Männer und fragten, ob sie sich an ihren Tisch setzen könnten. Und ohne Vorbehalte willigte Edna ein. Auf einmal war das Leben wieder normal geworden, mit normalen Männern, die wünschten, an einem Tanzabend am Tisch einer alleinstehenden Frau Platz zu nehmen. Aber das war noch nicht alles, was mal wieder beweist, daß ein Glück selten allein kommt. Denn wen sah Edna, als sie plötzlich aufschaute?

Angela.

Sie wurde von einem sympathisch aussehenden Herrn begleitet; so wirkte er jedenfalls von Ednas Tisch aus. Edna sprang auf und ging auf Angela zu.

»Ach du bist es, Edna, du hast mich erschreckt. Wie geht es dir? Welches ist dein Tisch, wir wollen uns zu dir setzen! Kennst du überhaupt diesen Herrn?«

Die Vorstellung war umso schneller geschehen, als sie keinerlei Bedeutung hatte. Dieser Herr war jemand, der so sehr darauf bestanden hatte, mit Angela auszugehen, daß diese nun froh war, Edna zu treffen. Sie setzten sich alle drei zusammen an einen Tisch. Daher überließ Edna die beiden jungen Männer höflich sich selbst, von denen sie behauptete, belagert worden zu sein, während sie allein und schutzlos war.

»Weißt du, wie gemein ich bin, Edna?«

»Ja … das heißt eigentlich nein, Angela.«

Alle beide lachten, weil es Edna so schwer fiel, die Wahrheit zu sagen. Angela fuhr fort:

»Ich bin sehr gemein, denn ich habe meinen Freund M. Ado, der nicht tanzen kann, gezwungen, hierher zum Ball zu kommen.«

»Aber«, antwortete Edna, »ist man nicht gezwungen zu tanzen, wenn man an einem Samstagabend in Accra ausgehen will? Wo sollte man denn sonst hingehen? In den Zoo vielleicht, die Fische im Aquarium anschauen?«

»Ich hoffe, ihr meint das nicht ernst, meine Lieben«, antwortete Herr Ado mit einer Stimme, die aus einem altmodischen falschen Hemdkragen kam: »erstens bin ich in der Lage, mit euch beiden gleichzeitig zu tanzen, und außerdem bin ich nicht ganz einverstanden, wenn ihr behauptet, man könne in Accra am Samstagabend nirgends anders hingehen als auf einen Ball unter freiem Himmel.«

»Oh, natürlich gibt es auch die Tanzclubs in geschlossenen Räumen, so wie im Hotel Ambassador zum Beispiel. Aber wer hat schon Lust, sich in diesen Dingern zu langweilen?«

»Ich will damit sagen, daß man in Accra nicht nur zum Tanzen gehen kann. Es gibt auch noch die Kinos.«

»So spät in der Nacht?«

»Das stimmt.«

Herr Ado zog eine Pfeife heraus, die zu seiner eleganten Aufmachung paßte wie die Faust aufs Auge. Er wollte sie gerade anzünden, da sah er ganz in der Nähe jemanden vorbeigehen:

»Hallo, Thomson! Gesellen Sie sich doch zu uns, wenn Sie alleine sind.«

»Und wenn die beiden hübschen Damen nichts dagegen haben«, fügte Angela in einem Ton hinzu, der sagen wollte: Vielleicht sollten Sie erst uns fragen, bevor Sie unsere Begleiter anheuern, meinen Sie nicht, Herr Ado?

»Entschuldigen Sie, meine Damen, ich bin wirklich sehr schlecht erzogen. Haben Sie etwas dagegen, daß dieser hübsche junge Mann sich uns anschließt?«

»Keineswegs«, sagte Edna.

»Keineswegs«, sagte auch Angela. »Guten Abend, Herr Thomson.«

»Nennen Sie mich einfach nur Thomson, mein Fräulein, denn wissen Sie, es ist mein Vor- und nicht mein Nachname.«

»O.k.«, antwortete Angela. »Und ich bin Angela, und dies hier ist meine Freundin Edna.«

»Edna? Edna, die berühmte Marktfrau?«

»Wieso berühmt?« fragte Edna.

»Weil sie bei der Demonstration ihr Leben für die anderen aufs Spiel gesetzt hat. Es stand in allen Zeitungen.«

»So?« sagte Edna.

Angela verspürte ein starkes Verlangen, vor allen Leuten zu sagen, daß ihre Freundin Edna leider nicht lesen konnte und daher nicht wußte, was in den Zeitungen stand. Aber sie schwieg, denn auch sie selbst hatte damals nicht mitbekommen, was man über Edna geschrieben hatte. Während Edna im Krankenhaus lag, hatte selbst die Wochenschau im Kino das breite Publikum von diesem Ereignis informiert. Und die Kinosäle waren sehr gut besucht. Das hatte Edna erfahren, aber daß auch die Zeitungen ...

»Sind Sie diese Edna, oder handelt es sich nur um eine Namensverwandschaft«, fragte Thomson?

»Ich habe sehr wohl an der Demonstration teilgenommen, aber ich kann Ihnen versichern, daß ich nicht mein Leben gelassen habe für die anderen Marktfrauen. Denn Sie sehen ja, wie lebendig ich noch bin.«

»Sehen Sie, sein Leben einsetzen, bedeutet nicht unbedingt, für die anderen zu sterben. Ich bin mir sicher, daß sie keinerlei Lust hatten, nur für die unbedeutende Geschichte einer Verkaufsgenehmigung zu sterben ...«

»Mein lieber Herr, es ging aber nicht einfach nur um eine Verkaufsgenehmigung, wie viele Leute gemeint haben. Für uns Marktfrauen ging es darum, deutlich zu machen, daß wir zwar bereit sind, unserem Land zu dienen, aber deshalb noch lange nicht hinnehmen, daß einige hochgestellte Persönlichkeiten in uns nichts anderes sehen als gute Verkäuferinnen.«

»Wenn du so weitermachst, Edna, werden dir jede Menge Gelegenheiten zum Tanzen entgehen. Was würdet ihr beiden sagen, wenn ich euch vorschlage, aufzustehen und der allgemeinen Bewegung zu folgen?«

»In diesem Fall muß Thomson mich einfach nur freundlich bitten«, sagte Edna.

»Was ich hiermit tue«, erwiderte Thomson: »Wollen Sie mit mir tanzen?«

»Ja, mein Herr, hier bin ich, mein Herr.«

Die beiden verschwanden in einer wirbelnden Walzerdrehung – Walzer in den Tropen, warum nicht?

Angela sah Herrn Ado an.

»Und worauf warten Sie, um mich aufzufordern?«

»Ich warte darauf, daß Sie mich freundlich darum bitten.«

»Rüpel, Sie sind ein Rüpel ... Oder zumindest tun Sie so, als wären Sie einer, denn ich frage mich, ob Sie sich wirklich rüpelhaft benehmen könnten?«

»Wieso? Oder eher, wieso nicht?«

»Bei Ihrer Art, sich zu kleiden, kann ich mir nicht vorstellen, daß Sie sich wie ein Trampel benehmen könnten; es sei denn, Sie wollten absichtlich einen falschen Eindruck erwecken. So wie manche Leute viel Sorgfalt darauf verwenden, schlecht gekleidet zu wirken ...«

»Sozusagen ausgewählt schlampig?«

»Genau.«

»Kommen Sie jetzt mit mir tanzen!«

Sie standen auf, aber kaum hatten sie ein paar Schritte gemacht, war die Musik zu Ende.

»Sehen Sie, mein Herr, Sie reden so viel, daß ich Ihretwegen einen Tanz versäumt habe. Beim nächsten Mal werde ich mich rächen.«

Edna und Thomson kamen wieder an den Tisch zurück. Sie waren ein wenig außer Atem.

»Was? Ihr habt immer noch nichts zu trinken bestellt?« fragte Edna.

»Wir haben auf euch gewartet«, antwortete Angela. »Und wie war also dieser Tanz in den Armen von Herrn Thomson?«

»Jetzt nennt sie mich schon wieder Herr Thomson!«

»Und wenn schon! Sag Edna, findest du nicht, daß er Spio ein bißchen ähnlich sieht?«

»Angela!«

»Na, nur ein ganz klein wenig ... Sei doch nicht gleich eingeschnappt ... Ich weiß, daß niemand so sein kann wie Spio, aber das ist doch kein Grund dafür, der Wahrheit nicht ins Auge zu sehen.«

Was hat sie heute nur getrunken, diese Angela? fragte sich Edna. So kenne ich sie gar nicht. Was ist nur los mit ihr?

Edna wartete, bis Angela mit ihren Vergleichen fertig war und fragte dann abermals:

»Werden wir jetzt endlich was trinken?«

»Ja doch«, antwortete Ado.

Auf sein Zeichen hin kam sofort ein Kellner. Und wenig später hatte jeder, was er wünschte. Dann fing Ado mit Thomson ein Gespräch über geschäftliche Dinge an und ließ so den beiden jungen Frauen die Gelegenheit, über etwas anderes zu reden.

»Hast du eigentlich etwas von Spio gehört«, erkundigte sich Angela.

»Wie hast du nur erraten, daß ich dich genau in dieser Sache sprechen wollte?«

»Ich habe überhaupt nichts erraten«, verteidigte sich Angela. »Ich frage dich nur, ob du etwas von einem Freund gehört hast, der mir weiterhin sehr lieb ist, obwohl du es geschafft hast, ihn mir auszuspannen.«

»Ich hoffe, du sagst das im Spaß!«

»Natürlich sage ich das im Spaß! Du willst doch sicher nicht, daß wir wieder mit den Geschichten anfangen, die uns jetzt das ›Tip Toe‹ verbieten?«

»So ist es mir lieber.«

»Also was ist los?«

»Tatsache ist, daß ich dich treffen wollte.«

»Und dazu kommst du hierher, obwohl du weißt, wo ich wohne?«

»Und du weißt, daß wir Marktfrauen tagsüber arbeiten, auch am Samstag, und daß ich mir nur am Samstagabend Zeit nehmen kann …«

»Ich weiß schon … Die Marktfrauen sind beherzter als alle anderen, sie arbeiten viel, das ist bekannt. Wenn alle Afrikanerinnen bei der Arbeit so tüchtig wären, wäre die Situation der Frau auf diesem Kontinent eine andere.«

»Vielleicht eine andere, aber nicht unbedingt eine bessere, das kann ich dir sagen.«

»Du hast leicht reden. Du verdienst ja jede Woche jede Menge Geld.«

»Wie willst du das eigentlich wissen?«

»Das weiß doch jeder.«

»Hör zu, Angela, ich frage mich wirklich, was mit dir los ist heute abend, aber ich wollte dich treffen, weil ich dich etwas Wichtiges fragen muß.«

Angela nahm einen großen Schluck und tat so, als wolle sie hören, worüber die beiden Männer, ihre augenblicklichen Begleiter, sprachen. Sie waren bei Säcken Kakao und Tonnen Kaffee angelangt, Produkte, die der Begleitung hübscher Frauen an einem Tanzabend im Hotel »Sea View« völlig unwürdig waren. Wie dumm sie ausschauen, dachte Angela und wandte sich sofort wieder Edna zu:

»Etwas Wichtiges? Allein deine Art, dies zu sagen, macht mir Angst!«

»Ich befürchte, es ist wirklich beängstigend.«

»Nämlich?«

»Hör zu, Angela, sag es mir ehrlich: Hast du jemals mit dem Doktor Bunefo zu tun gehabt?«

»Mit dem Doktor Bunefo zu tun? Was soll das heißen? Ob er mich als Arzt behandelt hat?«

»Nein, Angela, ich möchte wissen, ob du ihn persönlich kennst, als Mann? Anders ausgedrückt, ob du jemals eine intime Beziehung mit ihm gehabt hast? Das möchte ich wissen.«

»Nein.«

»Du bist dir deiner Antwort ganz sicher, oder?«
»Ganz sicher.«
Edna schwieg einen Moment lang nachdenklich und meinte ihr Gespräch mit Angela nicht gleich fortsetzen zu können, da eben wieder die Musik einsetzte. Denn sie befürchtete, die beiden Herren würden sie zum Tanz auffordern. Doch dem war nicht so. Sie waren viel zu sehr in ihre Kakao- und Kaffeegeschichten vertieft. Es gibt Männer, die zum Tanzen gehen, um mit anderen Männern über Geschäftliches zu sprechen und die dabei ihre Begleiterin des Abends völlig vergessen. Normalerweise kommt dann ein netter junger Mann auf die vemachlässigte Frau zu und hat leichtes Spiel, als Ehrenretter die Beute zu entführen, die keinerlei Anstrengung unternimmt, sich dagegen zu wehren. Vorläufig jedoch war die Situation noch nicht soweit fortgeschritten und der Zeitpunkt der nächtlichen Entführungen noch nicht gekommen. Edna und Angela setzten ruhig ihre Unterhaltung fort, ohne befürchten zu müssen, von Männern verschleppt zu werden, die mehr Neigung für das Tanzvergnügen zeigten.
»Hast du Gin dieser Tage gesehen?«
»Nein, seit mindestens zwei Wochen nicht.«
»Seit mindestens zwei Wochen?«
»Wundert dich das?«
»Und wie! Ich habe gedacht, ihr beiden trefft euch viel öfter.«
»Und weshalb? Weil du uns zufälligerweise oft zusammen gesehen hast?«
»Ja.«
»Nun, da täuschst du dich. In Wirklichkeit sehen wir uns sehr selten, Gin und ich. Ich glaube, von all meinen Freundinnen treffe ich sie am seltensten.«
»Und warum? Ihr seid doch Freundinnen?«
»Wir sind Freundinnen, aber vielleicht wissen wir gar nicht, warum.«
»Ach?«
»Ja, ich weiß, was ich sage. Wir haben nichts gemein, Gin und ich.«

»Nichts gemein? Ihr seid alle beide gebildete Frauen, und ihr habt es euch niemals nehmen lassen, mich daran zu erinnern.«

»Heutzutage sind alle Frauen gebildet«, schaltete sich Thomson ein, der mit halbem Ohr den letzten Satz des Gesprächs mitbekommen hatte.

»Komm hier rüber«, sagte Angela, »sie hören uns zu. Überlassen wir sie ihren Geschäften, sie legen sowieso keinen Wert darauf, mit uns zu tanzen. Du dagegen scheinst heute abend ein Problem zu haben.«

Sie gingen woanders hin. Sie verließen den Tanzclub, ließen sich aber noch einen Stempel auf die rechte Hand drücken als Zeichen dafür, daß sie den Eintritt bezahlt hatten und später am Abend zurückkommen konnten, falls sie Lust dazu hatten. Sie gingen zusammen zum nahegelegenen Flußufer, machten unter einer eher diskreten Straßenlaterne halt und waren sich einig, daß dieser Ort für ein wirkliches Gespräch geeigneter war.

»Also hast du nicht gehört, was Gin passiert ist?«

»Was ist ihr denn passiert?«

»Hast du nicht gehört, daß ich sie beinahe getötet hätte?«

»Was?«

»Ja, ja ... Das heißt ... nicht direkt, aber ich war es, die ihr einen Fußtritt gegeben hat ... Sie ist von ihrem Fahrrad gestürzt, und ein vorbeikommendes Auto hätte sie beinahe überfahren.«

»Und?«

»Und nichts weiter. Sie ist mit einer Quetschung an der Hand davongekommen, sie ist sozusagen auf wunderbare Weise dem Tod entronnen.«

»Und an all dem warst du schuld? Das ist ja furchtbar, Edna!«

»Ich weiß schon. Aber was ich an dem Tag nicht verstanden habe, war ihre Art zu sagen: ›weißt du, ich bin dir nicht böse, ich brauche dich noch so sehr, deshalb kann ich dir nicht übel wollen‹, oder so ähnlich.«

»Was sagst du da? Ich verstehe nichts von deiner Geschichte, Edna. Was hat das alles denn zu bedeuten?«

»Du wirst schon noch verstehen. Gerade davor hatten Gin und ich ein Gespräch über den Doktor Bunefo und dich.«

»Und mich? Mich, Angela?«

»Ja.«

»Und ... was hatte mein Name in dieser Angelegenheit zu suchen?«

»Gin warf mir vor, daß ich dir deinen Mann wegschnappen wollte.«

»Bunefo? Mein Mann?«

»Ja ... Ich konnte ihr noch so oft sagen, daß ich mit dem Doktor Bunefo nichts zu tun habe, sie machte mich so fertig mit ihrer Unverschämtheit, daß ich ihr einen kräftigen Fußtritt gab, um sie loszuwerden – was für mich selbst übrigens sehr schmerzhaft war. Aber daran konnte ich im Moment des Unfalls nicht mehr denken. Kurz gesagt, bis heute früh war ich fest überzeugt, daß du den Doktor Bunefo heiraten willst, und glaub mir, ich war sehr froh für dich. Aber dann habe ich am Vormittag Spios Brief bekommen. Du kannst besser lesen als ich, Angela, lies selbst, dann wirst du verstehen.«

Angela nahm den Brief und profitierte vom Lichtschein der Straßenlampe.

»Aber diese Sache wird immer undurchsichtiger für mich«, sagte sie zu Edna. »Du redest von Bunefo und mir, doch ich glaube, Spio hat eher verstanden, daß Gin selbst Bunefo heiraten will.«

»Das ist der entscheidende Punkt. Du wirst feststellen, daß Gin so getan hat, als würde sie für dich sprechen und nicht für jemand anderen und schon gar nicht für sich selbst; und zwar um sich einen Platz neben dem Doktor zu ergattern und um mich einzuschüchtem. Anders gesagt, sie benützt deine Freundschaft und dein Ansehen, um ihre eigene Zukunft zu sichern.«

»Dieses Miststück!« rief Angela. »Ich wußte es schon, das ist wahr, aber ich hätte niemals gedacht, daß sie so weit geht. Sie ist so gemein!«

»Und gleichzeitig, siehst du, bringt sie mich in eine ganz schwierige Lage. Du weißt ja, daß Ma, meine Großmutter, möchte, daß ich eine Marktfrau bleibe, gleichgültig, welchen Platz in der Gesellschaft ich sonst einnehme und welcher Mann mich einst heiraten wird. Und Marktfrau bleiben, bedeutet für Ma natürlich auch: in Accra bleiben und den Beruf ausüben, den sie mir vermacht hat. Und der mich außerordentlich interessiert, das muß ich zugeben. Aber jetzt fordert Spio mich auf, ihn auf der Stelle zu heiraten und mit ihm in Tamalé zu leben, solange er dort bleiben muß.

»Wie gemein sie ist. Sie muß bestraft werden für alles, was sie da angerichtet hat. Ich sage, daß sie bestraft werden muß. Muß ... sie ist so gemein!«

Angela war so wütend, daß sie beschloß, das »Sea View« zu verlassen, ohne Herrn Ado Bescheid zu sagen. Das ist so üblich: Man kann mit der einen Begleiterin zum Ball kommen und ihn am Arm einer anderen verlassen. Für eine Frau gilt dasselbe, ohne daß deshalb die Welt untergeht.

Was Edna betraf, so wußte sie, daß sie den ersten Schritt getan hatte, mit Gin abzurechnen. Die endgültige Entscheidung dazu würde erst am nächsten Tag fallen, sicherlich unter Beteiligung von Tante Prinzessin. Sie kehrte verstohlen nach Hause zurück. Ma würde niemals wissen, daß ihre Enkelin in dieser Nacht ins »Sea View« gegangen war.

Kapitel 12

Auch die sechste Sitzung der Untersuchungskommission der Partei schien die nun schon seit Monaten erwartete Lösung des Problems im Fall Amiofi nicht zu finden. Genauso wie bei den fünf vorangegangenen Sitzungen sprachen die anwesenden Personen in langen Sätzen, die sie sicher schon vorher einstudiert hatten und mit denen sie die – wenn auch relativ kleine – versammelte Runde beeindrukken wollten. In endlosen Reden ließ ein jeder absichtlich das wahre Problem beiseite: nämlich Licht in diese Affäre zu bringen und den Fall verständlich darzulegen; wenn schon nicht für eine breite Öffentlichkeit, so zumindest für die zahlenden Parteimitglieder, die eine Karte mit Nummer besaßen. Dabei hatte der Doktor ausdrücklich angeordnet, man solle ihm erklären, was die Demokratie dazu veranlaßt habe, sich auf der Straße in Form einer Marktfrauendemonstration zur Schau zu stellen. Das war seine Art, nach den Namen der Verantwortlichen zu fragen, die eine seiner Meinung nach ungerechtfertigte Entscheidung getroffen hatten. Noch dazu hätte diese Entscheidung ein Blutbad anrichten können, wenn nicht ein kleiner Beamter seinen guten Willen bewiesen hätte. Dazu muß man sagen, daß man seit der Unabhängigkeit keine derartige Demonstration gesehen hatte. Die Repression, mit der man ihr begegnet war, wies auf die Entschlossenheit der Regierung hin, keine Unruhestifter in diesem Staat zu dulden, der sich erst seit dem Ende der Kolonialzeit wahrhaft fortschrittlich entwickelte. Zu diesem Gedankenschluß konnte man jedenfalls kommen, wenn man die Frage nur oberflächlich betrachtete. Versuchte man jedoch, der Sache auf den Grund zu gehen, mußte man feststellen, daß die vom Doktor selbst geforderte Untersuchung wohl deshalb auf der Stelle trat, weil die gesuchten Verantwortlichen zum Großteil einflußreiche Parteimitglieder waren. Die Ironie ging sogar noch weiter: Einige dieser

Verantwortlichen gehörten sogar selbst der Untersuchungskommission an. Der Doktor war aus der Partei hervorgegangen und von ihr zur Macht getragen worden und wollte daher keinerlei Entscheidung ohne die Zustimmung derer treffen, die ihn dank ihrer Stimme zum Premierminister gemacht hatten. Es war die Zeit in seinem Leben, da er mit großem Eifer die elementaren Regeln der Demokratie anwendete. Man erzählte sich damals, daß jede seiner Reden an die ghanaische oder – wie er sagte – die afrikanische Nation von einem ganzen Team von Parteimitgliedern vorbereitet wurde. So gesehen muß man zugeben, daß solche Geschichten wie der Fall Amiofi dem Doktor deutlich machten, wie wenig sein Team und seine Partei von demselben demokratischen Geist beseelt waren wie er; daher verschärften sich seine autoritären Instinkte, was später zu den Krisen führte, deren Ausgang der Leser ja kennt.[1]

Aber kehren wir in jene Tage zurück, da eine Ungerechtigkeit gegenüber einer Marktfrau den Premierminister noch mit Besorgnis erfüllte. Dieser wurde sich darüber klar, daß es im Fall Amiofi unmöglich war, irgend jemanden zu bestrafen, solange nicht eine Untersuchungskommission ohne Fehl und Tadel die Schuld der einen und der anderen festgestellt hatte. Genau an diesem Punkt lähmte ein Übermaß an Demokratie die Ausübung der Macht. Die Sache war um so lächerlicher, als die Entscheidung, Frau Amiofi ihre Verkaufserlaubnis zurückzuerstatten, auf einer Ebene getroffen worden war, auf der einige Personen es unnötig gefunden hatten, den Premierminister zu fragen, bevor sie handelten. Lächerlich war die Situation auch deshalb, da der Premierminister nicht völlig blöd war und daher sehr wohl ein oder zwei Namen auf die Liste der Schuldigen hätte schreiben können. Aber er wußte, wenn er den Platz der mit der Wahrheitsfindung beauftragten Spezialisten einnahm, würde ihm manch einer vorwerfen, sich in eine Arbeit eingemischt zu haben, die nicht die seine war – was auf Dauer als der Wunsch interpretiert werden könnte, in einer Nation, die sich als Demokratie verstand, persönliche Macht ausüben zu wollen.

1 Staatspräsident N'Krumah wurde 1966 von einem Militärputsch in seiner Abwesenheit gestürzt.

»Herr Präsident und Sie, meine Herren, wir scheinen immer mehr aus den Augen zu verlieren, daß alles, was vor der Demonstration geschehen ist, nur zum Besten der Nation war. Jedoch ...«

»Alles, was vor der Demonstration geschehen ist, sagen Sie, ich halte das fest, fahren Sie fort.«

»Mein lieber Kollege, ich rede, weil mir der Präsident das Wort erteilt hat. Eigentlich würde es sich gehören, daß Sie nun einen Moment lang schweigen und diejenigen Ihrer Kollegen in Ruhe sprechen lassen, die das Recht dazu haben.«

»Das reicht«, unterbrach der Präsident, »ich sage, daß jetzt der ehrenwerte Herr Kwamé Anno das Wort hat.«

»Vielen Dank, Herr Präsident. Ich sagte also gerade – und ich wiederhole es – daß alles, was vor besagter Demonstration getan worden ist, zum Besten der Nation war. Wozu sind wir eigentlich hier? Können Sie mir das sagen? Ich behaupte, daß wir hier in diesem Saal die Nation aufbauen. Wir bauen sie auf die Grundlagen der Gerechtigkeit, die unserer Partei ihre Daseinsberechtigung geben. Es ist nicht mehr als recht, daß unsere Partei an der Macht ist, denn sie hat immer schon für die Unabhängigkeit des Landes gekämpft. Wer würde hier sagen wollen, daß ein Mitglied der Opposition recht hat? Die Opposition hat gar nichts aufgebaut ...«

»Herr Präsident, mein Kollege, der ehrenwerte Herr Kwamé Anno, hat seine Rede zwar gut begonnen, aber ich weiß nicht, worauf er eigentlich hinaus will.«

»Um meinem Kollegen zu antworten, Herr Präsident, möchte ich Folgendes sagen: Die ganze Geschichte hat mit der Verhaftung eines Oppositionspolitikers begonnen. Wir werfen ihm eine Handlungsweise vor, die unseres Erachtens für die Gesundheit der Nation wirklich schädlich ist. Wir müssen uns also einig sein: Entweder wir bleiben uns selbst treu und führen unseren Kampf gegen die Opposition fort, oder wir geben diesen Kampf auf und das Geschwür wird immer größer. Aber der Kampf ...«

»Ja, der Kampf ... der Kampf ...«

»Der Kampf muß zu Ende geführt werden, sage ich! Nur mit seiner Hilfe können wir garantieren, daß unsere Nation gesund in die

Zukunft geht. Und wir müssen diesen Kampf nicht nur gegen Personen führen, die wir auf frischer Tat ertappt haben wie den Abgeordneten Anquah, sondern gegen jedes Element, das schon mehr oder weniger von diesen Personen angesteckt ist. Jedoch, Herr Präsident, dürfen wir nicht die Tatsache aus den Augen verlieren, daß wir nicht hier sind, um unser eigenes Handeln zu verurteilen – das ich persönlich nur loben kann –, sondern um zu erwägen, ob wir uns nicht in Anbetracht unserer Überlegenheit dazu herablassen könnten, die Vergehen der Opposition etwas nachsichtiger zu beurteilen als bisher?«

In den meisten Bänken des Sitzungsaales wurde Applaus laut als Würdigung für diese brillante Erklärung. Mit drei Schlägen auf den Tisch stellte der Präsident die Ruhe wieder her. Drei Schläge, und doch hätten all diese redegewandten Herren geschworen, nicht im Theater zu sein.

»Das Wort hat der ehrenwerte Herr Pokou.«

»Danke, Herr Präsident. Mein Kollege, der ehrenwerte Herr Kwamé Anno hat soeben Beifallskundgebungen ausgelöst, die ich so empfinde, als gälten sie mir persönlich. Ja, denn ich habe neulich die Bitte bzw. die Empfehlung vorgebracht, daß unsere Partei – die bereits ihre Stärke und Macht bewiesen hat – der Opposition gegenüber mehr Milde an den Tag legen sollte. Ich glaube mich nicht zu erinnern, daß meine Rede mit ebensolcher Begeisterung aufgenommen worden war. Aber ich bin glücklich zu sehen, daß meine ehrenwerten Kollegen sich seitdem entschlossen haben, meine Argumente zu übernehmen und dieselben Vorschläge zu machen wie ich.«

Pfiffe von allen Seiten deuteten an, daß die neunundzwanzig übrigen Mitglieder der Untersuchungskommission diese Bemerkungen keineswegs guthießen. Herr Pokou fuhr jedoch unverzüglich fort:

»Dazu muß ich sagen, Herr Präsident, daß sich viel geändert hat, seit ich zum ersten Mal in diesem Sinne gesprochen habe. Vor allem wurde Herr Anquah aus dem Gefängnis entlassen …«

»Na, na, na! Herr Anquah wurde aus dem Gefängnis entlassen, weil er seine Strafe abgesessen hat. Was will er uns denn da weismachen?«

»Ruhe bitte, Ruhe!« verlangte der Präsident. »Herr Pokou, Sie haben das Wort.«

»Danke, Herr Präsident. Meine sehr geehrten Herren Kollegen, wie dem auch sei, so muß man zugeben: wenn Anquah, der an dieser ganzen Geschichte schuld war, nun wieder frei ist und in Besitz seiner Bürgerrechte, so ist es nicht gerecht, daß gegenüber Personen, die wir mehr oder weniger indirekt seinetwegen bestraft haben, auch nach seiner Befreiung die Strafe nicht aufgehoben wird.«

»Was wollen Sie damit sagen, ehrenwerter Herr Pokou?«

»Wurde denn nicht die entzogene Verkaufsgenehmigung dieser Marktfrau, Frau Amiofi, zurückgegeben?«

»Genau darauf wollte ich hinaus. Frau Amiofi hat ihre Verkaufsgenehmigung wieder. Soweit, so gut. Aber woran Sie sich nicht erinnern wollen, sind die Umstände, die dazu geführt haben …«

Neue Zwischenrufe wurden laut. Alle wollten sie sagen, daß das wahre Problem doch ganz woanders lag. Der Doktor wollte doch nur, daß man die Personen fand, die einen schweren Fehler begangen hatten, d.h. den Fehler, der die Demonstration der Marktfrauen ausgelöst hatte. Darüber, und über nichts anderes sollte diskutiert werden. Doch der ehrenwerte Herr Pokou ließ nicht locker:

»Einer meiner ehrenwerten Kollegen sagte vorhin zurecht, daß alles, was vor der Demonstration geschehen war, zum Besten der Nation war. Und jetzt stelle ich Ihnen folgende Frage: ›Und alles, was danach getan wurde?‹«

Auf diese Frage hin war die Versammlung nichts anderes mehr als ein unverständliches Stimmengewirr. Es dauerte eine ganze Weile, bevor wieder ein wenig Ruhe einkehrte. Aber der ehrenwerte Herr Pokou ließ sich nicht beirren, und sein Scharfblick brachte schließlich die Untersuchungskommission zu dem Ergebnis, daß die Reaktion des Generalinspektors auf Spios Initiative hin nicht gerade sehr gerecht war. Man mußte zugeben, daß ohne diese Initiative eines mittleren Beamten der Frieden in den Reihen der Demonstrantinnen wahrscheinlich nicht schnell genug wieder eingekehrt wäre, um weitere Verletzte oder womöglich Tote zu vermeiden. Diese Wahrheit, mag sie auch jedem nüchtem denkenden

Menschen banal erscheinen, schien für die meisten Mitglieder der Untersuchungskommission eine wichtige Entdeckung zu sein. Vor allem aber hatte sie den Vorteil, die Diskussion nicht nur weiterzubringen, sondern das gesamte Problem in völlig neuem Licht darzustellen. Denn wenn es auch nicht leicht war, eine Liste der »für die Unruhestiftung Verantwortlichen« aufzustellen, so wie der Doktor das gewünscht hatte, so wurde es unterdessen möglich, ihm die Namen der Personen zu nennen, die guten Willen gezeigt und dazu beigetragen hatten, den bedrohten Frieden zu wahren. So wird im allgemeinen der Schritt vom politischen zum diplomatischen Handeln vollzogen, ohne daß das Gewissen darunter leidet. Diese Ersatzlösung könnte ungefähr folgendermaßen formuliert werden: »Wir, Mitglieder der Untersuchungskommission (...), haben anläßlich unserer sechsten Sitzung am heutigen Tage (Datum), das Studium der Akte des Falles Amiofi wiederaufgenommen. In Anbetracht dieser und jener Feststellungen (eine Untersuchungskommission stellt immer irgend etwas fest, das ist zur Genüge bekannt) und dieser und jener Gegebenheiten begrüßen wir den Wunsch der Partei, Licht in das Dunkel einer Affäre zu bringen, die manchen Bürgern undurchsichtig erscheinen mag. Wir beglückwünschen einstimmig seine Exzellenz, den sehr ehrenwerten Doktor, Premierminister von Ghana, die Partei aufgefordert zu haben, besagte Untersuchungskommission einzuberufen. Wir müssen jedoch feststellen, daß alle Schritte, die in dieser Angelegenheit von Personen unternommen wurden, deren absolute Integrität wir bezeugen können – abgesehen von der Demonstration der Marktfrauen selbst – die Aufrechterhaltung von Ruhe und Ordnung in unserer Nation zum Ziel hatten. Daher schlagen wir vor, daß jeder in diesem Zusammenhang begangene eventuelle Fehler als unbedeutendes und in jedem Falle zu behebendes Versehen betrachtet werden soll. Ebenso schlagen wir vor, nicht mit dem Finger auf diejenigen Personen zu zeigen, die ein vorübergehender Mangel an Verständnis zu Urhebern von Handlungen hat werden lassen, die zwar bedauerlich waren, die aber unserer Meinung nach nicht als Fehler ausgelegt werden sollten. Weiterhin schlagen wir vor, daß jede Person, die auf

Grund ihrer Beteiligung im vorliegenden Fall derzeit nicht im Genuß ihrer vollen Freiheit ist, als unschuldig angesehen wird, und daß alle sie betreffenden Beeinträchtigungen aufgehoben werden.

Der Text dieser Empfehlungen wurde einstimmig angenommen, und man hielt es nicht für notwendig, eine siebte Sitzung einzuberufen. Natürlich gab es sofort böse Zungen, die behaupteten, »alles sei deshalb so schnell gegangen, weil die Herren vom Fall Amiofi genug hatten«. Als ob Vertreter einer Partei oder Mitglieder einer Kommission, die einen so wichtigen Fall behandelt, von der Amiofi-Affäre genug haben könnten! Die Männer und Frauen unserer Zeit sind hemmungslos klatschsüchtig.

Einer war wirklich glücklich, als er eines Tages im Radio hörte, daß ihm die Gunst des Himmels eine Versetzung nach Accra beschert hatte: das war Spio. Zuerst wollte er die Überraschung, die die Nachrichten an diesem Tag für ihn bereit hielten, gar nicht glauben. Aber als im Lauf des Nachmittags seine Kollegen kamen und ihm zu der freudigen Nachricht gratulierten, mußte Spio zugeben, daß seine Ohren ihn wohl nicht getäuscht hatten. Die Nachrichten hatten wirklich das Ende seiner Strafversetzung angekündigt. Er beschäftigte sich nicht weiter mit der Frage, warum er nur ein knappes Jahr im Norden des Landes verbracht hatte, obwohl man ihm doch vor einigen Monaten bei seiner Abreise aus Accra zu verstehen gegeben hatte, daß er selbst und seine Beamtenkarriere in Tamalé zugrunde und zu Ende gehen würden. Spio war wie alle Afrikaner, er glaubte dem Radio. Und er sagte sich, daß die darin verbreiteten Nachrichten der Wahrheit entsprachen und daß ihnen gegebenenfalls eine Handlung folgen würde und keine endlosen Überlegungen. In Afrika verbreiten die Radionachrichten dieselbe Wahrheit wie die offizielle Zeitung. Mögen diese Nachrichten hart sein und die Inhaftierung eines Oppositionsführers oder die Absetzung eines Ministers verkünden, oder im Gegenteil das Ende einer Strafversetzung, wie in Spios Fall, immer jedoch verdienen sie Respekt und Vertrauen. In gewissen Fällen verlangen sie sofortiges Handeln, und dann darf man nicht zaudern: Räumen Sie Ihre Sachen zusammen, packen Sie Koffer und Kisten, verabschieden Sie sich von ihren Freunden und brechen Sie auf nach Accra. Sie brauchen nicht darauf zu warten, daß ein offizielles Schreiben die mündliche Information, die Sie über den Äther empfangen haben, bestätigt. Jedenfalls würden Sie mit dem Warten auf einen schriftlichen Bescheid, der womöglich erst Monate später eintrifft, viel Zeit versäumen. Auch Spio wußte das alles sehr gut. Deshalb packte er seine Sachen zusammen, sagte seinen Kollegen und seinem Chef Adieu und machte sich am nächsten Tag auf den Weg nach Accra.

Accra wiederzusehen! Accra mit seinen langen, breiten Straßen, seinen sonnigen Avenuen, den blumengeschmückten Rondellen, den mehrstöckigen Häusern mit den sauberen Fassaden, den Warenhäusern, in denen man alles kaufen konnte, mit seiner Ruhe am Ufer des perlmuttfarbenen Ozeans, seinen Dutzenden von Kinos und Nachtclubs, seinen grün-gelben Taxis, die während der heißen Stunden der sommerlichen Verkehrsstaus ihre Kunden verloren, seinem großstädtischen Flair einer Stadt, die im Lauf der Zeit immer jünger wurde, seiner unvergleichlichen Lebendigkeit im Geschäftszentrum, der bunten Menge in tausenderlei farbenfrohe Pagne gekleidet, in weite Boubous in kräftigen Tönen und in riesige im Wind flatternde Gandouras, mit seinen fliegenden Händlern und ihren beschwörenden Rufen, seinem herben Parfum, das vom Markt her kommt, wo die Spieße gegrillt werden, und dazu das unaufhörliche Hupkonzert, das die ganze Stadt wie ein Blasorchester durchzieht. Ach, Accra wiedersehen, und in Accra die Eltern, die Freunde und … Edna!

Spio zog die Beine an und richtete sich auf seinem Sitz auf. Die Schlaglöcher der Straße machten sich in seinem Bewußtsein wieder bemerkbar. Er fand es seltsam, daß er sie für so lange Minuten vergessen hatte. Kaum waren sie aus Tamalé abgefahren, war Spio ins Träumen gekommen und hatte die Augen geschlossen. Er hatte sich in ein Eck des Autobusses geklemmt, und von da an existierten selbst die Mitreisenden nicht mehr für ihn. Erst als eine wilde Schleuderbewegung den normalen Verlauf der Straße unterbrach, hatte er wieder das Gefühl, unter Menschen zu sein. Im Halbdunkel im Innern des Wagens konnte er einen korpulenten dickbackigen Händler ausmachen, der neben einer ängstlich wirkenden Frau saß. Sie war bestimmt nicht die Frau des Händlers, dazu war sie viel zu unsicher. Zwischen ihre Knie hatte sie einen hohen runden Weidenkorb geklemmt, der sie dazu zwang, die Beine ziemlich weit zu spreizen. Aber ihr Kleid war lang genug und ließ von der Unordnung der Unterröcke nur wenig erkennen. Spio beobachtete sie eine Zeitlang. Sie war die einzige Frau auf der Fahrt. Plötzlich kam sie ihm hübsch vor, aber instinktiv traute er seinem Eindruck nicht; eine Frau, die im schlecht beleuchteten Innenraum eines Autobusses hübsch ausschaut, profitiert womöglich nur von den Lichteffekten, die unter anderen Umständen fehlen. Sie zog ein Taschentuch hervor und wischte sich damit die Stirn. Dabei stieß sie mit ihrem Ellbogen den dickbackigen Händler an, der sich auf der Stelle zu ihr hin drehte. Sie sagte etwas zu ihm, wahrscheinlich eine Entschuldigung, und steckte ihr Taschentuch wieder weg.

Im Innenraum des Busses standen sich in Längsrichtung zwei Sitzbänke gegenüber. So konnte Spio von seinem Platz aus alle Fahrgäste sehen, die ihm gegenüber saßen. Er fand es seltsam, daß niemand den Mund aufmachte, um mit seinem Nachbarn zu sprechen, was in einem afrikanischen Bus eher selten vorkommt. Doch schrieb er dieses geradezu gleichgültige Verhalten der frühen Morgenstunde zu. Außerdem wurde kurz darauf das Schweigen gebrochen, und zwar aus einem ganz bestimmten Grund: Der Bus hatte plötzlich angehalten, obwohl man sich offensichtlich mitten in der Landschaft befand.

»Was ist denn los?« fragte mit kräftiger Stimme der dickbackige Händler.

»Es ist der Motor, er hat seinen Geist aufgegeben«, rief jemand von ganz hinten her.

»Der Motor ist hinüber? Und wer hat ihn denn ins Jenseits befördert?«

Diese Frage wurde von einem gestellt, der sich geistreich geben wollte. Dabei zeigte er die beiden Reihen seiner weißen Zähne, erzielte jedoch bei den übrigen Reisenden, die eine Autopanne vermuteten, keinen Erfolg mit seiner Einladung zur Heiterkeit. Man konnte die Versuche hören, den Motor wieder in Gang zu bringen, doch blieben sie alle vergeblich.

»Da haben wir's«, sagte Spio. »Jetzt schon eine Panne, obwohl wir noch nicht einmal ein Drittel der Strecke hinter uns haben!«

»Ein Drittel!« warf ein anderer Reisender ein. »Ein Drittel! Wissen Sie, daß wir noch nicht mal ein Fünftel des Weges geschafft haben?«

»Ein Fünftel?«

»Ich sage: sogar weniger als ein Fünftel. Ich fahre nicht zum ersten Mal nach Accra. Mindestens zweimal im Monat begebe ich mich dorthin, Sie können mir glauben, ich weiß, wovon ich spreche.«

Spio machte sich klein, nahm eine Hand vor den Mund und hüstelte. »Wenn er zweimal im Monat diese Strecke fährt, dann kann ich ihm nichts entgegenhalten, denn für mich ist es ja eben erst das zweite Mal«, dachte er sich. Man hörte den Busfahrer zwei-, dreimal fluchen, dann versuchte er mit Hilfe des Anlassers, den widerspenstigen Motor zu überreden, doch immer mit demselben Mißerfolg. Er stieg aus, schloß fluchend die Türen hinter sich und rief den Reisenden zu:

»Männer! Männer! Das Ding ist hinüber! Schlaft nicht ein da drinnen, das Ding ist hinüber! Steigt aus, wir müssen schieben!« Diese Aufforderung war niemandem willkommen. Steif von der Reise, schienen die Männer im Innern des Busses keineswegs geneigt auszusteigen, um zu schieben. Sie waren jedoch gezwungen, auf den Vorschlag einzugehen, da er sozusagen ein Ultimatum darstellte, was die Fortsetzung der Reise betraf. Aber so sehr sie auch schoben, mit all ihrem guten Willen und getrieben von dem Wunsch, noch an diesem Tag in Küstennähe anzukommen, sie konnten dem Auspuff nicht das kleinste Geräusch entlocken. Die Automobile haben manchmal ihre ganz eigene Art, die Anstrengungen, die man in ihrem Rücken unternimmt, zu ignorieren. Nach einiger Zeit wurde den ehrenwerten Reisenden klar, daß sie ihre Kraft nicht gerade mit Erfolg einsetzten. Außer Atem hörten sie mit dem Schieben auf, scharten sich um das Fahrzeug und seinen

Fahrer und fragten Letzteren, ob er nicht »einen Blick unter die Motorhaube werfen wolle« …

Es handelte sich um einen dieser altmodischen, um nicht zu sagen klapprigen Busse, der unter den Schlaglöchern und den Jahreszeiten gelitten hatte und der trotz seiner dunkelblauen Farbe vor Optimismus strotzte. Wie alle Busse dieses Landes besaß er einen Namen, den man mit »Gute Fahrt, Alter!« übersetzen konnte. Auffällig war die Betonung des Ausrufezeichens, es war von gelber Farbe, hervorgehoben durch eine rote Umrandung. Spio betrachtete diese Beschriftung, die fröhlich über der Windschutzscheibe prangte, mit spöttischem Blick: »Gute Fahrt, gute Fahrt! Und jetzt sitzen wir mitten in der Landschaft fest, ich weiß nicht einmal, wo. Gute Fahrt!«

Das alles sagte sich Spio in Gedanken, während der Fahrer sich nun am seiner Haube entledigten Motor zu schaffen machte. Zwei Stunden lang versuchte er erfolglos, den Wagen wieder in Schwung zu bringen, dann mußte er sich schließlich eingestehen, daß er es nicht schaffte. Also wurde »Gute Fahrt, Alter« an den Straßenrand geschoben, und man beschloß darauf zu warten, daß irgendein anderes Auto im Laufe des Tages vorbeikommen würde. Es gibt Momente im Leben, da man den weiteren Verlauf der Reise in die Hände des Zufalls legt. Zu dieser philosophischen Feststellung kamen die circa dreißig anwesenden Personen. Manche mit der Hoffnung, daß das Schicksal ihnen wirklich gewogen sein werde, die anderen mit dem sorgenvollen Ausdruck von verständlichem Pessimismus, wenn man bedachte, wie wenig diese Nordstrecke befahren war.

Erklärlicherweise kam nach einigen Stunden des Wartens Ungeduld auf, und hie und da wurden böse Worte gegenüber dem Fahrer und seinem schlechten Wagen laut. Alle Fahrgäste erinnerten sich plötzlich daran, daß sie die Reise ja bezahlt hatten und fragten sich, ob man ihnen das Geld nicht lieber zurückerstatten sollte. Der Fahrer antwortete ohne zu zögern, daß ihm eine Rückerstattung unmöglich sei, da das bezahlte Geld in den Händen seines Chefs, der in Tamalé wohnte, zurückgeblieben sei. Wenn jemand sein Geld wiederhaben wolle, müsse er eben zu Fuß nach Tamalé gehen und von der zuständigen Person sein Geld zurückverlangen. Allmählich kamen auch Hungergefühle auf, immer stärker sogar. Noch dazu schien man auf diesem einsamen Streckenstück weit von jedem Dorf entfernt zu sein. Eine kleine Gruppe hatte einen Erkundungsmarsch unternommen, war aber nach einer Stunde erfolglosen Suchens in der Hoffnung zurückgekommen, daß bei ihrer Rückkehr »Gute Fahrt, Alter« nun bereit sein würde, seinen Weg fortzusetzen. Kurz gesagt, es stand immer schlechter um die Stimmung in der Gruppe. Man fragte sich, was nun zu tun sei.

Da kam, in der Gegenrichtung, ein großer roter Lastwagen an. Er fuhr nach Tamalé. Wie doch die Straße ihre Späße mit einem treibt! Dieser hier sah jedenfalls eher einer Rettung aus der Not gleich. Denn noch dazu ging der Tag allmählich zur Neige, und die Sonne war nicht mehr am Anfang ihrer Bahn. Man gab dem Fahrer des Lastwagens ein Zeichen, und dieser ließ sich dazu herab, anzuhalten. Er bemühte sich sogar, seinem Kollegen zu helfen, die Panne zu finden, aber auch er kam zu keinem ermutigenden Ergebnis.

»Gute Fahrt, Alter« wollte seinen Weg nicht fortsetzen. Bei den Reisenden blieb inzwischen nichts mehr übrig als eine vage Erinnerung an schwer enttäuschte Geduld. Unnötig zu erzählen, in welcher Weise sich ihr Ärger entlud, vor allem, als nach langen Verhandlungen diejenigen unter ihnen, die etwas Geld dabei hatten, akzeptieren mußten, für die Rückfahrt nach Tamalé im großen Lastwagen zu bezahlen. Auf diese Weise versuchte Spio, am Rande seiner Nerven, diese Reise doch noch zu einem guten Ende zu bringen, »die wegen dieser alten Kiste beinahe zur Katastrophe geworden war; denn ich hätte sie niemals nehmen dürfen, nur weil ich möglichst schnell in Accra sein wollte«.

Der Fahrer des großen Lastwagens war galant. Im Gegensatz zum Busfahrer, der schmählicherweise den Sitz neben dem seinen für seinen eigenen Koffer reserviert hatte, ließ er die einzige Frau unter den Reisenden auf diesem Sitz Platz nehmen. Alle anderen mußten es sich mehr schlecht als recht auf der offenen Ladefläche bequem machen, die normalerweise für den Transport von Säcken mit Kakao aus dem Hinterland bestimmt ist. Es war Nacht, als sie zurückfuhren, und der Mond im sternklaren Himmel ließ dem Regen keinen Platz bis zu ihrer Ankunft in Tamalé.

Morgen, sagte sich Spiro, als er vom Lastwagen sprang, morgen werde ich mehr Glück haben. Nicht alle Busse, die nach Accra fahren, sind so ungeschickt wie dieser verflixte »Gute Fahrt, Alter«!

Kapitel 13

Obwohl die Jahre wie im Fluge vergangen waren und Tante Prinzessin nicht jünger gemacht hatten, waren doch die meisten Attribute ihrer sonntäglichen Eleganz intakt geblieben. Der zartgrüne Hut, der sie hinreichend vor den Angriffen der Mittagssonne schützte, wurde jedes Jahr erneuert und somit zum Symbol des siebten Wochentages. Diese breitkrempige Kopfbedeckung, die in ihrer zartgrünen Farbe der Hoffnung dem Lauf der Zeit trotzte, hatte wiederholt die guten wie die bösen Zungen zum Sprechen gebracht. Aber Tante Prinzessin hatte sich von ihrem Aberglauben nicht abbringen lassen, wonach aufgrund der immergrünen Gärten des Paradieses die grüne Farbe des Hutes die Erhörung ihrer Gebete in himmlischen Gefilden erleichtern würde. Nicht alle Christen teilen diese Auffassung über das Jenseits und die Farbe seines Seelenheils. Feststellen konnte man jedenfalls, daß Tante Prinzessin beständig war zumindest in ihrem Streben nach Seelenheil. Unter diesem grünen Hut saßen zwei unveränderte Augen, immer noch so schön wie am Tage der ersten Begegnung mit Herrn Teteya. Damals hatten sie viel zu dessen Entschluß beigetragen, Tante Prinzessin zu heiraten. Die neue Mode schminkte die Augenlider mit langgezogenen schwarzen Strichen, was der weißen Augenhaut, die die dunkelbraune Iris umschloß, noch mehr Relief verlieh. Darunter lagen die Wangen, am Sonntag trotz des ewigen Kampfes gegen Hitze und Feuchtigkeit üppig mit Puder bestäubt. Die Lippen behielten ihre natürliche schwarze Farbe bei, denn Tante Prinzessin sagte, daß man sich an den Allmächtigen nicht mit Worten wenden dürfe, die auf dem Weg zu ihm von irgendeinem Lippenrot befleckt worden waren. Ihr Lächeln war wunderbar, mit den zwei Reihen Elfenbeinzähnen, die vor Sauberkeit strahlten. Doch machte Tante Prinzessin von ihrem Lächeln keinen übertriebenen Gebrauch. Im Gegenteil, der Ernst, mit dem sie das Leben anging und darüber sprach, ließ womöglich gar zu oft in einer Unterhaltung gar keinen Platz für das Lächeln. Erinnern Sie sich nur, wie ihr damals, als eine Fahrradpanne sie gezwungen hatte, zu Fuß bis zu Ma zu gehen, jeglicher Humor gefehlt hatte. Derselbe Ernst kam in ihrer Kleidung zum Ausdruck, die so schlicht und streng war, daß es fast lächerlich wirkte, und keinen geringen Kontrast zum Hut in der unschuldigen Farbe des Paradieses bildete. Manche Kleider waren dunkelgrau mit großen roten oder schwarzen Punkten. Manche waren auch einfach schwarz, Farbe der Trauer, und Sie können sich selbst vorstellen, wie das unter einem Hut der Hoffnung aussah. Die Beine steckten in feinen, dunklen und gleichzeitig durchsichtigen Strümpfen und die Füße immer in schwarzen Lackschuhen. Mit ihrer Art, sich zu kleiden, wollte Tante Prinzessin die ernste Würde zum Ausdruck bringen, mit der man ihrer Meinung nach den »Tag des Herrn begehen sollte«. Edna natürlich, jederzeit zu Späßen aufgelegt, fand die ernste Würde ihrer Tante um so mehr zum Lachen, als man in Accra immer noch sagte, Prinzessin sei nicht gerade das Modell einer Ehefrau. Aber Edna hätte bestimmt nicht gewagt, dies im Bezug zur Aufmachung ihrer Tante auszusprechen. Davon abgesehen hatte es Prinzessin bisher geschafft, im Laufe ihrer langen Karriere als untreue Ehefrau niemals von irgend jemandem inflagranti erwischt zu werden. Mangels Beweisen konnte sie deshalb von Edna all den Respekt erwarten, den ein gut erzogenes Mädchen seiner Tante schuldet.

Als sie daher, kaum bei Ma angekommen, Edna sofort mit Vorwürfen überhäufte, weil diese ihr Spios Rückkehr verheimlicht hatte, suchte ihre Nichte mit größter Mühe nach Worten, die Tante Prinzessins Ärger hätten beschwichtigen können. In ihrem Streben nach Familienfrieden vergaß Edna sogar zu erwähnen, daß Spio erst am Vorabend in Accra eingetroffen war und damit das Gerücht Lügen gestraft hatte, er würde schon früher wieder hier sein. Ma kam ihr zu Hilfe, bot ein Glas Limonade an und erklärte, daß die Tochter ihres Herzens nichts dafür könne.

Tante Prinzessin trank und ihre Miene hellte sich auf. Die übliche Sonntagsstimmung stellte sich endlich ein, und so war es den drei Frauen möglich, ohne Zorn und Leidenschaft über die gerade aktuellen Probleme zu sprechen. Doch an diesem Sonntag konnte es kein anderes Hauptthema geben als Spio. Seine Rückkehr nach Accra war von Edna und Ma als ein Geschenk des Himmels empfunden worden, sollte sie doch, so dachten die beiden, die Beziehung von Edna und ihrem Verlobten wesentlich erleichtern.

»Verstehst du, Prinzessin, so kann Edna heiraten, ohne daß sie irgend etwas dafür aufgeben muß, und ...«

»Ach so? Spricht man schon von Heirat?« fragte Tante Prinzessin überrascht.

»Was für eine Frage! Du wirst doch nicht sagen wollen, Mädchen, daß du das zum ersten Mal hörst!«

»Mutter, du hast sicher deine ganz eigene Art, mich über die Familienangelegenheiten zu informieren. Kannst du mir den Tag nennen, an dem ich aus deinem Munde gehört hätte, daß Spio und Edna heiraten werden?«

»Prinzessin ...«

»Sag nicht ›Prinzessin‹ ..., beantworte lieber meine Frage: wann hast du mir mitgeteilt, daß meine Nichte ›diesen Tölpel von Spio‹, wie du ihn früher nanntest, heiraten wird? Wann?«

»Es stimmt«, mischte sich Edna ein, »es stimmt, daß Ma ihn nicht mehr so nennt. So gesehen schaut es ganz so aus, als wäre Tante Prinzessin nicht auf dem neuesten Stand.«

»Neuester Stand!« sagte Ma. »Wenn ihr mich jetzt alle beide absichtlich fertig machen wollt, dann sage ich eben gar nichts mehr, wenn ich alleine bin gegen euch zwei.«

»Laß das, Ma, darum geht es doch gar nicht, das weißt du. In Wirklichkeit scheint Tante Prinzessin uns beiden Vorwürfe zu machen, dir und mir, und nicht dir allein.«

»Ja, aber du hältst zu ihr, als wolltest du vermeiden, daß sie dich in denselben Topf wirft wie mich.«

»Ich weiß auch nicht, Tante Prinzessin, ob deine Vorwürfe wirklich berechtigt sind. Denn erstens haben wir dir nichts verheimlicht ...«

»Ja, ja, natürlich, ihr habt mir nichts verheimlicht. Du wirst heiraten, ich weiß nichts davon, und du sagst, ihr habt mir nichts verheimlicht!«

»Aber nein, Tante Prinzessin! Du darfst Ma nicht beim Wort nehmen! Sie hat eben ihre Art, die Dinge zu sagen, und wenn man sie hört, könnte man meinen, schon in den nächsten Tagen wird etwas geschehen. Sicher, Spio hält seinen Heiratsantrag aufrecht; wenn ich dem glauben darf, was er gestern abend gesagt hat, dann werden wir tatsächlich heiraten, aber ...«

»Das siehst du es! Er ist sogar gestern abend gekommen, aber davon soll ich natürlich nichts wissen, ihr verheimlicht mir alles.«

Ma stand auf und ging in die Küche. Die übergroße Empfindlichkeit ihrer Tochter machte sie wütend, aber sie versuchte, sich nichts anmerken zu lassen. Währenddessen bemühte sich Edna, ihrer Tante zu beweisen, daß es unter Mas Dach kein einziges menschliches Wesen gab, das ihr irgend etwas hätte verheimlichen wollen.

»Tante Prinzessin, du bist heute nicht sehr gerecht mit uns. Du kommst, und schon bevor du durch die Türe gehst, bist du wütend. Und kaum hast du verschnauft, greifst du uns an und sagst, daß wir dir etwas verheimlichen ...«

»Was ich sage, ist sehr wichtig, mein Mädchen. Du kannst nicht heiraten, ohne daß ich von A bis Z alles weiß, was deine Heirat betrifft. Aber wenn du weiter darauf bestehst, daß ihr mir nichts verheimlicht habt, dann erzähle mir also, was gestern abend passiert ist, als Spio kam.«

»Nichts ist passiert, Tante Prinzessin. Spio kam aus Tamalé zurück, er war sehr müde von der langen Reise. Aber es war ihm dennoch wichtig, uns mitzuteilen, daß er zurück ist. Natürlich ist er nicht lange geblieben, und ...«

»Und wie hat Ma ihn empfangen?«

»Wie ich ihn empfangen habe?« fragte Ma und kam in das Wohn-Eß-Zimmer zurück – sie wirkte jetzt weniger erzürnt – wie ich ihn empfangen habe? So wie man jemanden empfängt, der einen guten Empfang verdient.

»Aha?« sagte Tante Prinzessin mit freudestrahlendem Gesicht. »Du willst sagen, Mutter, daß du jetzt endgültig akzeptierst, daß Spio Edna zur Frau nimmt.«

»Wenn er es wünscht und wenn das nichts am beruflichen Leben der Tochter meines Herzens ändert.«

»Nun, das hört sich ganz anders an als alles, was ich bisher zu verstehen glaubte.«

»Was hast du denn verstanden, wenn nicht, daß Edna und ich nicht mehr wußten, wie wir dieses Problem lösen sollten?«

»Welches Problem?«

»Das ihrer möglichen Heirat mit Spio, welches sonst!«

»Und … warum nennst du das ein Problem?«

»Siehst du, meine Tochter, mit solchen Fragen hättest du beginnen sollen, statt gleich zu sagen, daß wir dir dieses und jenes verheimlichen. Du weißt, wie sehr mich das verletzt, wenn du solche Sachen sagst. Nun kann dir Edna berichten, wie sehr und vor allem, warum wir über Spios Rückkehr nach Accra froh sind. Denn erst vor vier oder fünf Tagen haben wir beide, sie und ich, ein ziemlich schwieriges Gespräch bezüglich ihrer Heirat gehabt. Wir wollen dir nichts verheimlichen, Prinzessin. Nun sag es ihr, Edna, sag nur, was das Ende unseres Gesprächs war, da wir doch keine Lösung für unser Problem gefunden hatten, sag es ihr.«

»Das ist wahr, Tante Prinzessin, Ma und ich hatten beschlossen, zu warten, bis du heute kommst, um dich nach deiner Meinung zu diesem Problem zu fragen.»

»Aber was für ein Problem denn?«

»Das von meiner Heirat mit Spio natürlich!«

»Und wo ist da das Problem?«

»Nun, das ist so: Spio hatte mir geschrieben, daß er mich auf der Stelle heiraten will und daß ich zu ihm nach Tamalé kommen soll. Den Brief hatte er natürlich abgeschickt, längst, bevor die Rede von seiner Rückkehr war. Ich habe den Brief Anfang letzter Woche bekommen, und daher konntest du nichts davon wissen, bevor du hierher kamst.«

»Und?«

»Und verstehst du denn nicht? Siehst du denn nicht, was diese Heirat für Edna und mich bedeutet hätte?«

»Glück, nehme ich an?«

»Glück! ... Glück für wen? Nur für Spio?«

»Das verstehe ich nicht, Mutter. Ich dachte, daß Edna ...«

»Wenn Edna heiratet, um nach Tamalé zu gehen, weil ihr Mann sie bittet, dort das ganze Leben zu verbringen ...«

»›Mein Mann‹, sagst du, Ma? Vorläufig ist Spio nur mein Verlobter, oder?«

»Laß nur, Edna, deine Tante versteht schon, was ich sagen will ...«

»Also«, ließ Tante Prinzessin nicht locker, »ist das Problem dabei die Tatsache, nach Tamalé zu ziehen?«

»Aber natürlich!« riefen Edna und Ma gleichzeitig. Und Edna fuhr fort: »Verstehst du, Ma besteht immer noch darauf, daß ich mit ihr auf dem Markt bleibe, und sie will nicht sehen ...«

»Tochter meines Herzens, ich weiß immer noch besser als du, was das Beste für dich ist. Und ich kann nur wiederholen, daß ein Mann in deinem Leben nicht den Markt ersetzen soll. Denn selbst wenn dein Mann ein Minister wäre, hieße das nicht, daß du dein ganzes Leben lang seine Frau bleibst. Man sagt oft, daß die Frauen ihre Meinung ändern, aber weißt du, Edna, auch ein Mann kann seine Meinung ändern.«

»Nun ist mir alles klar, Mutter: Ihr habt auf mich gewartet, um mich zu bitten, euch bei der Lösung eines Problemes zu helfen, das sich nun von selbst gelöst hat ...«

»Von selbst, weil Spio nach Accra zurückgekommen ist«, bestätigte Ma.

»So so!« fuhr Prinzessin fort: Nun, da euer Problem gelöst ist, nehme ich an, daß ihr mich nicht mehr braucht bei euren vertraulichen Angelegenheiten. Und meine Tochter wird in Freuden heiraten, ohne meine Zustimmung, ohne daß ich weiß, wann, und sogar ohne daß ich weiß, wen sie heiraten wird. Euch ist gar nicht klar, daß ich noch niemals die Ehre hatte, den berühmten Spio, dem es gelungen ist, meine Tochter und meine Mutter zugleich zu betören, persönlich kennenzulernen ...«

»Tante Prinzessin!«

»... und der höchstwahrscheinlich auch mich betören wird, falls ich jemals das Glück haben sollte, ihm zu begegnen ...«

»Tante Prinzessin!«

»... Grund genug für euch beide, ihn sorgsam vor mir zu verstecken ...«

»Werde nicht laut, Prinzessin, vor allem, wenn du so sarkastisch bist. Du redest wie jemand, der großen Hunger hat.«

»Genau das wollte ich sagen, Mutter, aber vorher mußte ich das alles loswerden. Du scheinst nur zu oft zu vergessen, daß ich Ednas wahre Mutter bin und nicht du!«

»Du hast recht, Tante Prinzessin«, sagte Edna, um ihre Tante zu beschwichtigen. »Du hast Recht, meine wahre Mutter bist du, stimmt's Ma?«

»Natürlich. Warte, Edna, wir werden ihr etwas Gutes vorsetzen, deiner Tante – oh, Verzeihung, deiner Mutter ...«

»Ich muß dir sagen, Tante Prinzessin, es ist eine Überraschung. Das, was wir essen, ist eine Überraschung. Aber es ist nicht die einzige, die wir für dich haben.«

»Ach – und was ist es also?«

Der Ton dieser Frage deutete an, daß sich das Verhältnis zwischen Prinzessin und den beiden anderen entspannt hatte und wieder voller Zuneigung und Zärtlichkeit war.

Die zwei Überraschungen folgten Schlag auf Schlag. Die erste war das Wildfleisch, das Tante Prinzessin so liebte und das mit seiner üppigen von Palmfett triefenden Tomatensauce mehr als genug über Mas Kochkünste aussagte. Das Fleisch war am Vorabend eingetroffen, als ein Geschenk von Spio. Die zweite Überraschung für Tante Prinzessin war Spio selbst.

Er kam im Laufe des Nachmittags, während Ma, Tante Prinzessin und Edna dabei waren, »Ludo« zu spielen und Radio zu hören. Spio war etwas betreten, weil er das Spiel unterbrochen hatte, aber glücklich, die »Mutter« seiner Verlobten kennenzulernen. Er machte einiges her in seinem weiten hellblauen Gandoura, den er vor kurzem im Norden gekauft hatte. Auf Tante Prinzessin machte er sofort einen guten Eindruck. So guten sogar, daß sie Mas Bedenken bezüglich einer Hochzeit mit einem so gutaussehenden jungen Mann nicht verstand. Man muß zugeben, daß selbst Ma bisher noch keine Gelegenheit gehabt hatte, Spio so elegant gekleidet zu sehen. Heute ließ auch sie sich von ihm beeindrucken. Der Sonntag macht die Männer schön. Was Edna betraf, so gab ihr strahlendes Aussehen ihrer Tante und ihrer Großmutter deutlich zu verstehen, daß, falls in der Zukunft jemals ein Spio wie dieser hier sie bitten würde, mit ihm in Tamalé zu leben, daß sie dann schwerlich widerstehen könnte. Diese Mitteilung wurde zwar im nachhinein und ohne Worte gemacht, war aber deshalb nicht weniger aussagekräftig. Und Edna schien es, daß sowohl Ma wie auch Tante Prinzessin es durchaus verstanden und zur Kenntnis genommen hatten.

Das Radio gab die bekanntesten Tageshits zum Besten, einen nach dem anderen. Angefangen vom berühmten Orchester A.T. Mensah mit seinem »Highlife-Swing« auf den Bongos und Rasseln bis hin zu den unbedeutenden Gesangsgruppen aus der Provinz konnte man im wahrsten Sinn des Wortes eine breitgestreute Tonskala verschiedenster Musik hören. Und die Künstler der traditionellen Musik waren noch dazu nicht die schlechtesten, wenn es darum ging, auf ihren Trommeln die kristallklare Melodie der Xylophone rhythmisch zu begleiten. Zu diesen Sonntagnachmittagsstunden wurde auf dem Sender nur wenig gesprochen. So konnten Spio und seine drei Gastgeberinnen miteinander plaudern, ohne mit dem Radioprogramm in Konkurrenz zu geraten. Als die Vorstellungen beendet waren, hatte Edna eine gute Idee und zur allgemeinen Anregung schlug sie vor:

»Da Spio nun hier ist und wir zu viert sind, werden wir zwei Parteien bilden. Spio, willst du mein Partner sein und mir helfen, die beiden Damen zu schlagen?«

»Nur zu, nur zu, da sieht man die jungen Leute«, stimmte Tante Prinzessin zu. »Verbündet euch, und zeigt es uns!«

Spio war einverstanden, und das Spiel begann.

Es dauerte über eine Stunde, ohne daß die Jugend in der Lage gewesen wäre, sich gegenüber dem fortgeschrittenen Alter hervorzutun. Als Marktfrau, die etwas auf sich hielt, hätte sich Ma beim Zählen der Punkte niemals geirrt. Edna versuchte zwei oder dreimal zu schummeln, was Spio seltsamerweise an den Tag ihrer ersten Begegnung erinnerte und an den Kamm, an dem nichts als der Schein aus Elfenbein gewesen war. Aber er hütete sich wohl, laut zu sagen, was er plötzlich fühlte: das Bewußtsein, daß er vielleicht eines Tages, später, wenn sie verheiratet wären, Edna eine gewisse Lebensart beibringen müsse, eine, bei der elementare Ehrlichkeit nicht ausgeschlossen war, selbst wenn sie zu einem empfindlichen Rückgang der Geschäftseinnahmen oder zu einer verzeihlichen Niederlage im Spiel fuhren würde. Spio war völlig klar, welchen Schwierigkeiten er in der Zukunft begegnen würde, wollte er seiner Frau dabei helfen, sich nach und nach von einer der wesentlichsten Qualitäten einer Marktfrau frei zu machen denn die Marktfrauen müssen den Kunden betrügen können, um mehr Geld zu verdienen. Es war ihm völlig klar, aber es erschreckte ihn kaum; er liebte Edna mit all den Fehlern, die er bereits an ihr kannte, und mit all denen, die er später an ihr entdecken würde.

Eine Zeitlang ließ der Verlauf der Ludopartie Edna einen schwachen Hoffnungsschimmer, aber bald darauf endete das Spiel mit einer deutlichen Niederlage für die jungen Leute.

»Wir haben beinahe gewonnen«, sagte Spio. »Wenn ich zwei- oder dreimal sechs Punkte bekommen hätte, dann hättet ihr euch umgeschaut!«

»Das sagt man immer, wenn man verloren hat«, antwortete Tante Prinzessin. Und fügte hinzu: »Edna, du wirst Spio beibringen müssen, wie man mit einem Würfel umgeht. Er scheint nicht ...«

»Aber Tante Prinzessin, es ist nicht Spios Schuld, daß wir verloren haben!«

»Siehst du, Prinzessin«, mischte sich Ma ein, »sie verteidigt ihn schon ... Ihr seid noch nicht einmal verheiratet, Kinder, und schon verbündet ihr euch gegen uns. Wie soll das erst nachher werden?«

»Aber trotzdem, Spio hat ganz recht: wir haben fast gewonnen. Es fehlte uns nur ein bißchen Glück, ein ganz bißchen Glück, stimmt's, Spio?«

»Stimmt, Edna, aber man soll sich in acht nehmen vor dem ›ganz kleinen bißchen Glück‹, das fehlt, damit die Rechnung aufgeht. Das erinnert mich an eine Geschichte, die mir einer meiner Freunde in Tamalé eines Abends erzählt hat.«

»Erzählst du sie uns?«

»Wenn Ihr wollt!«

»Edna«, warf Ma ein, »du wirst doch nicht sagen wollen, daß ich dich nicht besser erzogen habe: ein Gast kommt zu dir, und statt ihm etwas zu trinken anzubieten, zwingst du ihn zu einer Partie ›Ludo‹, und jetzt soll er uns auch noch eine Geschichte erzählen?«

»Ma, du nimmst die Dinge immer tragischer, als sie sind. Spio hat nicht gesagt, daß ihm das ›Ludo‹ nicht Spaß gemacht hat.«

»Was dich nicht daran hindert, ihn zu fragen, ob er etwas trinken möchte. Ich behaupte weiterhin, du verstehst es nicht, deine eigenen Gäste zu bewirten.«

»Aber Ma, was glaubst du denn, wagte Spio einzuwerfen.«

»Nennst du mich ›Ma‹? Hast du ›Ma‹ gesagt, Spio?«

»Ja und ... er nennt dich ›Ma‹, er nennt dich ›Ma‹ ... wie soll er dich denn sonst nennen, Edna sagt ja auch nur Ma.«

Diese Bemerkung, die, wie Sie sicher ahnen, von Tante Prinzessin kam, erfüllte Spio innerlich mit Freude, was wiederum Edna bemerkte, als sie ihren Verlobten aus den Augenwinkeln beobachtete. Außerdem bemerkten alle beide ebenso wie Tante Prinzessin, daß Mas Erstaunen keineswegs eine Ablehnung gegenüber Spios vertraulicher Anrede bedeutete.

»Los, gib zu, daß du begeistert bist, endlich einen Schwiegersohn zu haben, der dich ebenso anredet wie die Tochter deines Herzens«, sagte Tante Prinzessin im Scherz.

Ihre Haltung war gleichzeitig versöhnlich, wohlwollend und spielerisch und überraschte daher Edna, die vor allem die ernste – allzu ernste, sagte man gewöhnlich – Art ihrer Tante kannte. Im Grunde war sie ihr dankbar dafür, denn sie wußte, daß Tante Prinzessin trotz ihres beleidigten Verhaltens vor Spios Ankunft nun den Gedanken einer baldigen Hochzeit zwischen ihrer Tochter und dem jungen Mann endgültig akzeptiert hatte. Auch auf Ma machte Prinzessin diesen Eindruck. Deshalb antwortete sie ihrer Tochter gar nicht mehr, sondern stand auf und sagte zu Edna:

»Tochter meines Herzens, wie ich sehe, wünscht deine Tante (oh Verzeihung, deine Mutter), daß ich in der Küche für alle den Tee zubereite. Ich hoffe doch, daß Spio Tee mag?«

»Ich liebe Tee, Ma!«

»Also Spio, erzählst du jetzt deine Geschichte?«

»Nein Edna, Spio erzählt sie nicht in Mas Abwesenheit!«

»Tante Prinzessin hat recht«, sagte Spio.

Mit dieser ganz gezielten Anrede »Tante Prinzessin« hatte Spio einen weiteren Pluspunkt erzielt; aber diesmal wartete nicht mehr er auf eine Reaktion in der Hoffnung, seine Vertraulichkeit möge gut aufgenommen werden, sondern Tante Prinzessin fühlte sich geehrt, von einem Spio akzeptiert zu werden, den sie bereits als ihren Neffen betrachtete. Sie hüstelte und sagte zu Edna:

»Siehst du, Spio ist nicht immer einer Meinung mit dir.«

Kurz drauf kam Ma zurück. Edna ließ nicht locker:

»Und deine Geschichte, erzählst du sie jetzt?«

»Ich weiß nicht, was ihr euch vorstellt. Glaubt nicht, es sei eine außerordentliche Geschichte, sonst werdet ihr enttäuscht sein.«

»Na, nun sind wir darauf vorbereitet. Also?«

»Also. In Tamalé hatte ich guten Freund, der hieß Mike. Er spielt Trompete, Klavier, Schlagzeug und was weiß ich noch alles ...«

»Er ist für sich allein schon ein Orchester?«

»Edna, laß Spio erzählen, du selbst hast ihn darum gebeten!«

»Ja, ein Orchester für sich allein. Schade, daß er nicht alle Instrumente auf einmal spielen kann, aber er ist wirklich etwas Besonderes.«

»Und?«

»Edna!«

»Und eines Tages sollte sein Orchester in Ouagadougou spielen.«

»Wo?«

»In Ouagadougou. Kennst du nicht unser Nachbarland im Norden? Kennst du nicht Obervolta?«

Um welches Nachbarland es sich auch handeln mochte, Edna kannte seinen Namen nicht. Ihre Unwissenheit machte, um ehrlich zu sein, nicht bei den Buchstaben des Alphabetes halt, sondern ging bis zu den elemantaren geographischen Kenntnissen, wie manch einer gesagt hätte. Aber Edna war schön, sehr schön, und sie war, wie Gin und Angela behauptet hatten, auch sehr reich.

Glücklicherweise schaltete sich Tante Prinnzessin nochmals ein, um Edna zum Schweigen zu bringen und Spio das Wort zu erteilen. Und dieser fuhr fort.

»Eines Tages also, sollten sie in Ouagadougou spielen. Dort fand ein Fest statt, glaube ich, und man wollte ein Orchester aus Ghana. Ihr wißt ja, daß die ›Franzosen‹ den Highlife sehr schätzen, ihn aber nicht spielen können. Also Mike und sein Orchester in Ouagadougou. Sie spielen ... und spielen ... Und sie haben einen großen Erfolg. Alle Mädchen liegen ihnen zu Füßen, und sie wissen nicht mehr, ob sie nach Hause zurückkehren sollen oder nicht.«

»So ist das immer mit den Männem. Kaum gehen sie irgendwohin und lernen ein oder zwei Mädchen kennen und schon wissen sie nicht mehr, wie sie nach Hause zurück sollen ...«

»Edna, du unterbrichst Spio ständig. Was weißt du schon, was die Männer machen, wenn du nicht dabei bist.«

»Laßt mich weitererzählen: Mike und sein Orchester haben in Obervolta viel Geld verdient. Ich habe euch ja gesagt, er selbst spielt ausgezeichnet, und seine Gruppe ist wirklich interessant. Also haben sie viel Geld verdient. Aber diese ›Franzosen‹ in Obervolta, die sind so: Mit der einen Hand geben sie einem Geld und mit der anderen nehmen sie es einem wieder ab.«

»Wie das?«

»Ja ... wie soll ich dir das erklären. Sie bezahlen dir Geld, weil du gut gespielt hast, aber dann kommen sofort die Mädchen und sagen, du seiest der schönste Mann, dem sie je begegnet sind. Du verstehst, was ich meine.«

Ma und Tante Prinzessin sahen sich an, ohne etwas zu sagen. Es schien ihnen nicht zu peinlich zu sein, wenn auch Ma plötzlich aufstand und nach dem Wasser im Kessel schaute.

»Und weiter«, sagte Edna.

»Also haben mein kleiner Mike und sein Orchester am nächsten Tag nach dem Fest kein Geld mehr.«

»Kein Geld?«

»Keinen Pfennig in der Tasche, vom Verdienst des Vorabends war nichts mehr übrig. Ich sage ja, diesen ›Franzosen‹ kann man nicht trauen, sie sind zu schlau.«

»Und?«

»Warte nur. Also sagt sich Mike: Wenn wir ihnen so aufgesessen sind, dann wollen wir ihnen das heimzahlen.«

»Was heimzahlen?« fragte Tante Prinzessin.

Edna lachte laut über die Frage ihrer Tante. Es gibt Augenblicke in einer Geschichte, da man nicht den Eindruck erwecken sollte, daß man nichts verstanden hat. Aber dann hielt sich Edna plötzlich zurück, denn ihr fiel ein, daß man in Anwesenheit eines Verlobten nicht über Tante Prinzessin lachte.

»Also Spio«, sagte sie, was heißt: ›das‹ heimzahlen?«

»Folgendes – Mike sagte sich: ›Da sie uns gestern gut bezahlt haben, werden wir heute eben noch einmal spielen; so geben sie uns Geld, und wir können nach Hause zurückfahren.‹«

»Hatten sie wirklich nicht genug, um nach Hause zurückzukehren?«

»Ich sage dir doch, sie hatten keinen Pfennig mehr. Nichts!«

»Und?«

»Und da ging Mike zum Besitzer der Bar, in der sie gespielt hatten. Er sagte zu ihm: ›Chef, wir müssen heute noch einmal für dich und deine Kunden spielen, einverstanden?‹ Der Wirt antwortete: ›Das kommt nicht in Frage, heute habe ich keine Kunden, denn das Fest hat gestern stattgefunden.‹ Mike ließ nicht locker und erklärte dem Besitzer, daß man ein Fest auch am nächsten Tag fortsetzen könne, und wenn es nur deshalb wäre, um die auswärtigen Musiker zu bezahlen, die kein Geld mehr haben. Aber all diese Argumente waren in den Wind gesprochen, denn der Besitzer der Kneipe behauptete nach wie vor, mangels Kundschaft kein Geld zu haben, um die Musiker zu bezahlen. Ihr wißt ja, diese ›Franzosen‹

sind wirklich stur. Selbst, wenn es um eine so einfache Sache geht wie darum, ausländische Musiker spielen zu lassen. Jedenfalls ging Mike zu seinen Musikern zurück und sagte ihnen, daß sie dazu verurteilt waren, entweder zu Fuß nach Hause zu gehen oder hierzubleiben und so lange zu warten, bis ein anderes Fest noch unbekannten Datums ihnen Gelegenheit bieten würde, mit ihrem Spiel ein bißchen Geld zu verdienen.«

»Ich nehme an«, sagte Edna, »ich nehme an, daß sie nicht ein anderes Fest abgewartet haben, sondern schließlich Mittel und Wege gefunden haben, nach Hause zu kommen?«

»Genau da wird die Geschichte wirklich hart. Du weißt ja, daß dort in Obervolta ihre Umgangssprache nicht das Englische ist wie hier bei uns.«

»Dort reden sie ›französisch‹, oder?« sagte Tante Prinzessin auf gut Glück.

»Ja, Tante Prinzessin. Unsere Sprache, das Englische, kennen sie dort nicht. Da kannst du zehnmal zu jemandem ›guten Tag‹ sagen, er versteht dich nicht. Unter diesen Umständen ist es für einen wie uns unmöglich, dort Arbeit zu finden. Und Mike und seine Musiker können ein Lied davon singen. Das Leben war für sie so schwierig geworden, daß eines Tages ein paar von ihnen Lebensmittel gestohlen haben, um nicht zu verhungern.«

»Gestohlen, um zu überleben?« fragte Edna. »Willst du damit sagen, daß ihnen dort niemand etwas zu essen geben wollte?«

»Weißt du, Edna, es sind ›Franzosen‹. Sie sind nicht großherzig, weißt du. Sie geben nicht einfach Fremden etwas zu essen. Und außerdem, mußt du verstehen, wir ›Engländer‹, wir mögen es nicht, daß man uns Almosen gibt, so, als wären wir unfähig, zu arbeiten und Geld zu verdienen. Wir sind immerhin … zivilisierter als diese ›Franzosen‹, und das wußten Mike und seine Musiker sehr gut.«

»Also da muß ich dich unterbrechen, Spio, diese Einstellung kann ich nicht begreifen: Unter dem Vorwand, daß diese ›Franzosen‹ in Obervolta dumm sind und vor allem weniger zivilisiert als wir, haben es dein Freund und seine Musiker abgelehnt, sie geradeheraus um Lebensmittel zu bitten und haben es vorgezogen zu stehlen. Das ist doch allerhand, findest du nicht?«

Edna hatte ganz ungeniert ihre Empörung zum Ausdruck gebracht, da sie eine derartige Haltung nicht verstand, wie sie sagte. Spio stimmte ihr in gewisser Weise zu, indem er bestätigte:

»Kein Grund zur Aufregung, sie haben es nachher zutiefst bereut: denn alle, mußt du wissen, alle kamen sie ins Gefängnis.«

»In einem fremden Land?« fragte Tante Prinzessin entsetzt.

»In einem fremden Land«, bestätigte Spio.

»Oh Gott, oh Gott«, rief Ma aus. »Das Ansehen unserer Nation wurde im Gefängnis eines fremden Landes geschändet. Mein Gott!«

»Was willst du in einem solchen Fall denn machen, Ma?«

»Ich will gar nichts machen, Tochter meines Herzens. Aber wissen diese jungen Leute denn nicht, wieviel Mühe wir uns gegeben haben mit dem Aufbau dieses Landes, unserer Nation? Meinen sie vielleicht, daß wir uns so angestrengt haben, damit dann unser Ansehen in einem ausländischen Gefängnis in den Schmutz gezogen wird?«

»Ich verstehe dich schon, Ma, aber Spio hat ja weder gesagt, daß sie in Banken bedeutende Geldsummen gestohlen haben, noch daß sie wirklich verabscheuenswerte Verbrechen begangen haben.«

»Genau deshalb, Edna«, warf Prinzessin ein, »genau deshalb! Ich möchte ihnen fast vorwerfen, daß sie sich wegen einem lächerlichen Lebensmitteldiebstahl haben einsperren lassen.«

»Tante Prinzessin! Würdest du denn eher akzeptieren, daß sie stehlen, wenn es sich um bedeutende Summen handelt?«

»Nein Edna, das will ich nicht sagen. Aber du mußt doch zugeben, daß es von Seiten dieser Musiker nicht sehr sensibel ist, unsere Ehre in einem ausländischen Gefängnis in den Schmutz zu ziehen, nur wegen einem bißchen Essen.«

»Das ist kompliziert«, sagte Spio. »Es ist schwierig, in einem solchen Falle Stellung zu beziehen. Obwohl ich ja der Erzähler der Geschichte bin, war ich mir der Sache noch nicht bewußt geworden. Vielleicht auch deshalb, weil ich vor allem die amüsante Seite dieses Abenteuers gesehen habe ...«

»Wenn du bei dieser Geschichte etwas amüsant findest, Spio ...«

Bei diesen Worten warf Ma Spio einen dieser Blicke zu, mit denen man bisweilen andeuten möchte, daß man an der Intelligenz des Gesprächspartners starke Zweifel hat. Spio war als Eheanwärter in einer heiklen Lage, und der kaum vertuschte Anflug von Enttäuschung, der in Mas Antwort mitklang, konnte ihm nicht entgehen. Daher bemühte er sich sofort, seine Geschichte weiterzuerzählen.

»Das heißt, eigentlich wollte ich euch nicht gerade diese Episode der ganzen Geschichte erzählen. Ihr werdet sehen, was danach kommt, ist tatsächlich amüsant, aber die Fortsetzung verlangt, daß ich euch den ganzen Zusammenhang erkläre.«

Ma stieß einen Seufzer der Erleichterung aus, deutlich hörbar für die drei anderen: Spio hatte es nicht amüsant gefunden, daß Bürger Ghanas in Obervolta im Gefängnis saßen! Diese Feststellung beruhigte Ma hinsichtlich des Ehrgefühls eines Mannes, dem sie die Hand der Tochter ihres Herzens schon so gut wie versprochen hatte. Sie stand auf und sagte:

»Um so besser, wenn es eine Fortsetzung gibt, die will ich hören. Also warte bitte, Spio, bis ich wieder da bin; ich muß nach dem Tee schauen.«

Sie wandte sich in Richtung Küche, während Tante Prinzessin Edna einen verschwörerischen Blick zuwarf. Alle beide hatten sie im selben Moment die Gefahr gespürt. In dem Moment nämlich, als Spio, ohne es zu wollen, beinahe Ma beleidigt hätte, da er bei ihr den Eindruck erweckte, das Nationalgefühl sei nicht gerade seine beste Eigenschaft. Prinzessin nahm Edna selbst zur Zeugin, als sie Spio zuflüsterte:

»Paß auf, was du jetzt erzählen wirst, Spio. Du weißt, daß Mutter sehr empfindlich ist, wenn es um dieses Land geht, denn sie ist fest überzeugt, daß sie es mit aufgebaut hat ...«

»... politisch gesehen«, sagte Spio.

»In jeder Hinsicht«, verbesserte Prinzessin. »Wenn man sie hört, fragt man sich, warum nicht sie oder irgendeine andere der Marktfrauen das Land regiert.«

»Pst! Da kommt sie wieder«, warnte Edna.

Ma brachte den Tee und schenkte ein.

»Jetzt kannst du uns deine Geschichte weitererzählen, Spio«, sagte sie. »Du kannst doch Tee trinken und gleichzeitig erzählen?«

»Natürlich. Wie die Geschichte weitergeht? Sie dreht sich hauptsächlich um meinen Freund Mike selbst. Seine Musiker und er führten natürlich im Gefängnis ein sehr hartes Leben. Offensichtlich behandeln diese ›Franzosen‹ ihre Gefangenen wie Tiere, sie lassen sie schuften wie Ochsen und geben ihnen kaum etwas zu essen.«

»Du brauchst nicht meinen, daß wir ›Engländer‹ mit unseren Gefangenen besser umgehen!« entfuhr es Tante Prinzessin. »Erinnere dich, was man erzählte, als der Doktor im Gefängnis saß ... Und bei ihm ging es nicht um so ein schäbiges Motiv wie einen Diebstahl. Bei ihm waren es politische Gründe, und dennoch hat man ihn anscheinend nicht besser behandelt.«

»Das ist richtig«, sagte Ma. Sie kannte die ganze Geschichte des langen Weges zur Macht, den der Doktor in den düsteren Stunden der britischen Kolonialzeit zurückgelegt hatte. »Das ist richtig –«, sagte Ma.

»Er ist gut, dieser Tee, er ist ausgezeichnet«, ließ sich Spio vernehmen.

Dieses Kompliment gefiel Ma außerordentlich: Ein junger Mann, der den richtigen Augenblick für eine ebenso gefällige wie offensichtlich ehrlich gemeinte Bemerkung fand, so ein junger Mann hatte es ohne jeden Zweifel verdient, Ednas Ehemann zu werden. Aber Spio verlor keine Zeit, um fortzufahren:

»Jedenfalls verbreitete sich die Nachricht von der Verhaftung der Musiker aus Ghana schnell im ganzen Land, und jeder wußte davon. Eine Frau aber ...«

»Im ganzen Land, im ganzen Land!« sagte Tante Prinzessin. »Ich zum Beispiel habe noch nie etwas von dieser Geschichte gehört. In welchem Jahr war das denn?«

»Aber Tante Prinzessin, du vergißt, daß die sich die Sache nicht in unserem Land zugetragen hat, und wenn Spio sagt ›im ganzen Land‹, dann meint er ... mh ... wie heißt das Land gleich wieder?«

»Obervolta«, antwortete Spio. »Es stimmt, Tante Prinzessin«, fügte er hinzu, »was ich euch da erzähle, ist ja nicht in unserem Land passiert.«

Tante Prinzessin nahm einen großen Schluck Tee, als könne der heiße Tee eine Entschuldigung für Dummheit sein; was aber weder Ma noch Edna noch Spio selbst überzeugen konnte. Ma hüstelte und sah Edna an. Prinzessin sah das und grinste. Und plötzlich lachten alle vier laut heraus. Spio hatte einen weiteren Schritt getan. Mit seiner endlosen Geschichte war es ihm gelungen, eine gute Stimmung zu schaffen. Er beobachtete Ma und sah, wie sie auf ihrem Tee rumkaute, bevor sie ihn schluckte. Er wunderte sich im Stillen darüber und fragte sich, was es an einem »Bissen« flüssigen Tees wohl zu kauen gab. Aber dann gab er ebenso im Stillen zu, daß er kein Recht hatte, Mas alte Angewohnheiten ändern zu wollen. Und er begnügte sich damit, in seiner Geschichte fortzufahren:

»Ich sagte also, daß die Nachricht vom Gefängnisaufenthalt der Musiker aus Ghana einer Frau zu Ohren gekommen war, einer Ghanerin, die scheinbar seit vielen, vielen Jahren in Obervolta lebte, aber nicht in Ouagadougou selbst. Als sie hörte, was ihren Landsleuten geschehen war, brach sie auf, um sich bei den Behörden von Obervolta für die Ihren stark zu machen. Dieser Frau ist es zu verdanken, daß sie schließlich aus dem Gefängnis entlassen wurden. Sie gab ihnen das nötige Geld für den Rückweg nach Tamalé und erwies ihnen andere kleine Dienste. Und genau bezüglich dieser anderen kleinen Dienste mußte ich an Mike und seine Geschichte denken. Eines Tages, bevor sie noch entlassen wurden, ist nämlich Folgendes passiert: Diese Frau ... ich habe ihren Namen vergessen, obwohl ich ihn so oft aus Mikes Mund gehört habe ... jedenfalls hat diese Frau eines Tages ein köstliches Essen für die Gefangenen zubereitet, ein wunderbares Reisgericht, eine Tomatensoße, die den guten Ruf der ghanaischen Küche durchaus verdiente, kurz, ihr wißt schon, was ich meine. Es fehlte nichts, auch nicht dieser ganz besondere Duft, der den Appetit anregt, selbst wenn man keinen Hunger hat. Sie trug das alles ins Gefängnis, und da sie ein bißchen Geld hatte, konnte sie einen Aufseher dazu bringen, das Essen an den Anführer der Gefangenen aus Ghana weiterzuleiten …«

»An Mike …«

»Ja, Mike. Wie ihr wißt, hatten unsere Freunde seit mindestens zehn Tagen so gut wie nichts gegessen. Mike erzählte mir, er sei so aufgeregt gewesen, als er dieses wunderbare Essen sah, daß er plötzlich nicht mehr wußte, hielt er das Tablett nun fest oder nicht … und er ließ alles, die beiden großen Schüsseln, eine mit Reis und eine mit Huhn in Soße, auf den schmutzigen Betonboden der Zelle fallen.«

»Ohhhh …!« riefen die drei Frau wie im Chor.

Und dann mußte wie immer Tante Prinzessin mit ihrer delikaten Neugier nachhaken:

»Und dann?« fragte sie.

»Und dann«, antwortete Spio, »dann … dann ist es zu Ende!«

»Das ist eine sehr amüsante Geschichte, Spio«, spottetete Edna schamlos.

Und alle vier lachten herzlich drauf los.

Kapitel 14

Dieser Sonntagnachmittag, der erfüllt war von guter Laune und gemeinsamem Lachen, hatte es Spio erlaubt, den »Test des gesellschaftlichen Lebens in Anwesenheit von Ma und Tante Prinzessin in Friedenszeiten« – wie er selbst sagte – erfolgreich zu bestehen. Während er so den friedlichen Charakter der Begegnung betonte, erinnerte sich Spio gleichzeitig nicht ohne ein verständliches Grinsen an die »Kriegszeiten«. Damals, als das Glück es ihm erlaubt hatte, Edna zum ersten Mal zu begegnen, an diesem unvergeßlichen Markttag, und als er bereits feststellen konnte, welch wichtige Rolle Ma im Leben der Frau spielte, die er schon damals zu lieben begonnen hatte. Wenn er sich an all das erinnerte, was geschehen war, kam Spio fast immer zu dem Gedankenschluß, daß jede dunkle Wolke am Himmel auch ihre glänzende Seite hatte: wie sonst hätte er weiterhin mit Edna zu tun haben und sie schließlich zur rechtmäßigen Frau nehmen können, wenn es nicht diese ganze Affäre Amiofi gegeben hätte? Diesen Fall, der im Parlament soviel Spucke hatte fließen lassen und auf der Straße soviel Blut, angefangen bei dem von Edna selbst. Nun schienen alle Sterne günstig zu stehen für seine Hochzeit mit der Ashantipuppe, Herzenstochter von Ma, einer Marktfrau, die von der Notwendigkeit, einen Mann zu haben, überzeugt war, solange dies nicht den Geschäften schaden konnte.

Der nächste Tag jedoch zeigte sich in einem ganz anderen Licht, wie man ihn sich grauer nicht vorstellen kann, obwohl am leuchtenden Himmel keine einzige Wolke zu sehen war. Spio, auf seinem Weg zur Arbeit, fand das Wetter eher schön, denn er erwartete für diesen Tag Ednas Besuch. Sie sollte ihn zum ersten Mal an seinem Arbeitsplatz aufsuchen, und das machte ihn natürlich froh. Um so größer war daher seine Ernüchterung, als er wie jeden Morgen auf seinem Schreibtisch die Ghana-Times vorfand und seine Aufmerksamkeit sofort von der dicken, fünf Spalten breiten Überschrift auf der ersten Seite angezogen wurde: »Junges Mädchen bei lebendigem Leibe von einer Rivalin verbrannt«. Spios Blut erstarrte in den Adern, als er diese Schlagzeile sah und auf der Stelle ahnte, daß etwa Furchtbares passiert sein mußte. Er setzte sich, um den langen Artikel zu lesen, und stellte bald fest, daß es sich tatsächlich um eine schreckliche Geschichte handelte, die umso schrecklicher war, da er selbst die betroffenen Personen kannte.

Ein Bürokollege trat mit sorgenvoller Miene ins Zimmer.

»Hast du das gesehen?« fragte er Spio.

Spio antwortete nicht, er war völlig in seine Lektüre vertieft.

»Hast du das gesehen, Spio«, ließ der andere nicht locker.

»Laß mich zu Ende lesen, ich bitte dich!«

»Was denn zu Ende lesen. Du weißt doch bereits, was geschehen ist. Alles, was sonst noch dasteht, ist purer Journalismus.«

»Was meinst du damit?« fragte Spio und hob endlich die Augen von seiner Zeitung. »Warum sagst du, das ist reiner Journalismus?«

»Weil die Leute, die diese Papiere schreiben, immer ihre eigenen Gefühle und Ideen hinzufügen, das weißt du genausogut wie ich, ihre mehr oder weniger verrückten Träume. Bei dem Artikel zum Beispiel, den du gerade liest, könntest du schließlich glauben, daß Gin bei lebendigem Leibe verbrannt ist, und ...«

»Sie ist nicht tot, oder?«

»Natürlich nicht! Wenn sie tot wäre, dann hätte ich dir als erstes mein Beileid ausgesprochen, das kannst du dir doch denken!«

»Wieso?«

»Aber ... weil ... weil ich zu wissen glaube, daß Gin eine Freundin von dir ist, habe ich nicht recht?«

»Eine Freundin, aber keine Verwandte!«

»Das ist doch ziemlich dasselbe, meinst du nicht?«

»Wie du willst, wie du willst.«

»Trotzdem ist es schrecklich, was da geschehen ist. Ich kenne diese beiden Mädchen. Ich habe sie immer zusammen gesehen, manchmal habe ich mich fast gefragt, ob sie nicht Schwestern sind.

Und wenn man nun denkt, daß die eine beinahe die andere umgebracht hätte! Und alles wegen einem Mann!«

»Du weißt ja, die Frauen …«

Ein Amtsdiener kam herein und teilte Spio mit, daß eine Dame ihn zu sprechen wünsche. Es konnte sich nur um Edna handeln. Spio stand auf und ging ihr entgegen. Im Vorzimmer fand er eine in Tränen aufgelöste Edna. Natürlich hatte sie schon die Nachricht von der »lebendig verbrannten Gin« gehört. Edna und Spio kannten besser als alle anderen den Hintergrund der Geschichte. Die junge Frau machte sich Vorwürfe, die die meisten sicher absurd gefunden hätten und sagte sich, daß sie ihren Teil Verantwortung an dem Geschehen trug. Sie wußte, daß ihr letztes Gespräch mit Angela, in dem es um den Brief ging, den Gin an Spio geschickt hatte, ein Motiv für den Unglücksfall der letzten Nacht sein konnte. Schon allein dieser Gedanke ließ sie in Tränen ausbrechen, was sie selbst in diesen bürokratischen Räumlichkeiten, denen Gefühlsausbrüche normalerweise fremd sind, nicht verbergen konnte. Spio versuchte, sie zu trösten, führte sie in sein Büro und erinnerte sie daran, daß, wenn sich auch Gin und Angela in der letzten Nacht geprügelt hatten, er selbst, Spio, Zeuge war für Ednas Unschuld. Denn er hatte den ganzen Abend mit ihr, ihrer Tante und ihrer Großmutter verbracht.

Edna ließ sich in dem Sessel nieder, der von zahlreichen früheren Besuchen anderer Leute gealtert war. Dieser Sessel war der Luxusgegenstand in Spios Büro. Und er war das Statussymbol, ein Privileg, das nicht allen zuteil wurde. Wenn er Zeit hatte, darüber nachzudenken, sagte sich Spio, daß er eines Tages gerne zwei davon hätte, zwei gleiche und neue Sessel. Beamte träumen von zahlreichen und neuen Sesseln für ihre Besucher. Denn die Sessel verleihen ihnen das Gefühl, daß niemand in der ganzen Stadt umhin kann, sie ernst zu nehmen; sie halten den Respekt in erster Linie für eine Frage des bequemen Sitzens. So sind die Beamten …

Edna machte es sich also in dem Besuchersessel bequem. Der hatte denn auch, wie Spio gehofft hatte, die gewünschte beruhigende Wirkung auf ihre Nerven. Sobald Edna ruhiger wurde – auch dank Spios besänftigender Worte – begann sie, ihre Version des Unglücksfalls zu erzählen. Wie Spio feststellen mußte, unterschied sich diese leicht von der in der Ghana-Times dargestellten Fassung. Sie war auch kürzer. Dagegen glich sie eher der Geschichte, die man auf der Straße hören konnte, die von Mund zu Mund und in aller Unschuld weitergegeben wurde, ohne in irgendeiner Weise überprüft zu werden.

»Gin und Angela haben sich letzte Nacht im Tanzclub geprügelt«, sagte Edna, »und ich nehme an, es war ungefähr so, wie neulich mit mir .. erinnerst du dich an den Abend, an dem du selbst mich aus ihren Krallen befreit hast?«

»Ich erinnere mich«, sagte Spio.

»Es heißt«, erzählte Edna weiter, es heißt, daß Angela Gins Kleid angezündet hat und diese wurde auf der Stelle zu einer Fackel. Daraufhin haben sich alle auf Gin gestürzt, mit ihrem Bierglas, ihrer Limonade, andere mit eilig herbeigeschleppten Wassereimern, und das alles haben sie auf Gin geschüttet, um die Flammen zu löschen.«

»Klar, wenn sie Rum, Gin und Whisky darüber geschüttet haben, dann bestand keine Chance, das Feuer zu stoppen.«

»Warum?«

»Weil ... weil Gin, Rum oder Whisky Alkohol ist und brennt ... In diesem Fall ist das Feuer eher genährt als gelöscht worden.«

Bei sich mußte Edna zugeben, daß es viele Dinge gab, die sie nicht wußte, und daß sie ihre Schnelligkeit im Denken trainieren mußte, um Spio zu verstehen. Letzterer achtete nicht auf den jüngsten Beweis für die Unwissenheit seiner künftigen Ehefrau, denn das Ereignis als solches nahm seine ganze Aufmerksamkeit in Anspruch. Er ließ Edna weiterreden:

»Offensichtlich ist Gin dann ganz nackt und über und über mit Brandwunden bedeckt von dort wegeschafft worden. Übrigens konnte sie nicht aus eigener Kraft gehen, sie war halbtot, als man die Flammen schließlich gelöscht hatte, und man mußte sie ins Krankenhaus bringen.«

»Man hat dir aber gesagt, daß sie nicht tot ist, das stimmt doch, oder?«

»Offenbar ist sie nicht tot. Aber ihr Zustand ist anscheinend sehr ernst. Angela ist seitdem im Gefängnis.«

»Ich kann verstehen, daß sie im Gefängnis sitzt. Manchmal genügt schon viel weniger, und man kommt hin. Und doch sagen die Leute in der Stadt nicht genau dasselbe wie die Zeitung.«

»Ach, und was sagt die Zeitung?«

»Das alles soll nicht im Tanzclub, sondern bei Gin zu Hause passiert sein.«

»So?«

»Ja. Der Artikel geht nicht auf die Einzelheiten der Begegnung zwischen Gin und Angela ein, aber der Autor weiß – ich frage mich woher – daß es bei dem Streit der beiden Mädchen um einen Mann ging …«

»Genau das meine ich auch … Es ist sicher die Geschichte wegen des Briefes, den Gin dir geschickt hat. Es handelt sich doch um den Doktor Bunefo, oder?«

»Ich glaube, der Schreiber des Artikels erwähnt keinen Namen.«

Tante Prinzessin und Ma schärften Edna zwar ein, sich während der darauffolgenden Untersuchung zurückhaltend zu zeigen, die junge Frau ging aber trotzdem zu Gin. Sie ließ sich von Spio begleiten, denn alle beide wollten sie die Geschichte in einer Fassung hören, die näher bei der Wahrheit lag, als eine Klatschgeschichte oder ein Zeitungstext. Gin war im Krankenhaus. Ihre Tante, bei der sie normalerweise wohnte, versuchte nun, sich damit abzufinden, daß die Prognose der Ärzte eine gute und eine schlechte Seite hatte: die Verbrennungen würden Gin zwar nicht umbringen, aber in gewisser Weise entstellen. »Sie war schon vorher nicht besonders hübsch« ging es Edna durch den Kopf, was keineswegs böse gemeint war. Sie bedauerte Gin aufrichtig, obwohl diese ihr so übel mitgespielt hatte. Und je mehr Gins Tante von dem Unglück erzählte, umso stärker wurde Ednas Mitleid.

»Angela stürzte herein wie ein Wirbelsturm. Ich hatte sie noch nie in so einem Zustand gesehen. Gin saß hier, auf diesem Stuhl. Vor ihr auf dem Tisch stand ein Spiegel, den sie normalerweise beim Kämmen verwendete. Ihr wißt ja, wie sehr sie ihre Haare pflegte,

›das einzige, was schön an mir ist‹, wie sie selbst sagte. Hier, neben dem Spiegel, hatte sie den kleinen Spiritusbrenner auf dem Brett stehen, das die Tischoberfläche notfalls vor züngelnden Flammen schützen sollte. Bevor Gin mit ihren Friseursitzungen begann, bereitete sie immer alles sorgfältig vor, sie überließ nichts dem Zufall. Doch dieses Mal – als hätte es das Schicksal so gewollt, daß ein Unglück geschah – hatte sie die Spiritusflasche direkt neben dem Brenner auf dem Tisch stehen lassen. Und das war ausschlaggebend.«

Die gute Frau war so ruhig, daß Spio es unter den gegebenen Umständen geradezu anormal fand, aber er ließ sich nichts anmerken. Sie nahm sich Zeit, bevor sie in ihrem Bericht fortfuhr. Im Laufe des Tages hatte sie den Vorfall bereits zweimal erzählt, denn die Polizei war gekommen, den Unfall zu rekonstruieren. So war die Version, die sie jetzt Edna und Spio von der Geschichte bot, sozusagen schon Routine. Die Berichterstattung lief fast automatisch ab, wie von selbst und so ruhig, daß sie von Anfang an verständlich war. Und so fuhr sie fort:

»Ich habe also gesagt, ich hatte Angela noch niemals so wütend gesehen. Keine Ahnung, seit wann sie das alles mit sich herumtrug, seit wann sie auf Gin so böse war. Jedenfalls ist sie hereingebraust wie eine entfesselte Sturmböe, die viel unverständliches Zeug redet und, während sie spricht, immer heftiger wird. Gin hat zuerst gar nichts gesagt. Sie schien nicht recht zu verstehen, was ihre ›Freundin‹ – wenn ich noch so sagen kann – von ihr wollte, beziehungsweise, was sie ihr vorwarf. Angela hat ihr diese Art, nicht zu verstehen, sehr übel genommen und hat Gin eine ›gemeine Heuchlerin‹ genannt, so hat sie sich ausgedrückt. Und dann hat sie ihr gedroht, ihr das nächste Mal in aller Öffentlichkeit eine Abreibung zu erteilen, falls ihr nochmal zu Ohren käme, daß Gin sie benutze, um einen Mann zu erobern ...«

»Darum ging es also?« fragte Spio.

»Du willst doch nicht sagen, Spio, daß du das noch nicht kapiert hast«, antwortete die gute Frau. »Du weißt doch genau, daß es sich um diese Geschichte mit dem Doktor Bunefo handelt, der zuerst Gin und dann Angela die Ehe versprochen hat ...«

»Wie bitte?« fragte Edna überrascht.

»Genauso war es«, antwortete Gins Tante. »Eigentlich solltest du in dieser Sache besser Bescheid wissen als ich, Edna! Davon abgesehen, daß du nicht hier warst, als diese hirnverbrannte Angela mein Haus in Brand gesteckt hat. Du weißt doch, daß du selbst Angela so in Wut gebracht hast, daß sie hierher kam, denn du hast ihr von Gins verwerflicher Tat erzählt.«

»Aber«, sagte Edna, »aber das war vor mehr als einer Woche, als ich Angela erzählt habe, wie übel Gin mir mitgespielt hat. Es würde mich wundern, daß sie deshalb erst gestern abend zu deiner Nichte gekommen ist. Da hat in der Zwischenzeit noch etwas anderes passieren müssen. Ich weigere mich zu glauben, daß ich es sein soll …«

»Das stimmt schon, es hat noch etwas anderes in der Zwischenzeit geschehen müssen. Deshalb habe ich auch zur Polizei nichts von deiner Begegnung mit Gin gesagt – du erinnerst dich doch, daß du sie beinahe getötet hast, als du sie unter das Auto gestoßen hast …«

»Das ist nicht wahr, das ist gar nicht wahr: Gin ist mir wahnsinnig auf die Nerven gefallen, das hat sie dir natürlich nicht erzählt. Und was die Sache mit dem Auto betrifft, so war es ein zufälliges Zusammentreffen. Es ist nicht meine Art, jemanden umzubringen, indem ich ihn vor ein Auto stoße. Ich will nicht …«

»Was ist denn das schon wieder für eine Geschichte mit dem Auto?« erkundigte sich Spio, dem man noch nichts davon erzählt hatte.

»Edna wird es dir erklären«, antwortete Gins Tante. »Im Leben der drei Mädchen ist in den letzten Monaten soviel passiert, daß ich allein nicht mal ein Viertel davon erzählen könnte, vor allem nicht gerade jetzt.«

Der außerordentlich ruhige Tonfall erstaunte Spio immer mehr. »Diese Frau muß wirklich eine ungewöhnliche innere Stärke besitzen, nur deshalb kann sie sich so zusammennehmen.« Sie erzählte weiter:

»Ich habe zur Polizei nichts von diesem Zwischenfall gesagt, Edna. Ich habe auch nichts von besagtem Brief erzählt, den Gin Spio geschrieben hat. Ich war mir sicher, daß nichts von all dem die Ursache für einen so schweren Unglücksfall sein kann. Ich gebe alle Schuld an diesem Unfall Bunefo. Er hat ein völlig unfaires Spiel gespielt, indem er zuerst der einen und dann der anderen die Ehe versprochen hat. Ich weiß nicht, ob er dir auch irgendwelche derartigen Anträge gemacht hat, Edna.«

Edna hielt die Augen gesenkt. Sie wußte, daß Bunefo ihr keinen derartigen Antrag gemacht hatte. Niemals hatte er zu ihr von Ehe gesprochen. Niemals. Sie senkte dennoch die Augen in dem Bewußtsein, daß sie als einzige unter diesem Dach, das auf wunderbare Weise einem Brand entgangen war, um ihr einstiges Abenteuer mit Bunefo wußte. Und daß sie diese Vergangenheit Spio auf keinen Fall enthüllen wollte. Letzterer bemerkte, in welche Verlegenheit diese Anspielung seine Verlobte gebracht hatte. Aber Spio war ein kluger Mann, viel klüger als der mittlere Beamte, den er im beruflichen Leben darstellte. Von Natur aus diplomatisch, akzeptierte er das Spiel künftiger Abrechnungen, das es ihm erlauben würde, von Ma und ihrer Herzenstochter Zugeständnisse zu bekommen, die nur möglich würden, weil Edna in Anbetracht unangenehmer Enthüllungen in einer schwachen Position sein würde. Daher tat er so, als achte er gar nicht auf die ungemein interessanten Bemerkungen von Gins Tante und auch nicht auf die Verlegenheit, die sie bei Edna auslösten.

»Ich weiß nicht, ob er dir nicht auch derartige Anträge gemacht hat, Edna. Ich kann nur sagen, ein Mann wie er sollte streng bestraft werden, wenn man denkt, was für Unfälle sein Verhalten den jungen Frauen gegenüber nach sich zieht. Und zwar nur deshalb, weil er sich erlaubt, ihnen eine Menge unmöglicher Dinge vorzuspiegeln.«

»Warum ›unmögliche‹?« fragte Spio.

»Nun, weil man zum Beispiel die Ehe nur einem Mädchen auf einmal versprechen kann: dann kann sie auch Realität werden. Wenn man sie zwei oder drei verschiedenen Frauen verspricht, ist man nicht in Einklang mit den Möglichkeiten des Lebens. Jedenfalls nicht mit dem modernen Leben, das den Männern vorschreibt, nur eine Frau zu heiraten. Wir leben nicht mehr im Zeitalter der allgemein anerkannten Polygamie ...«

»Das moderne Gesetz verbietet es dem Mann nicht, mehrere Frauen zu heiraten«, sagte Spio.

»Das stimmt«, gab Gins Tante zu, »das stimmt. Aber Gesetz und Geldbeutel der Männer sind nicht dasselbe. In diesem Punkt liegt das wirkliche Problem und dafür gibt es vorläufig keine befriedigende Lösung. Verstehst du, Spio, wenn unsere Männer genügend Geld hätten, um mehrere Frauen zu heiraten und wie in der Vergangenheit für ihren Unterhalt aufzukommen, dann würde ich Bunefo die Geschichte nicht übel nehmen.«

»Bunefo ist Arzt«, warf Edna ein, die plötzlich ihre Fassung wiedergefunden hatte. »Er hat Geld, er könnte demnach sicherlich mehr als eine Frau haben, meinst du nicht?«

Gins Tante blieb die Antwort schuldig. Ednas Frage hatte sie nicht direkt in Verlegenheit gebracht, aber in Wirklichkeit wollte sie darüber keine Diskussion mit der »jüngeren Generation«, wie sie sagte, anfangen. Denn diese wurde von vielen Erwachsenen als die »sorglose Generation, die unfähig war, die Probleme des Lebens realistisch zu sehen«, betrachtet.

»Um auf die derzeitige Geschichte zurückzukommen«, sagte Gins Tante, »möchte ich euch raten, euch so zu verhalten wie ich, falls die Polizei euch Fragen stellen sollte. Es ist nicht nötig, die kleine Edna mit in diese Affäre hineinzuziehen; ich mag sie gerne, und sie hat eigentlich auch nichts Schlimmes in dieser Sache getan ...«

»Das ist nett von dir«, sagte Spio und meinte es aufrichtig, »aber du hast uns immer noch nicht erklärt, was eigentlich wirklich passiert ist.«

»Woher soll ich das denn selbst wissen? Ich habe meine beiden Fräulein streiten hören, wie es ihnen auch früher schon manchmal passiert ist. Das hieß im allgemeinen nicht, daß sie die Absicht hatten, sich gegenseitig umzubringen. Also habe ich die beiden allein gelassen, wenn auch der Ton der Unterredung – vor allem, was Angela betraf – mir den Eindruck vermittelte, die Stimmung wäre nicht dieselbe wie sonst.«

»Und dann?«

»Dann bin ich in die Küche gegangen. Gin war dabei, sich herzurichten, sie wollte mit jemandem ausgehen; nachträglich habe ich erfahren, daß dieser jemand der Doktor Bunefo war.«

»Wie hast du das erfahren?« fragte Edna.

»Nun, weil er kurz nach dem Unfall hierher kam. Er hatte keine Lust mehr, am vereinbarten Ort zu warten und kam, um zu fragen, was los sei …«

»Und hat gesehen, daß tatsächlich etwas los war«, sagte Spio.

»Als er kam, hatte man Gin bereits ins Krankenhaus gebracht. Wahrscheinlich haben die Zeitungen deshalb nichts über ihn geschrieben. Da ist ja auch gut so.«

»Warum?«

»Weil ich möchte, daß er zuerst meine Tochter wieder gesund macht, selbst wenn er nachher ins Gefängnis muß … Zuerst soll er sie wieder heil machen.«

»Meinst du, er muß ins Gefängnis?« sorgte sich Edna.

»Du scheinst dich auch ziemlich für Bunefo zu interessieren, Edna«, antwortete Gins Tante. »Solltest du auch zu denen gehören, denen er das Blaue vom Himmel herunter versprochen hat?«

Spio lächelte, denn sie hatte ihm die Frage aus dem Mund genommen. Aber er hatte es vermieden, sie zu stellen, da er sich die persönliche Abrechnung für später aufheben wollte. Und nun blieb Edna – ob es ihr gefiel oder nicht – nichts anderes übrig, als sich zu verteidigen: »Nein, ich interessiere mich überhaupt nicht für Bunefo«, war sie gezwungen zu sagen, wenn sie nicht zugeben wollte, daß es tatsächlich etwas gegeben hatte zwischen dem Doktor und ihr .. Aber sie wählte erstere Lösung, was, nebenbei gesagt, Spio nicht im geringsten mißfiel. Gins Tante fuhr fort:

»Ich war noch in der Küche, als ich einen schrecklichen Krach hörte; die Spiritusflasche hatte Feuer gefangen. Angela hatte sie umgeworfen, sicher nicht aus Unachtsamkeit. Was darauf folgte, war einfach gräßlich, meine Tochter war schon eine lebendige Fakkel, als ich hereinkam. Ich erzähle euch das jetzt wie ein x-beliebiger Zeuge, denn seitdem habe ich zu Gott gebetet, er möge mir innere Ruhe schenken trotz allem, was ich gesehen habe. Gott ist gnädig, er hat aus mir dieses unglückliche Wesen gemacht, das selbst von seinem eigenen Unglück berichten kann, auch wenn es noch nicht lange her ist. Aber ich bitte euch, Kinder, fragt mich jetzt nicht mehr, denn ich spüre, daß meine Kräfte mich plötzlich verlassen.«

Sie begann zu weinen und tat dies so heftig, daß Spio und Edna, ohne ein Wort zu wechseln, sich klar darüber wurden, was die Tante soeben hatte durchmachen müssen.

Sie taten alles in ihren Kräften stehende, um sie zu trösten und zogen sich dann zurück.

»Im Grunde«, sagte Ma, »hatten Prinzessin und ich unrecht, als wir dich hindern wollten, zu ihr zu gehen.«

Bei dieser unerwarteten Erklärung faßte Edna Vertrauen. Und ihre Großmutter fügte hinzu:

»So bist du wenigstens ein für allemal von diesem Bunefo geheilt.«

»Aber Ma«, verteidigte sich Edna, »ich habe niemals gedacht, daß er mir irgend etwas zu sagen hätte!«

»Tochter meines Herzens, du scheinst zu vergessen, daß ich schon Frau war, lange, bevor du zur Welt kamst.«

Kapitel 15

»Der Weg, der vor uns liegt, macht nirgends halt. Er geht von einem Ende des Lebens zum anderen. Er ist erfüllt von der Sonne Accras oder den Wolken von Tamalé, wie auch immer. Es wäre dumm zu glauben, daß er immer gleichmäßig dahingeht. Er zieht sich in Kurven durch tausend Freuden und Schicksalsschläge. Unterwegs läßt er Hoffnungsschimmer aufkommen, die sich in der Vorstellung von der Zukunft bei den Menschen eingenistet haben, die glauben, die Menschen seien zu Großem berufen. Und er ist gepflastert mit der glücklichen Absicht derer, die beschlossen haben, etwas für Afrika zu tun. Du bist nicht diese gewinnsüchtige Marktfrau, die mich am ersten Tag betrogen und dabei mein Herz gewonnen hat. Du bist nicht die junge Afrikanerin, die auf unehrliche Weise reich geworden ist und nichts anderes im Sinn hat, als Geldstücke und Banknoten anzuhäufen. Du bist nicht die Analphabetin, die in der ganzen Stadt verschrien ist, weil ihr Vermögen denen wehtut, die zwar Bildung, aber nicht so viel Geld besitzen. Ich will nicht dein Geld. Ich will mit dir den allerlängsten Weg gehen, den, der diesem Land und dem ganzen Kontinent helfen wird, die Werte hervorzubringen, die die restliche Welt von ihm erwartet. Ich will nicht dein Geld, ich will deine Beherztheit bei der Arbeit und den außerordentlich klaren Verstand deiner Unschuld. Ich möchte profitieren von all dem, was du nicht weißt, um all denen die Augen zu öffnen, die wie du, ohne es zu wissen, davon träumen, zur Emanzipation unserer Welt beizutragen. Ich möchte von deiner Unwissenheit geführt werden, so, wie ein Blinder ganz instinktiv einen wunderbaren Weg einschlägt, den er weder kennt noch sieht. Ich will, daß deine Schönheit mir hilft, die Schönheit der alten Statuen und Masken kennenzulernen und bekanntzumachen. Ich möchte, daß du der neuen Kunst Modell stehst, die allem Funktionellen trotzt und die eine ausschließliche Bedeutung der Form, der Linie, der Bewegung predigt und der Schreie, die direkt aus dem Herzen kommen. Ich möchte, daß du die Erde, auf der ich geboren bin, lebst und mir leben hilfst, und die Tiefen meiner natürlichen Trunkenheit, die bei Tagesanbruch tanzt, lange bevor mit der Sonne der Tag aufgeht.«

»Du hast getrunken, Spio!«

»Der Weg, den wir nehmen wollen, ist der Weg derer, die trunken sind; nicht vom Alkohol der degenerierten Völker trinken sie, sondern an der Quelle eines feierlichen Neubeginns, der seine Wurzeln in der Seele hat, um das Wissen der neuen Zeit zu erforschen und die Waffe herzustellen, die aufbaut und nicht vernichtet!«

»Du bist verrückt, Spio!«

»Ich weiß schon, du verstehst mich jetzt noch nicht. Aber ich zweifle keine Sekunde daran, daß du eines Tages mit weit geöffneten Augen vor der Realität deiner Welt stehen wirst, und diese Welt geht weit über die Marktfrauenvereinigung von Accra hinaus. Eines Tages werde ich zu dir sprechen wie heute, und du wirst mich verstehen. Weil du dann eine Frau des neuen Afrika sein wirst, die den prüfenden Blick auf einen fernen Horizont richtet und ihrem Mann hilft, sich diesem Horizont zu nähern.«

»Sag Spio, jetzt, da du mir klar machst, wie verschieden wir eigentlich sind, sag, was genau willst du von mir?«

Ma saß in ihrem großen Sessel im Wohnraum. Sie tat so, als würde sie dösen. Edna kannte sie jedoch gut genug, um zu wissen, daß sie Spio aufmerksam zuhörte. Daher hatte sie Spio so direkt die Frage gestellt, die ein für allemal Klarheit schaffen sollte. Denn man darf nicht vergessen, daß Spio noch niemals höchstpersönlich um Ednas Hand angehalten hatte; jedenfalls nicht im Beisein von Ma. Diese gab zwar vor, müde zu sein, und stellte sich schlafend, spitzte aber in Wirklichkeit die Ohren. Davon abgesehen war Mas Müdigkeit sehr verständlich nach dem schrecklichen Vormittag, den sie bei Gericht verbracht hatte, um darüber zu wachen, daß ihr niemand die Tochter ihres Herzens entriß.

Natürlich wurde Edna zu Angelas Prozeß als Zeugin geladen. Wie hätte es auch anders sein können? Jedem Menschen, der wußte, wie gut Edna die Angeklagte kannte, mochte dies normal vorkommen. Ma aber sagte sich, daß Gin und Angela bisher niemals offen gezeigt hatten, ob sie für die Tochter ihres Herzens wirklich nur das Beste wollten. Daher dachte sie, Angela wäre wohl fähig, Edna mit in diese Sache hineinzuziehen, obwohl diese ihrer Meinung nach nichts damit zu tun hatte. Diesen Gedanken hatte Ma mehrere Tage lang und bis zum Prozeßbeginn mit sich herumgetragen. Das hatte sie ermüdet, und diese Müdigkeit war ganz real. Dennoch beschloß Ma an diesem Nachmittag, an dem kein Prozeß mehr bevorstand, sich nicht hinzulegen. Hat man jemals eine Marktfrau am hellichten Tag schlafen sehen?

Ma dachte auch daran, wie all ihre Kolleginnen am Morgen gekommen waren, um ihr bei dieser schweren Prüfung im Moment des Prozesses beizustehen. Als die Marktfrauen erfahren hatten, daß Edna »vor Gericht geladen war wegen eines Fehlers, den sie nicht begangen hatte«, schickten sie eine Abordnung, die, falls nötig, der Ashantipuppe und ihrer Großmutter tatkräftig zur Seite stehen sollte. Besagte Delegation mußte allerdings nicht einschreiten, da die Anklage wahrscheinlich auf Grund der Aussage von Gins Tante, sehr schnell betont hatte, welche Rolle der Doktor Bunefo in der ganzen Angelegenheit gespielt hatte. So blieb Ednas Auftreten beinahe unbemerkt, denn sie mußte nur einige Fragen in direktem Zusammenhang mit dem Unfall beantworten und nichts anderes. Nichtdestotrotz hatte Ma die moralische Unterstützung durch die Delegation der Marktfrauen sehr geschätzt. Falls irgendein Zwischenfall Edna auf die Anklagebank gebracht hätte, so hätten ihre Kolleginnen auf der Stelle reagiert, dessen war sie sicher, und hätten allenfalls Gericht und Richter auf den rechten Weg einer Gerechtigkeit zurückgeführt, die sich nur um die Gegenwart kümmert.

An all das dachte Ma, als Spio und Edna miteinander redeten. Sie hätte es als Schande empfunden zu schlafen, während die anderen Frauen doch längst auf den Markt zurückgekehrt waren. Zu Hause zu bleiben und sich von den Emotionen zu erholen, das war jedoch etwas anderes. Sie mußte sich weniger schämen, wenn sie, statt sich hinzulegen, hier in diesem Sessel saß und weder schlief noch wachte. Es genügte schon, einfach zu denken. Und als Spio zu seinen großen intellektuellen Reden ansetzte, befand sie sich in der bequemen Lage des Schläfers mit offenen Augen oder des Wachen am Rande des Schlafes, wie man will. Ednas Frage zwang jetzt jedoch die alte Frau, ihr eine eher wache Aufmerksamkeit zu widmen:

»... Was genau willst du eigentlich von mir?«

Ma spitzte die Ohren. Spios Antwort kam ohne Umschweife:

»Dich heiraten, wenn du einverstanden bist.«

»Selbst ... selbst nach alldem, was geschehen ist?«

»Was meinst du damit? Diese ganze Geschichte mit Gin und Angela?«

»Hat sie nicht bewirkt, daß du es dir anders überlegst?«

Edna wußte nicht mehr so recht, wieso sie diese Frage eigentlich gestellt hatte. Wahrscheinlich wollte sie, daß sich Spio voll und ganz bewußt war, unter welchen Umständen er diese Erklärung abgab. Aber dann sagte sie sich, daß sie vielleicht lieber nicht so sehr auf die negativen Seiten ihres Lebens hinweisen sollte. Ein Mann, der so offen und direkt antwortet wie Spio, ist ein Mann, der Edna ehrlich heiraten will. Im weiteren Verlauf des Gespräches wurde dies zum Glück bestätigt:

»Ich weiß nicht, warum ich es mir hätte anders überlegen sollen«, sagte Spio. »Wenn ich erfahren hätte, daß du Gin töten wolltest, würde ich sicher nicht auf deiner Seite stehen. Und wenn ich einen Beweis hätte, daß du dir den Doktor Bunefo schnappen wolltest, hätte mich wohl der Mut verlassen, um deine Hand anzuhalten. Jetzt aber, da ...«

Spio brachte seinen Satz nicht mehr zu Ende. Tante Prinzessin kam zur Türe herein, und ihr folgte Herr Teteya, den man eher selten mit ihr zusammen sah. Es war wirklich ein besonderer Tag. Ma erhob sich, flinker, als ihr Alter vermuten ließ, und ging auf die beiden zu:

»Habt ihr das gehört? Habt ihr das gehört?« fragte sie.

»Nein.«

»Aber ich habe es gehört, ihr könnt mir glauben, mit meinen eigenen Ohren habe ich es gehört. Sie haben alle beide gemeint, daß ich schlafe, aber ich wollte nur alles mit anhören. Und Kinder, ich hatte meine beiden Ohren weit offen. Prinzessin, Teteya, ich kündige euch die große Neuigkeit des Tages an: sie werden heiraten! Sie haben es selbst gesagt.«

»Edna, meine Tochter, das ist das Beste, was du machen kannst«, sagte Tante Prinzessin. »Wenn du nicht heiratest, dann versucht womöglich Gin noch, dir den schönen Spio auszuspannen, sobald sie aus dem Krankenhaus kommt.«

»Die Ärmste«, sagte Edna. »Die arme Gin wird ganz entstellt sein. Sie ist eher zu bedauern, findest du nicht?«

»Und wenn sie wieder ihr normales Leben aufnimmt, wird sie nicht einmal mehr Aussichten auf den Doktor Bunefo haben«, bemerkte Ma.

»Ja, der!« sagte Tante Prinzessin – die sich noch gut erinnerte, warum sie persönlich auf ihn böse war – den hätte man an Stelle dieser armen Angela ins Gefängnis stecken sollen. Wenn ich denke, daß das alles seinetwegen passiert ist und er weiterhin ein ruhiges Leben führt, während andere statt seiner leiden ... Ich muß schon sagen, Mutter, es gibt keine Gerechtigkeit unter dieser Regierung, der ihr an die Macht verholfen habt, du und deine Kolleginnen vom Markt. Und weißt du, was Bunefo gesagt hat, als er heute morgen das Gerichtsgebäude verließ? Weißt du, was er gesagt hat? Er ging die Treppe hinunter, wischte sich die Stirne ab, und dabei sagte er: ›Das war nur der erste Streich. Jetzt heißt es, Angela aus dem Gefängnis freizubekommen.‹ Da hörst du es. Und du weißt, was geschehen wird, Mutter. Er wird Angela aus dem Gefängnis holen und natürlich heiraten. Und was wird aus der armen Gin?«

»Arme Gin, arme Gin«, entgegnete Ma, »... Übertreibe es nicht, Prinzessin! Plötzlich machst du aus Gin eine Heilige. Du vergißt wohl, was für Gemeinheiten sie sich hat einfallen lassen, um Edna bei Spio anzuschwärzen. Du vergißt, daß Angela vielleicht nicht so außer sich gewesen wäre und das Verbrechen nicht begangen hätte, hätte Gin nicht so ein verlogenes Spiel mit ihrer eigenen Freundin gespielt.«

»Also gibst du selbst zu, daß Angela ein Verbrechen begangen hat. Und dennoch, ich sage es nochmals, wird Bunefo Mittel und Wege finden, sie aus dem Gefängnis zu holen. Niemand wird schließlich dafür zahlen müssen, und Gin wird als einzige die üblen Folgen dieser Geschichte tragen. Es ist schon so, Ärzte sperrt man in diesem Land nicht ein, auch wenn sie bei einem Verbrechen eine entscheidende Rolle gespielt haben. Sie kommen nur hinter Schloß und Riegel, wenn sie sich in die Politik eingemischt haben. Und ich sage euch, es gibt keine Gerechtigkeit unter dieser Regierung!«

»Heb dir deine Klagelieder gegen die Gesellschaft auf, bis wir zu Hause sind«, bat Herr Teteya. »Ich habe soeben etwas ganz anderes gehört, etwas weniger Ärgerliches, ich würde sogar sagen, etwas Fröhliches, das die Sorgen vergessen läßt, die wir uns in den letzten Tagen um meine kleine Edna gemacht haben. Also wenn ich recht verstehe, dann werdet ihr jungen Leute heiraten, stimmt's?«

»Wenn Edna ja sagt«, antwortete Spio.

»Und wenn Ma, Tante Prinzessin und du selbst, Herr Teteya, wenn ihr nichts dagegen habt«, verbesserte Edna.

»Wir? Überhaupt nichts!« antworteten die anderen.

»Wenn das so ist«, sagte Edna, »antworte ich dir: ›einverstanden‹, Spio.«

»Dann sind Prinzessin und ich eure Zeugen, wenn es euch recht ist«, schlug Herr Teteya vor. »In Ordnung?«

»In Ordnung.«

Ma war schon dabei, Whisky aus einer Flasche zu servieren, die sie auf wunderbare Weise aus einem Schrank hervorgezaubert hatte. Dabei vergaß sie sogar, Prinzessin und Herrn Teteya einen Stuhl anzubieten. Sehr oft wird die Hochzeit gefeiert, bevor man sich einrichtet. Das läßt die Türe offen für das Hab und Gut, das man in allen Ecken des Lebens angesammelt hat, solange einem das wahre Glück noch nicht vergönnt war.

A F R I K A

Das andere Gesicht des Schwarzen Kontinents

Fordern Sie den Gesamtkatalog an; er ist für Sie kostenlos.
Postfach 200963, D-42209 Wuppertal

PETER HAMMER VERLAG

Chinua Achebe
Der Pfeil Gottes
Roman aus Nigeria
296 Seiten, gebunden,
DM 36,–, ÖS 281,–, SFR 37,–
Ein Roman vom Umbruch des Kontinents, Spiegel seiner eigenen Geschichte und Kultur; ein Meisterwerk moderner Prosa.

Don Mattera
Sophiatown
Roman aus Südafrika
240 Seiten, gebunden,
DM 32,–, ÖS 250,–, SFR 33,–
Der Roman des untergegangenen Sophiatown erinnert an die großen Möglichkeiten des Zusammenlebens von Menschen verschiedener Rassen. Vision für Südafrikas Zukunft?

Giselher W. Hoffmann
Die schweigenden Feuer
Roman aus Namibia
448 Seiten, gebunden,
DM 46,–, ÖS 359,–, SFR 47,–
Einhundert Jahre Herero-Geschichte und die unheilvolle Begegnung mit der deutschen Kolonialmacht. Literatur als Abenteuer von einem Autor, der in Deutsch schreibt.

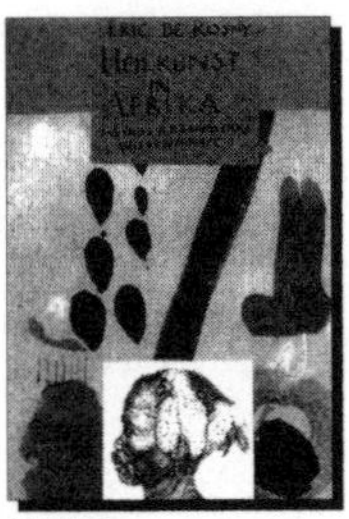

Eric de Rosny
Heilkunst in Afrika
Mythos, Handwerk und Wissenschaft
236 Seiten, gebunden,
DM 32,–, ÖS 250,–, SFR 33,–
Der französische Jesuit berichtet nach über 30 Jahren Afrika vom Zusammengehen des christlichen Glaubens mit den Heil- und Heils-Erfahrungen afrikanischer Tradition.

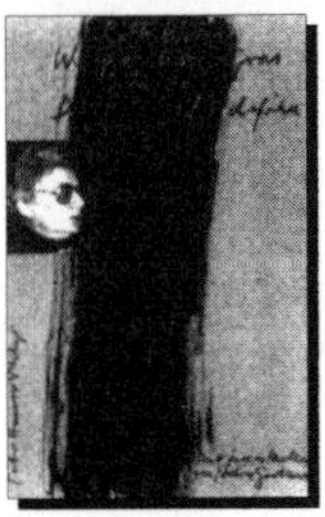

Ruth Weiss
Wege im harten Gras
Erinnerungen einer deutschen Jüdin im südlichen Afrika.
Nachwort von Nadine Gordimer
304 Seiten, gebunden,
DM 32,–, ÖS 250,–, SFR 33,–
Die bekannte Journalistin und Autorin ist lebenslange Kämpferin gegen Apartheid und Rassismus in Deutschland und Europa. Ein faszinierendes Lebensbild.

Wolfram Frommlet (Hg)
Die Sonnenfrau
Neue Erzählungen aus Schwarzafrika
320 Seiten, broschiert,
DM 16,80, ÖS 131,–, SFR 17,80
Sechsundzwanzig spannende Beispiele der Erzählkunst einer neuen Generation der Literatur des schwarzen Kontinents. In einer besonderen preiswerten Ausgabe, damit das Buch auch in Schulen Eingang findet.